i

为了人与书的相遇

W. Somerset Maugham

Collected Short Stories
of
W. Somerset Maugham

Volume 3

英国特工阿申登

毛姆短篇小说全集　III

［英］毛姆　著

陈以侃　译

广西师范大学出版社

·桂林·

目 录

序

Preface

短篇集第三卷的篇目安排和其他几卷不太一样。那三个集子里我都放了一些背景设在马来亚的故事，它们太长了，为了让读者能歇口气，我又把发生在世界其他地方的故事穿插其间，于是每一卷的篇目都可大致分成一组一组的长短故事。可我还有一些故事是关于一战时情报部门的一个特工的，我给这个角色取名叫阿申登，虽然故事都写得很长，我只觉得，既然都因为这个角色相关联，不妨就把它们放到一起。这些短篇都源自于我自己在战争中的经历，但我很想提醒读者万万要记得这不是法国人所谓的"报告文学"，而是虚构的小说。之前把这些故事结集的时候，我曾在序言中说过，真实发生的都是蹩脚的故事。首先是毫无缘由地铺垫很久，絮絮叨叨没有重点，最后潦草收场，既无结论，还留下许多没有了结的线索。间谍工作大体上十分单调，做的很多事都毫无用处。它能提供的写作素材也很琐碎、空洞，作者要自己把那些材料变得连贯、精彩、可信。这也正是我在这个系列中试图做到的事。

金小姐

Miss King[1]

阿申登是个职业作家，战争打响的时候他人在国外，直到九月初才回到英格兰。回国没多久，正好去一个聚会，认识了一个中年上校，不过上校的名字被引见时他没有听清。两人聊了聊天；阿申登正要离开的时候，上校走过来，问道：

"我说，不知你是否愿意到我那里做做客，我很想跟你好好聊一聊。"

"当然愿意，"阿申登说，"随时可以。"

---

1 收录于 1928 年出版的故事集《英国特工阿申登》(*Ashenden, or the British Agent*)。

"明天十一点如何？"

"没问题。"

"我把地址写给你吧，你身上带着名片吗？"

阿申登递给他一张名片，上校用铅笔草草写下街道的名字和门牌号。第二天上午阿申登如约找去，发现这条街上两边都是些粗俗的红砖房子；一度这个区域在伦敦是很抢手的，但现在大家找房子，如果想要个时髦的住处，已经看不上这里了。根据名片上的地址，阿申登找到了那栋房子，看到上面挂着一块"待售"的标示；百叶窗帘紧闭，找不出有人在里面居住生活的迹象。阿申登一按门铃，就有一个军士从里面开了门，速度之快吓了他一跳。对方也没问阿申登是来干什么的，径直领他往里走，到了一个长长的房间里。显然，这里曾是个餐厅，有些富丽的装潢，但此刻摆了些简陋的办公家具，显得极不相称。阿申登觉得自己像是到了一个掮客做买卖谈生意的地方。那位上校看阿申登进来，就站起来和他握手。后来阿申登了解，这位上校在情报部门的代号叫"R"。他比中等个头略微高出一些，身材瘦削，面色泛黄，一脸深深的皱纹，白头发有些稀疏，留着一个人中胡。你一见他就会注意到他两只眼睛靠得很近，怕是再靠近些就要被人说成是对眼了。但那又是一双冷酷的眼睛，而且极为警觉，见到阿申登时还露出一种狡黠的神色。这不是一个初次相见你会信任或喜欢的人。他的态度倒是足够和气。

他问了阿申登不少问题，然后也不做太多铺垫，提出阿申登有很多适合情报工作的特质。阿申登对好几门欧洲语言都略知一二，而且他的本职工作是再好不过的幌子，以写书为借口，可以进出任何中立国家，也不会引起他人的注意。谈到这一点的时候，R 说道：

"其实，你应该可以从中挖到不少将来很有用的材料。"

"这我倒是欢迎的。"阿申登说。

"我可以告诉你一件就几天前发生的事，绝对担保它的真实性；当时我就觉得这故事要是写出来绝对好看。有个法国部长得了伤风去尼斯养病，随身的公文包里带着几份非常重要的文件。的确是非同小可的东西。好了，到了那里没过一两天，他在一个可以跳舞的餐厅勾搭上了一位黄头发的女士，两人相处得极为融洽。长话短说，部长带女士回到酒店——不用说了，这本就是很欠考虑的事情——第二天醒过来，那位女士和公文包都不见了。前一晚回到酒店他们还喝了几杯酒，他的说法是那个女人趁他不留神给他酒里下了药。"

R讲完故事看着阿申登，那双凑得很近的眼睛里闪耀着光芒。

"我就说很精彩吧？"他问道。

"你之前好像说这是几天前发生的？"

"就是上上星期。"

"不可能，"阿申登大声说道，"你想啊，这段故事我们在舞台上已经演了六十年了，大概写进了一千本小说。你是想说现实花了这么久才勉强赶上我们这些编故事的人？"

R听了这话有些烦乱。

"如果你不信，我可以把名字和日期都透露给你，真的，就因为丢了那个公文包，给协约国真是惹了说不尽的大麻烦。"

"这么说吧，先生，要是你们情报部门只有这等货色，"阿申登叹口气道，"恐怕就不能指望冒充什么灵感源泉了。这样的故事我们是真的写不下去的。"

他们只聊了一会儿，就把事情都商议妥当了，阿申登起身告辞的时候，已经把接到的指令全都记得一清二楚。他明天就会出发前往日内瓦。R 跟他说的最后几句话，正因为它们听上去随意才让人难忘：

"在你接受这份工作之前，我觉得有一件事得先让你知道。你要记住：如果干得好，没人会感谢你，如果出了事，没人会救你。你觉得这样的工作适合你吗？"

"简直量身定做。"

"那我就在此跟你道别了。"

阿申登此时正在回日内瓦的路上。暴雨下了一夜，从山上吹来的风格外凛冽，虽然湖水波涛滚滚，这只笨重的小汽轮倒是顽强地一直在缓慢前行。大雨正变成冰雹，伴着一阵阵愤怒的狂风，斜斜地打在甲板上，就像一个烦人的女子反复纠缠着同一个话题。阿申登之前去了趟法国，就为了完成一份报告并把它递送出去。一两天之前，大概是下午五点钟，他手下一个印度特工来他的套间找他；阿申登没出门完全是运气，因为他们并没有约好，而之前给那个印度人的指令是只有十万火急之时他才可以来酒店找阿申登。他汇报说，柏林的德国情报部门派了一个孟加拉人过来，带着一个黑色的藤箱，里面装了好几份英国政府会很感兴趣的文件。当时同盟国正竭尽所能在印度煽动骚乱，让大英帝国不但不能移走兵力，甚至还要从法国再调去一些支援。他们发现可以在伯尔尼[1]找个罪名逮捕那个孟加拉人，至少让他也过两天轻省日子，但那个黑色的藤箱却找不着了。阿申登的这位特工人很勇敢，脑子又灵活，和一些背弃大英帝国利益的印度人来往甚多，他刚调查出那个孟加拉人去伯尔尼之前，为了安全起见，把那个箱子留在了苏黎世火车站的行李寄存处。现在他被关在监狱里等着判刑，那张可以取出行李的凭据[2]也就无法交到同党手中了。德国情报部门迫不及待要拿到那个箱子里的文件，既然明面上的正常手段已经不可能成功了，他们决定当晚闯入火车站，盗出那个藤箱。阿申登得知这个聪明又大胆的计划，不由得为之激动（因为他绝大部分工作都乏味无比）。他看得出其中的豪放和莽撞是谁的手笔：在伯尔尼

1　Berne，也作 Bern，位于瑞士西半部领土中央，1848 年后定为首都。
2　原文为法语。本书正文中仿宋体字，若非另行注明，其原文皆为法语。

负责德国间谍活动的头目确实是这样一个人。这次夜盗计划安排在明晨两点，现在是半刻都不能耽搁了。他觉得跟伯尔尼的英国特工用电话或电报沟通都不稳妥，另外，那个印度特工去不了（他来见阿申登就是冒着生命危险，一旦离开的时候被人发现，哪天被发现背上插着刀浮在湖面都不意外），所以阿申登只好自己跑一趟。

有一班火车正好可以赶上，他一边跑下楼，一边戴好帽子、披上外套。他跳上一辆出租车。四个小时后，阿申登已经按响了伯尔尼情报总部的门铃。他的身份这里只有一个人知道，阿申登报的也正是这个人的名字。但出来的是一个阿申登没有见过的高个子，面容倦怠，一言不发地领着他进了一间办公室。阿申登说了这一趟奔波的来由，高个子看了一眼手表。

"我们出手已经来不及了，现在要赶去苏黎世时间不够。"

他想了想。

"我们会让瑞士政府处理此事，他们可以用电话联络。要是那些德国友人真干得出入室抢劫这种事，我敢保证他们会发现今晚那个火车站一定守卫森严。不管怎样，你还是尽快回日内瓦吧。"

他跟阿申登握了握手，把后者送了出来。阿申登很清楚事件之后的进展他将无从知晓了。在这个复杂而庞大的机器中，他不过是个小小的铆钉，从来享受不到见证大功告成这样的好事。要他担责的可能是开端或收尾，也可能是中段的某些小环节，但自己的付出引发了什么结果，他却很少能确知。这种缺憾之感很像那些当代小说，只给你几个互不相关的片段，要读者自己在头脑中把它们构建成某个连贯的故事。

虽然阿申登穿着皮大衣，围着围巾，但还是感到彻骨的寒意。船上交谊厅里是很暖和的，也足够明亮，可以看书，但阿申登想了想，怕有哪个也是常年在外奔波的乘客认出了他，猜疑他为何不停地在瑞士日内瓦和法国托农之间往返，所以尽管寒冷、无趣至极，他还是努力找了个能遮挡一点风雨的角落，坐在黑暗的甲板上。阿申登朝日内瓦的方向看，看不到灯光，冰雹渐渐化作大雪，遮蔽了所有可以辨认远近的地标。好天气下的莱芒湖[1]精美得毫无瑕疵，就像法国庭院里人造的水景，可

在疾风骤雨之中，它却也像大海一样诡秘与骇人。阿申登想好了，一回到自己的酒店，就要在客厅里的壁炉生火，泡个热水澡，穿睡衣睡袍在炉火边舒舒服服地美餐一顿。想到可以抽着烟斗看一晚上的书，这个念想是何等惬意，眼下再怎么难熬，倒也值了。两个船员腾腾腾从他身边经过，为了避开迎面打来的雪珠，都低着头，其中一个朝阿申登喊了一句："我们到了。"他们去船侧拉起一根横杆，这是要放乘客往下船口通行。虽然周围依然黑漆漆的都是呼啸的风雨声，阿申登定睛一看，已经朦朦胧胧看出码头的光了。这自然是他盼望许久的景象。两三分钟之后，船已经系稳，阿申登围巾上只露出两只眼睛，挤在一小群乘客中，只待下船登岸。虽然这条航线他坐过那么多次了——他的工作就是每周过一次湖，去法国呈递报告，领取新的指示——但这样等着上岸的时候总还是微微有些忐忑。他护照上并没有说他去过法国，这条船沿湖在法国边境上靠岸两次，但起讫点都在瑞士，所以他可以号称自己去了沃韦[1]或是洛桑。但

---

1 Vevey，瑞士沃州城市，位于莱芒湖东北岸，洛桑向东不足二十公里。

他也不敢断定秘密警察还没注意到他，要是在法国上岸被跟踪，那护照上的空白就不好解释了。当然他准备好了一套说辞，但阿申登自己都承认那样的解释没有多少说服力，纵然瑞士当局无法证明他就一定不是个瞎逛的游客，但若真是被拘留两三天一定受罪，然后还会被不由辩驳地遣送出境，就更是屈辱不堪的一段旅途了。瑞士人知道他们的国家到处上演着不可告人之事，主要城镇的酒店里出没着各种特工、间谍、革命者和动乱分子，他们又极为珍惜自己的中立地位，任何会把瑞士牵扯进对战双方的行径，瑞士人都一心想要杜绝。

　　和往常一样，两个警官站在码头上看着乘客上岸，阿申登尽力摆出无忧无虑的样子通过了关卡，大为释然。他踏入暗夜之中，脚步却轻捷起来，朝酒店走去。天空中的风雨依然狂躁，像是看不起这精巧的湖滨步道，把一切都扫荡得凌乱不堪。店门全紧闭着，阿申登难得遇上几个行人，都蜷缩着身子，畏畏缩缩侧着往前走，就好比身后的未知中有迁怒一切的厉鬼，人们只顾逃命。在这严酷的黑夜里，你会觉得文明的世界意识到自己的造作可耻，在大自然的震怒跟前只想找地方躲藏。迎面扫来的已经全是冰雹了，人行道很是湿滑，所以阿申登走得格外小心。酒店的大门正对着莱芒湖，有一个跑腿的小伙替他开门，阿申登进来还带着外面的一阵大风，把前台的纸片全吹走了。大堂的光线有些晃眼，阿申登停下来问前台值班的人有没有他的信。他什么都没收到，正要走进电梯，前台说，有两位先生在他房间里等着见他。阿申登并没有朋友在日内瓦。

"哦？"他应道，颇露出几分讶异。"谁在等我？"

阿申登一直在跟前台搞好关系，平时一些微不足道的服务他给小费都很大方。对方别有意味地微微一笑。

"告诉您也不要紧，我看得出他们是警局里的人。"

"他们来问什么事？"阿申登问道。

"他们没说，就问我你去哪里了，我说你出去散步了，他们就说等你回来。"

"他们来了多久？"

"一个小时。"

阿申登的心一沉，但很小心地没有在脸上显露出来。

"我上去见见他们。"他说。操作电梯的人已经站到一侧让阿申登进门，他摇摇头。"我太冷了，"他说，"还是走楼梯吧。"

　　他只想给自己一点点思考时间，不过走那三层楼梯，他的双脚重得像灌了铅。那两个警察所为何来应该是没有什么疑问的。他突然觉得像散了架一样，身心俱疲，对方这时提一大堆问题，他一定应付不了。一旦作为间谍被逮捕，至少要在牢房里过一夜；他从未像此刻这样渴望热水澡和炉火旁的佳肴。他有冲动要掉转身走出酒店，把一切抛诸脑后；护照就在口袋里，他也早已背出什么时刻能坐上出境的火车：等瑞士当局拿定主意要捉拿他的时候，他已经到了安全的地方。可他依然脚步沉重地上着楼。如此轻易地抛弃自己的职责，这个想法他很难接受；他被派到日内瓦是来干某种特定工作的，对其中的风险早已了然，所以他觉得自己还是坚持下去为好。当然，万一真要在瑞士的监狱待两年必然难熬，但就像国王总有被刺杀的可能一样，每个工种都带着它不尽如人意的地方。到了第四层，他朝自己的房间走去。阿申登的性情里似乎有种玩世不恭的特质（的确，他一些批评者经常指摘的也正是这一点），站到房门前的那一刻，他忽然觉得此时的困境颇为滑稽，又一下来了精神，认定不管接下来发生什么都可以挺过去。所以扳动门把手，要进门面对来客之前，他发自内心地微笑起来。

"先生们，晚上好。"他说。

房间里灯都开着，壁炉里还生着火，特别明亮；因为两位陌生人等得烦了，一直在抽着气味很凶的便宜雪茄，屋里全是烟，灰蒙蒙的。他们穿着厚厚的大衣和圆顶帽坐在那里，像是刚刚进屋一样，但只看桌上那个小烟灰缸就知道他们已经到了很久，一定对屋内的环境很熟悉了。这两人都留着黑色的一字须，都不苗条，身材高大，孔武有力，让阿申登想起《莱茵的黄金》[1]里的两个巨人法夫纳和法佐尔特；笨重的靴子，坐在椅子里那副岿然不动的样子，那种看似木讷、实则警觉的神情，都毫无疑问地指明了他们就是两位警探。阿申登把自己房间整个扫了一眼。他生性爱整洁，立刻就看出自己的东西虽然还说不上凌乱，但显然都被动过了；想必是他的私人物品都被检查了一遍。这也不是什么大事，因为

1　The Rhinegold，瓦格纳所作歌剧《尼伯龙根的指环》四部曲中的第一部。法佐尔特和法夫纳是跟众神之父沃坦做了交易，答应修建神殿的两位巨人兄弟。

他没有在房间里留下什么可以用来指证他的文件，密码他早已记熟，离开英国之前就销毁了，而从德国发来的消息，他从第三方手中拿到，每回都毫不停留地发出了。所以他并不怕搜查，但之前的怀疑却是坐实了：有人向当地警方举报他是间谍。

"两位先生，我能为你们做些什么？"他客气地打着招呼。"这里太暖和了，你们要不要脱掉大衣——和帽子？"

他们就那样戴着帽子坐在自己房间里，让阿申登或多或少有些不舒服。

"我们立马就走，"其中一人说道，"我们是正巧路过，因为前台说你立马就会回来，就决定上来等一会儿。"

他没有脱下自己的帽子。阿申登解开围巾，又终于从那件厚重的大衣中解脱出来。

"来支雪茄吧？"他问道，把雪茄盒递到两个客人跟前。

"那就来一支吧，"第一个巨人——这位应该是法夫纳——取了一支，于是第二位——就是法佐尔特了——也一言不发地拿了烟，丝毫没有感谢的意思。

雪茄盒上的名字对这两位客人的态度产生了神奇的作用；他们摘下了帽子。

"天气这么坏，出去散步一定很糟心吧。"法夫纳说，咬了半寸长的雪茄下来，吐进了壁炉。

这就要说到阿申登的一条原则了（不管是从事情报工作还是只在日常工作中这都是一条好原则），就是只要条件许可，都尽量少撒谎，所以他是这样回答的：

"你们以为我傻吗？要是能在房间里待着，我怎么会在这样的天气出门？今天我是没办法，必须要去沃韦看一个久病的朋友，回来是坐船的，在湖上真是苦不堪言。"

"我们是警局的人。"法夫纳很随意地提到。

阿申登心想，要是这两人以为他连这一点都判断不出，一定是把他当成傻子；但既然对方公布了这个信息，轻慢地应答又不太合适。

"哦，真的吗？"他说。

"护照带没带在身上？"

"带着，这种打仗的时候，我觉得外国人还是把护照一直带着比较明智。"

"非常明智。"

阿申登把自己那个挺括的新护照递了过去，上面对他最近的行踪几乎只字不提，就说他三个月前从伦敦来，之后就再没有跨越过任何国境线。警探仔细看了看，又交给了自己的同事。

　　"看上去没什么问题。"他说。

　　阿申登站在壁炉前烤火，嘴里叼着一根香烟，没有搭话。他暗自担心地观察着两个警探，但自觉演技不差，表面上应该只是一副和善的样子。法佐尔特把护照还给法夫纳，后者用一根粗笨的食指敲着护照，若有所思。

　　"是局长让我们来一趟，"他说，阿申登意识到对面二人都目光如炬地看过来，"来问你几个问题。"

　　阿申登很明白若是想不到恰到好处的回答，那还不如闭口不言；当一个人说了话心里期待着回复时，他很可能会因为一片寂静而慌张。阿申登等着警探继续往下说。似乎对方还犹豫了一下，虽然阿申登并不能确定。

　　"似乎不少人最近都在投诉，有些赌客很晚从赌场出来的时候太吵了。我们想来问一声，你是否也被这样的噪声惊扰。你的房间正对着湖，那些夜游者一定经过楼下，要是声音确实很吵，你应该也听到了吧。"

阿申登一时间迷茫不已。这个警探在胡扯些什么（轰隆隆，轰隆隆，他仿佛听见巨人费力登台时那些强劲的鼓点），警察局长怎么会派人来打听有没有喧闹的赌徒惊扰了他的美梦？听上去完全像个陷阱。表面看明明只是无能，却非要把某种深刻的内涵强加给它，这是愚不可及的事情；很多聪明的文艺评论者往往会义无反顾地跳进这个误区之中。阿申登对人类这种动物的蠢笨是很有信心的，这种信心在他过去的人生中都让他受益匪浅。他又瞬间想到，警探问这样一个问题，想必是早已认定他干了些不法的勾当；一定有人告发，又没有提供证据，而搜查房间也徒劳无获。可既然来拜访了，却只想出这样一个可笑的借口，显出何等贫瘠的创造力！阿申登一下就替警探想出三个来找他的理由，要是和警探之间关系再好些，真想把这三条说法赠送给他们。目前这场对话真是对他头脑的羞辱。这两人比他想象的更愚蠢；但阿申登心底一直为蠢人留着一份温柔，现在他看着面前的这两个家伙，出乎意料升起一股善意，想友善地拍拍他们的后背。不过他的回答还是相当严肃：

　　"说实话，我一向睡得很沉——毫无疑问是良心清白、一身坦荡的缘故——所以什么都没有听到。"

阿申登觉得自己这一答应该能博得一个笑容，但仔细观察两位警探，却依然是一脸的无动于衷。阿申登不仅是英国政府派出的特工，他本身还是个幽默作家，此时只好忍住那一声叹息。他摆出一副更有气势的样子，语气也更正经了：

"即使我被一些喧闹声吵醒，也绝不可能想到要去投诉。眼下这个世界有多少纷扰、痛苦和不幸，看到幸运的人能让自己高兴个片刻，我无法相信去阻挠这种快乐是正当的。"

"说得没错，"警探说，"但有些人确实被惊扰了，这也是事实，所以局长认为还是应该调查一下。"

他的同事之前一直沉默如斯芬克斯[1]，此时开口了。

"我注意到你护照上写着你是一个作家，先生。"他说。

阿申登为了抵消之前一时的烦忧、焦躁，现在心里只觉得异常洒脱，兴致盎然地答道：

1　源自希腊神话中带翼的狮身女怪，让人猜谜，后来也常用这个词形容神秘的人。

"是的，作家是个受苦受难的行当，不过时不时地也有些补偿。"

"比如扬名立万。"法夫纳语气恭敬。

"名声是好是坏就难说了。"阿申登试探道。

"那你到日内瓦来干什么呢？"

这问题问得如此客气，阿申登一下觉得应该提高警惕；一个和善的警察比一个气势汹汹的警察要危险多了。

"我在写一个话剧。"阿申登道。

他朝桌上的一堆纸挥了挥手，两双眼睛跟着看了过去。阿申登也只是瞥了一眼，就知道两位警探之前就注意到了他的手稿，必定还翻阅过一遍。

"那为什么你不在自己的国家写剧本，要跑到这里来呢？"

阿申登朝他们微笑，比之前更加友好了，因为这个答案他已经准备了很久，能说出来是很舒畅的，而且他也很好奇对方听到会是什么反应。

"可是，先生，现在正打着仗啊。我的国家兵荒马乱的，怎么可能静静地坐下来写剧本呢？"

"你目前写的是一个喜剧还是悲剧？"

"哦，是个喜剧，而且还算是个轻喜剧，"阿申登答道，"艺术家需要安静、不受干扰。如果他没有那种置身事外的心境，就不会激发创造力，可你不给他一个绝对安宁的氛围，你要他如何养得起那份心境？瑞士能成为中立国是很幸运的，我当时就觉得或许在日内瓦可以找到让我称心的写作环境。"

法夫纳朝法佐尔特微微点头，但他究竟想说阿申登是个白痴，还是认同作家要在动荡的世界中寻求一个安全的退避之所，阿申登就不得而知了。不管怎样，这位警探显然是下了结论，认为再多问也问不出什么来，所以说的话越发杂乱无章，几分钟之后就起身告辞了。

阿申登热络地与他们握手道别，关上门，长长地舒了一口气。他打开浴缸的水龙头，把水温调热到自认为能够承受的极限，一边脱衣服，一边悠然自得地回味着自己这场侥幸过关。

就在前一天，他因为一件小事提高了警惕。阿申登手下有个瑞士人，情报部门里用的名字叫伯纳德，刚从德国来；阿申登很想见他一面，就指示他某时某刻去某个咖啡馆碰头。因为他没有见过伯纳德，为了不出差错，他定了接头时自己要问的问题和伯纳德该如何应答，通过一个中间人传达了对方。他把时间定在午餐的时候，咖啡馆在这个点一般客人不会很多，正巧他进门之后只看到一个符合伯纳德岁数的人。这个人只是独自坐在那里，阿申登上前故作不经意提了那个事先约好的问题；然后，给自己点了一杯杜本内[1]。这个间谍身材矮小敦实，穿得不修边幅，小圆脑袋，金色的头发推得极短，皮肤是土黄色的，有一双不安分的蓝眼睛。这不像是一个值得信赖的人；阿申登有切身经历，知道要找一个愿意去德国的特工何其不易，否则他会奇怪自己的前任怎么会招揽这样一个人。伯纳德是个德国裔的瑞士人，说法语时口音很重。他一上来就提酬劳，阿申登把装好了瑞士法郎的信封递给他。伯纳德大致汇报了自己在德国的工作，回答了阿申登一些细致的问题。他本职工作是个服务生，上班的餐馆在莱茵河的一座桥边，就有很多机会可以打听到上级要求的消息。他来瑞士待几天的缘由也很正当，看不出回去的时候过境会遇到什么阻碍。阿申

1　Dubonnet，经典的法国开胃甜葡萄酒。

登表达了对他工作的首肯，下达了一些指令，准备结束这次会面。

"那行吧，"伯纳德说，"不过我回德国之前需要再拿两千法郎。"

"需要？"

"对，而且现在就要，你得在你出这个咖啡馆之前给我。这个数目是我要付给别人的钱，必须得拿到。"

"恐怕我给不了你。"

伯纳德露出凶恶的神色，那张脸看起来比之前更不舒服了。

"这钱你一定要给的。"

"你口中的'一定'有什么道理吗？"

伯纳德凑近了，突然怒不可遏地说道："你觉得我会为了你刚刚给我的那几个可怜的小钱继续卖命吗？还不到十天之前，他们在美因茨[1]逮住一个人，马上就枪毙了。那是你们的人吧？"他没有提高嗓音，只有阿申登能听到。

1　Mainz，德国城市，位于莱茵河左岸。

"我们根本就没有在美因茨派人。"阿申登随口答道，但其实他多少推断出对方说的就是实情。他多日没有收到那个地方发来的常规报告，而伯纳德的这条消息大概就是解释了。"你当初接受这份工作，就很清楚能拿到多少回报，要是不满意的话，没有人会逼你。现在我没有这个权力多付一分钱给你。"

"你看看我身上带着什么。"伯纳德说。

他从口袋里摸出一支小型的左轮手枪，意味深长地摆弄着。

"你要拿它干吗？送去当铺吗？"

伯纳德悻悻然耸了耸肩，又把枪放了回去。阿申登想到，要是伯纳德对戏剧手法略知一二，就会明白，一个动作如果没有后续的意义做支撑，那做了也是白做。

"你还是不肯给我这笔钱吗？"

"当然了。"

这个间谍一开始都是毕恭毕敬的，现在虽然看上去一副想大吵一架的样子，但他一直很清醒，从头至尾没有提高嗓门。阿申登看得出这个伯纳德不管如何无赖，至少是个可靠的特工；他已经决定向 R 建议提高伯纳德的薪酬。眼前的场面阿申登觉得很有意思。不远处坐着两个日内瓦当地居民，都是留着黑胡子的大胖子，正在玩多米诺骨牌；另一头是个戴眼镜的年轻人，落笔如飞地写着一页又一页的长信。有一个六口人的瑞士家庭（谁知道，或许姓罗宾逊[1]），父母带着四个孩子正坐在一个圆桌边上，两小杯咖啡品了很久。柜台后的收款员是个红发女子，魁梧的身躯裹在一条黑色的丝绸裙子里，读着手里一份当地报纸。周围的一切都让阿申登此时经历的激烈戏码显得格外怪异。他自己写的剧相较而言似乎要现实得多了。

伯纳德微笑起来，但他的笑容一点也不会让人想到要亲近。

"你想到过没有，我只要去一趟警局，就能让他们把你抓起来？你知不知道瑞士的监狱是什么样的？"

"不知道，最近还时常有些好奇。你知道吗？"

"知道，你不会喜欢的。"

说到被逮捕，让阿申登颇感烦躁的一点是他很可

1　罗宾逊是常见的英国人的姓氏。

能来不及写完手头的剧本；他很讨厌写到一半的东西却要搁置下来，不知到什么时候才能拾起。他不确定自己会被当成政治犯还是普通罪犯，甚至有心想问一下伯纳德，如果被当成普通罪犯关起来（伯纳德知道的应该也只有这方面了），有没有可能拿到纸笔。但真的这样问了，他怕伯纳德会以为是在寻他开心。阿申登也觉得并没有什么好多担忧的，所以心平气和地应对着伯纳德的威胁。

"当然，你可以让我坐上两年牢。"

"至少两年。"

"不是，两年是上限，这我清楚，而且我觉得两年也够多了。那两年我一定觉得十分难熬，这是自然，但还是会比你舒心一些吧。"

"你们能拿我怎样？"

"啊，一定有办法逮住你的。另外，说到底，战争不会无休无止地打下去，你当服务生需要行动自由。我向你保证，只要我出了事，你余生就绝不可能再进入任何一个协约国了。这样一来，我只是觉得，你就不能活得那么洒脱了吧。"

伯纳德没有回话，愤懑地低头看着大理石台面。阿申登觉得该是付账走人的时候了。

"好好考虑一下，伯纳德，"他说，"打算继续干下去的话，我的指示你也听到了，钱还是会通过之前的渠道照常给你。"

这位间谍只耸了耸肩，阿申登其实完全弄不清今天这场对话会引发什么后果，但依然认定出门之时不能失了气度。他果然很有气度地走了出去。

此时，阿申登不确定水温是否烫得受不了，正小心地抬了一只脚踩进浴缸；心里琢磨着伯纳德最后到底采取了怎样的行动。洗澡水勉强不至于把人烫伤，他慢慢地把自己浸入浴缸中。在他看来，伯纳德大致是不会真把那些歪点子付诸实践的，告发他的源头应该不在这里。或许是酒店里的人。阿申登往后一靠，适应了水温之后，满足地舒了一口气。

"说实在的，"他想到，"从远古的一摊烂泥慢慢变成此刻的我，这中间费了多少麻烦，但生活中确实有某些时刻让你觉得那一切麻烦都是值得的。"

想到下午身陷险境，能脱身确实有些侥幸。要是被逮捕，最后被判入狱，R最多就耸耸肩，骂他太笨，立刻就会开始物色继任者。对于自己的这位领导，阿申登已经足够了解，当初他说特工要是惹了麻烦不用寻求帮助，其实一点也不夸张。

阿申登舒舒服服躺在浴缸里，想着多半可以安心写完自己的剧本了，越发高兴起来。警察扑了个空，虽然今后会加紧监视，但在他粗粗写成第三幕之前，恐怕不会采取行动了。他自然要小心为上（就半个月之前，洛桑的一个同事锒铛入狱），但太过焦虑就有些蠢笨了：他在日内瓦的前任怕是自视过高，整日觉得危险如影随形，紧张到难以承受这份精神负担，最后只能被替换掉。阿申登每周要去两次集市，有一个老农妇会在那里把最新的指示交给他。这个农妇是从法国萨瓦[1]到这里卖黄油和鸡蛋的；她跟其他要来集市的妇人一起过境，搜查只是例行公事。每天都是黎明时分，岗哨上的人一心想快点送走这些聒噪的女人，好早些回温暖的炉火边抽雪茄。

1　Savoy，法国东南部的一个地区。

这位老太太身材臃肿，胖脸蛋红扑扑的，一直挂着和气的微笑，看上去也实在太过寻常与淳朴，一个警探要何其敏锐，才能想到如果把手伸进她硕大的胸脯之间，会找到一张小小的字条，可以把这个慈厚的老太太（她冒这个险是为了让自己的儿子不上战场）和一个人近中年的英国作家送上被告席。阿申登一般到集市是九点，日内瓦的家庭主妇大多已经采购完毕。他会在某个提桶跟前停下，提桶之后永远坐着那个不畏风雨和寒暑的老太太；他买半磅黄油，付十法郎，对方找钱的时候把字条塞在他手里；然后阿申登就踱着步走了。唯一的危险就是走回酒店的这一路，字条还在他身上。受了这一回惊吓，他下定决心以后尽量缩短携带罪证的时间。

阿申登叹了口气，因为水已经没那么热了；他的手够不到水龙头，脚趾又转不动它（照理，按规矩做的水龙头都应该用脚拨得动才是），要是非得起身加热水，他还不如就起来算了；另一方面，他也没办法用脚拨出塞子把浴缸放空，逼自己起来；直接站起走出浴缸需要的英雄气概，他也没有。阿申登常听人评价他性格强硬，但在生活中大家下断言往往都太仓促，他们根本就没有拿到足够的依据：他们从来没见到过浴缸中热水渐渐变凉时阿申登是什么样的。不过他的心思又飘到自己的剧本上去了，自己跟自己演着笑话和巧辩，但过去他也吃过苦头，知道浴缸里再精彩的对话到了纸上或舞台上总要失色不少。他渐渐放空头脑，都快忘记身体周围都快成了温水，这时响起了敲门声，因为不想接待任何人，他还没有朦胧到随口答应"请进"，但敲门声并没有停。

"是谁？"他烦躁地喊道。

"有您的信。"

"那进来吧，稍等。"

阿申登听到卧室的门被打开，他走出浴缸，随手裹了一条浴巾，也进了卧室。一个跑腿的小伙子拿着一张字条等在那里。这字条只需口头回复即可，它是住在酒店的一位贵妇人邀请阿申登晚餐之后一起打桥牌，底下的签名是大陆上的称法：希金斯女男爵[1]。阿申登期盼了好久，想在自己的房间穿着拖鞋吃一顿温馨的晚餐，还能斜靠在阅读台灯之下看书，正要拒绝，但他又念及今

1　原文 Baronne de Higgins，即法语的 Baroness of Higgins。

日的种种状况，觉得晚上在餐厅出现才比较周全。在这样的酒店，你如果以为警察来访的消息没有传得人尽皆知，那就太不切实际了，所以他还是应该向同住酒店的客人证明一下，自己神色如常，并未受到影响。之前他脑海中的确闪过，告发他的人或许就在酒店之中，又不自觉地想到了这位活泼的女男爵。要真的是她，那今晚的这局桥牌一定打得别有生趣了。他让那个服务生转达，他很乐意接受这个邀请，然后就不急不忙地穿戴起晚餐的衣服。

冯·希金斯女男爵是奥地利人，战争打响后的第一个冬天在日内瓦住了下来之后，因地制宜地把自己的头衔改得像法国人一样。女男爵的英文和法文都是无可挑剔的。她的姓氏的确和日耳曼民族没有多大关系，那是因为传给她这个名字的祖父是约克郡的一个马夫。十九世纪早期，一个叫布兰肯斯坦的贵族把他带到奥地利。希金斯此后历程浪漫动人，他外表俊朗，引得一位女大公的青睐；他牢牢把握各种机会，晚年居然成了一个男爵，并且被派往意大利宫廷担任全权公使。现在这位女男爵成了他的唯一继承人，她有过一次失败的婚姻，其中那些不幸的细节她很乐意让自己的远近朋友知晓；离婚之后又用起了自己的娘家姓氏。她提起自己祖父是个外交官的次数不算少，可从来不提他也曾经是个马夫，这个有趣的细节是阿申登从维也纳打听来的。自从和女男爵往来渐密之后，他觉得有必要了解一下对方的过去，众多发现之一：虽然女公爵有自己的收入，但那并不足以维系她在日内瓦可算是奢华的开销。因为她从事间谍活动拥有太多便利，几乎可以笃定推断，一定有机敏的情报部门已经招募了她，阿申登还顺理成章认定她的任务大概跟他相差无几。有了这一番了解，还没引发其他效应，倒是让他们更亲密了。

阿申登进餐厅的时候，里面已经坐满了客人。在自己餐桌坐定，他因今日的有惊无险而分外自得，给自己点了一瓶香槟（花的自然是英国政府的钱）。女男爵朝他笑过来，灿烂的笑容极是耀眼。这位女士已经四十出头，可她那种坚实又闪烁的风致，依旧美艳无比。她面色红润，金色的头发上还带着金属的光泽，虽然悦目却不动人，阿申登第一眼见到心里却想：这种头发还是别掉在汤里比较好[1]。一双蓝眼睛，鼻梁挺拔，面容秀美；皮肤白里透粉，但似乎绷在面骨上太紧致了一些。她的低领口[2]很大方，丰满的白胸脯有大理石的质地。很多人抵御不了女性的娇柔温驯，但在女男爵的外表中是找不出一点点这样的特质。她的衣着都很华美，但难得见到有珠宝首饰搭配，阿申登对此中运作毕竟略知一二，推断她的上级准许她在女装店为所欲为[3]，但又觉得再提供戒指和珍珠就未免不够慎重和节俭了。可尽管如此，女男爵还是那么惹人注目，即使没有听过 R 那个关于法国部长的故事，阿申登也觉得不管这位贵妇要施展怎样的魅惑，对方只要见到她的样子，就该有一丝警觉了吧。

等着上菜，阿申登抬头扫了一眼餐厅里其他客人，大多数都很眼熟。那时候日内瓦是各种阴诡勾当的温床，

1　当代英语中，"汤里的头发"指让人作呕之事，但在二十世纪早期，据说英文中这个表达更倾向于"烦人的小事"，应该把头发取出继续喝汤才对。毛姆此处可能是俏皮地表达女男爵的头发色泽过于耀眼，落入汤里也很难忽略了。

2　Décolletée，在法语中指衣服露出脖子和锁骨，后被英文借来直接指露肩女装。

3　Carte blanche，原意为"全权委托"。

大本营就是阿申登所在的这家酒店。这里住着法国人、意大利人、俄罗斯人、土耳其人、罗马尼亚人、希腊人、埃及人，有些是从祖国逃亡至此，有些到这里来无疑是替祖国效忠的。其中有个保加利亚人是阿申登的下属，为了安全起见，他们在日内瓦甚至互相之间没有说过话，他此时正和两个保加利亚同胞共进晚餐，明天或者后天，他有一份很特别的报告要递送，当然前提是在那之前没有被干掉。还有一个娇小的德国妓女，淡蓝色的眼珠，一张玩偶似的脸，她时常沿湖岸活动，最远到伯尔尼，在工作中收集到的只言片语自有那些在柏林的长官去参详其中深意。她和那位女伯爵自然层次不同，所要捕获的猎物也容易得多。不过，在这里忽然见到了冯·霍尔茨明登伯爵还是颇叫阿申登意外的，想不通他在这里做什么。这是德国派在沃韦的特工，难得会来一次日内瓦。有一次阿申登在日内瓦的老城区见到了他，周围是荒凉的街道、寂静的屋舍，伯爵在街角跟一个看上去很像间谍的人说话，要是有办法，阿申登愿意不惜代价去听听他们在说些什么。之前阿申登遇到伯爵都不免觉得滑稽，因为在战前伦敦两人其实还挺熟悉。冯·霍尔茨明登伯爵家世显赫，实际上可以跟霍亨索伦家族[1]攀上亲戚。他喜欢英格兰，跳舞、骑马、射击，样样精湛；大家说他比英国人还英国。他身材高挑，穿剪裁合身的衣服，照普鲁士男子的传统把头发剃得很短，而且他有种微微躬身的姿态——就像正要朝王室鞠躬一样——这种姿态在那些一辈子出入宫廷的人身上，你甚至未必看得出，却时时能感觉到。他举止优雅，对"美艺术"[2]也十分关心。只是现在他和阿申登一直装作从来没有见过彼此。当然两个人都心知肚明对方从事了什么勾当，阿申登甚至想过要开一下伯爵的玩笑——跟一个人常年在饭局和牌桌上碰到，却要假装全然不认识，显然很荒唐可笑——但他还是忍住了，怕德国人又拿这种玩笑印证英国人在战争中的轻佻。但阿申登依然困惑：霍尔茨明登还从来没有进过这家酒店，既然今天来了，不大可能没有重大的缘由。

　　而阿里亲王也意外出现在餐厅，阿申登怀疑跟霍尔

1　Hohenzollern，勃兰登堡-普鲁士及德意志帝国的统治家族，其显赫身份从十一世纪布尔夏德一世被封为索伦伯爵起便有记载。
2　Fine Arts，指绘画、雕塑等主要作用于视觉的高雅艺术。

茨明登的到来必然有关。这种时候，不管一件事看上去多么偶然，把它只当成巧合都是不明智的。阿里亲王是埃及人，跟赫迪夫[1]是近亲，后者被推翻之后，他也跟着从埃及逃了出来。英国人把他视作眼中钉，大家都知道他一直致力于在国内煽动骚乱。就在上一周，他们做了极为周全的保密工作，招待赫迪夫在酒店里住了三天，两人就一直在亲王的套间商谈。阿里亲王是个身材矮小的胖子，留着浓密的黑色一字胡。跟他一起住在酒店的，还有他的两个女儿，和一个名叫穆斯塔法的帕夏[2]；这个人是他的秘书，替他打点各项事宜。现在他们四人正同桌用餐，虽然喝了不少香槟，但桌上气氛沉闷，彼此间什么话都不说。亲王的两个女儿都是思想解放的年轻姑娘，每天晚上都去餐厅跟日内瓦的纨绔子弟跳舞。她们也是矮小敦实的身材，黑眼睛长得漂亮，土黄色的面容神情凝重；身上的衣服却色彩斑斓，更让人想起开罗的鱼市而不是和平街[3]。亲王大人一般都自己在楼上吃饭，而两

---

1 Khevive，1867 至 1914 年间土耳其苏丹授予埃及执政者的称号。

2 Pasha，旧时奥斯曼帝国和北非高级文武官员的称号。

3 Rue de la Paix，巴黎第二区的一条街道，著名的时尚街。

位公主则每天傍晚来公众餐厅用餐；她们似乎还有一位若即若离的监护人，是一个瘦小的英国老太太，被称为金小姐，是她们的家庭女教师。金小姐不和她们坐在同一张餐桌，她们也像是从来没注意到金小姐一样。阿申登有次在走廊里看到其中比较年长的胖公主正在训斥那位家庭教师，用的是法语，而语气之凶恶让阿申登有些不知所措。她一直扯着嗓子在吼，而且突然抽了那位老太太一巴掌。注意到阿申登的时候，她愤怒地朝他瞪了一眼，掉头进了房间，砰的一声把门甩上。阿申登只顾往前走，假装什么都没看到。

刚住到酒店的时候，阿申登还试着结识金小姐，但他的示好换来的不仅仅是冷漠，简直可算是无礼了。一开始两人碰到，阿申登会脱帽致意，而金小姐则生硬地微微欠身，可阿申登一旦开口跟她说话，对方的应答是如此简慢，显然不想跟他有任何实在的往来。但阿申登来这里不是一遇难处就退缩的，所以他把能提升信心的理由都列举了一遍，很快找了个机会上前跟她聊天。金小姐站了起来，用带着英文口音的法语说道：

"我不结交陌生人。"

她一转身就离开了。之后两人再碰到，她根本没有理睬阿申登。

她是个特别瘦小的女人，像是区区几根骨头装在皱巴巴的皮囊里，脸上也全是深深的沟壑。那头上的假发也一眼看得出来，灰褐色，发式繁复，但时常让人觉得没有完全戴正。妆容非常浓，干瘪的脸颊上两大片鲜红色，嘴唇也红得炫目。她喜欢穿些活泼到不可思议的服饰，就好比她是闭着眼睛从旧衣服店买的，而且白天她还会戴着各式各样硕大无比的帽子，都洋溢着浮夸的少女风情。她的鞋跟都特别高，精致小巧，每日里就穿着这样的鞋子脚步轻快地走来走去。她的这副模样实在太过怪诞，见到的人与其说是觉得好笑，其实更感到惊愕。街上常有行人转过身来，瞠目结舌一路注视着她。

阿申登听说，金小姐最早是被聘为阿里亲王母亲的家庭教师，自此就再也没有回过英格兰，想到这么多年来她在开罗的闺房中目睹耳闻了多少故事，阿申登每每都忍不住要感叹。你完全猜不出她有多大岁数了，有多少短暂的东方生命就在她眼底匆匆而逝，她的心底又沉着多少黑暗的秘密！阿申登想知道她老家在哪里，背井离乡这么久，想必在国内既没有亲戚也没有朋友：她在情感上显然并不和英国站在一边，会这么粗鲁地应对阿申登，应该也是有人告诉她要提防这个人。除了法语，金小姐其他语言一概不说。阿申登也很想知道，午餐、晚餐她都一个人坐在那里，心里却在想些什么；想知道她读不读书。每顿饭一结束，她就径直上楼，从来不出现在公众的休息室里。阿申登想知道她怎么看这两个思想解放、衣着花哨、跟陌生男子在劣等咖啡厅跳舞的公主。可金小姐出餐厅经过阿申登的时候，他似乎看到那张如面具般的脸孔还对他吐露出一些怒气，似乎金小姐不只冷漠，还真对他有些厌恶之意。两人目光相接，彼此对视了片刻：阿申登感觉她在凶悍的目光里还加了个无法形之于言的辱骂。本来，这种表情在这张浓妆艳抹的苍老的脸上该是滑稽、有趣的，只可惜也不知为何看上去有些怪异、可怜。

此时希金斯女男爵已经用完了她的晚餐，收起自己的手帕和拎包，翩翩穿过这个宽敞的餐厅，一路都有服务生在两旁鞠躬致意。她在阿申登桌边停了下来；看上去那么光彩照人。

"你今晚能打桥牌我太高兴了，"她说的英语几乎是完美的，只听得出一丝半缕的德国口音，"你晚餐结束就来我客厅喝咖啡吧？"

"这条裙子太美了。"阿申登说。

"现在真是可怕，我根本没有衣服穿，要是再去不了巴黎我都不知道该怎么办了。这些可怕的普鲁士人，"她提高嗓门时喉音也越发明显了[1]，"他们干吗要把我那可怜的国家也拖到这场可怕的战争里去呢？"

她叹了口气，皓齿明眸地一笑，又翩翩地走了。阿申登是最后吃完的几个客人之一，往外走的时候，餐厅几乎空了。走过霍尔茨明登伯爵的时候，阿申登因为心情畅快，大胆地朝伯爵若有若无地眨了下眼睛。这位德国特工不确定自己看到了什么，就算他认定阿申登真眨了眼睛，大概也只会百思不解其中有什么险恶的用心。阿申登走上三楼，敲了敲女男爵的房门。

"请进，请进。"她说道，哐的一声将门敞开了。

她热情地同时握了握阿申登的双手，把他领到客厅

---

1 指不自觉地流露出德语的发音。

中。阿申登看到牌局的另外两位已经到了。是阿里亲王和他的秘书。阿申登这一惊非同小可。

"殿下，请允许我给您介绍阿申登先生。"女男爵用她那流利的法语说道。

阿申登鞠了一躬，握了握对方伸出的手。亲王很快打量了他一下，但没有说话。希金斯女男爵继续说道：

"我不知道你是否见过帕夏。"

"能认识你太高兴了，阿申登先生。"亲王的秘书说道，友善地握了手。"我们美丽的女男爵聊起过你的桥牌技艺，亲王殿下对这项运动极为热衷，没错吧，殿下？"

"没错，没错。"

帕夏穆斯塔法是个高大的胖子，或许有四十五岁，一双大眼睛很灵活，上嘴唇留着巨大的黑色一字胡。他身上穿着晚礼服，衬衫胸前佩戴着一颗硕大的钻石，头上戴着他们国家的塔布什帽[1]。他格外健谈，而且言语从他嘴里掉出来极为嘈杂，像是许多弹珠从袋子里滚落。他特别刻意对阿申登客气和示好，而亲王则一言不发坐着，

1　Tarboosh，一种穆斯林男子戴的中央有缨子的红色无边圆塔状毡帽或布帽。

半年拉着眼睑看着阿申登。他像是有些害羞。

"我在俱乐部没看到你，先生，"帕夏说，"你不喜欢巴卡拉[1]吗？"

"只难得玩一玩。"

"我们这位女伯爵什么书都读过，她告诉我，你是个了不起的大作家，只可惜我读不了英文书。"

女伯爵又夸了一番阿申登，极尽溢美之词，阿申登有礼有节地听着，适当地表达了感激。给客人奉上了酒和咖啡之后，女主人把纸牌拿了出来。阿申登不得不琢磨起来，自己为何会被邀请。他很少有不切实际、过分自信的时候（在这一点上，他倒是有些自得的），而说到桥牌，他对自己的水准尤为清醒。阿申登知道自己若算是桥牌的好手，也不过是二流中的好手，但他在世界各地都跟最厉害的牌手较量过，清楚自己根本不是同一个层次。他们现在打的是定约桥牌，阿申登有些生疏，而牌局中下的注却又很大，很显然这场桥牌只是借口，但

1　Baccarat，纸牌游戏，每位参与者手持两到三张牌，看谁的点数被十除余数最大。

暗地里大家真正较量的是什么，阿申登却一点也猜不出来。或许亲王和帕夏知道他是从英国来的特工，想借打牌亲自打探一下这是怎样一个人。最近一两天，阿申登总觉得有什么事正蓄势待发，今天这个局算是验证了自己的直觉，但这"待发"的究竟是什么事，却又无从推断。手下那些特工呈递的讯息中也看不出有什么要紧的。不过他现在颇为确定瑞士警方之前的造访是拜女男爵所赐，而这场桥牌也是他们发现警探一无所获之后才组织的。这个想法还有诸多难解之处，却也很有意思，而桥牌一盘一盘往下打，阿申登也逐渐融入了他们一刻不停的对话中。他仔细听着其他人的每一句话，对自己所说的也一样小心。战争经常被提起，女男爵和帕夏都表达着自己强烈的反德立场。女男爵的心是归属于英格兰的，她家族的根就在那里（那位约克郡的马夫），而帕夏将巴黎视作自己的精神故乡。当帕夏聊起蒙马特[1]和它夜间的活力时，亲王也被触动得打破了沉默。

---

1 Montmartre，巴黎北部、塞纳河右岸的一个区域，历史上以其艺术氛围和夜生活而闻名。

"那是个很美的城市，巴黎。"他说。

"亲王在那里有个很漂亮的公寓，"他的秘书说道，"里面有很漂亮的画作和真人大小的雕像。"

阿申登则坦陈，他对埃及的民族诉求抱持极大的同情，还把维也纳视作欧洲最迷人的名城。他们对阿申登如何友善，阿申登也以同样的热诚对待他们，但如果这些人打算从他这里套出什么在瑞士报纸上没有登过的讯息，那一定是误会了。某一刻阿申登隐约察觉对方似乎在试探自己，看他有没有可能被收买。不过他们的说辞太隐晦了，阿申登有些吃不准，但对话的氛围中似乎飘荡着这样一套道理：在这个困苦的世界中，每个尚存慈悲之心的人必然诚挚地渴望着和平，一个聪明的作家或许可以接受某种协议，不仅帮助了自己的祖国，还能获得丰厚的报偿。很显然这第一晚不会听到什么意义明确的话，但阿申登还是努力表现出他很愿意在这个话题上深入交流，当然他的表现方式极其飘忽，几乎不靠言语，更多的是一种很好亲近的姿态。跟帕夏以及那位美丽的奥地利人说话时，阿申登始终感觉阿里亲王那双警惕的眼睛在关注自己，也一直有种不安，怕心里很多想法都已经被亲王看穿。他并没有证据，但总感觉亲王是个心思敏锐的厉害人物。或许他一出门，亲王就会告诉另外两个人，他们拉拢不了阿申登，不用再浪费时间。

刚过午夜，正好一盘打完，亲王从桌边站了起来。

"有些晚了，"他说，"阿申登先生明天也一定有很多事要忙，我们不能再耽误他休息。"

阿申登就把这看成自己应当告辞的信号。他留下三位牌友讨论当下的局面，离开时心头颇为迷茫，也只能安慰自己，对方想必也是一样困惑。一回到房间，他突然感觉身心交瘁，脱衣服的时候眼睛都睁不开；刚倒在床上，立马就睡着了。

他敢说自己铁定没有睡足五分钟，就被一阵敲门声拽出了梦乡。他先听了一下。

"是谁？"

"酒店的服务员。开一下门，有件事要跟您说。"

阿申登一边骂着一边开灯，用手揉了揉自己日渐稀疏的凌乱头发（和尤里乌斯·恺撒一样，他觉得秃顶有失体面，不喜欢被人看到），把原先锁着的门打开了。外面站着一个妆容不整的瑞士女仆，她没穿围裙，其他衣服也像是手忙脚乱刚刚套上的。

"那位英国老太太，就是埃及公主的那位家庭教师，她快要死了，想要见您。"

"见我？"阿申登说。"不可能，我们并不认识。今天晚上看到她还好好的。"

他很困惑，想到什么就说了出来。

"是她说要找您。医生问您愿不愿意去一趟，她捱不了多久了。"

"一定是弄错了，她不可能找我的。"

"她说了您的名字，还有您的房间号。还说：快点，快点。"

阿申登耸了耸肩，回房间穿上拖鞋和睡袍，临时起意，往口袋里放了一把左轮手枪。相比于火器，阿申登其实更相信自己的判断力，擦枪走火之事时有发生，而且也会被人听到声响，但有时候摸到枪把的确能给你信心，而此时这突然的邀请似乎也过于神秘了。那两位胖乎乎的和善埃及人大概不会设这样的陷阱吧，否则就太过荒诞了，但在阿申登的这一行里，平时那些无趣的例行公事会时不时毫无廉耻地跌入六十年代那种情节浮夸的文艺作品[1]。就像再陈腐的说法在动情之时也很适用，人生的巧合很多时候似乎并不介意自己落入老套的文学样式中。

金小姐的房间比阿申登高了两层，他跟着女服务员穿过走廊、走上楼梯的时候，问她那位老太太是怎么了。她很慌乱，讲话睡意朦胧。

"我觉得她是中风了吧。不知道啊。值夜班的前台叫醒我，说布里戴先生要我立马上楼。"

布里戴先生是副经理。

"现在几点了？"阿申登问。

"得有三点了吧。"

他们到了金小姐的门口，女服务员敲了敲门，开门的是布里戴先生。显然他也是在睡梦中被喊醒的；赤脚穿拖鞋，灰色裤子，睡衣外面罩着礼服大衣，样子很怪；平时都用发油，头发没有一根不贴在头皮上，现在几乎

---

1 Melodrama，起源于法国，在英国这一类戏剧主题从中世纪说教剧、哥特剧、海事剧，到十九世纪中期发展的以都市为题材的悬疑剧，一直广受欢迎。这时候也应运而生了很多相同类型的小说，比如威尔基·柯林斯的《月光宝石》等就是这一时期的作品。

都竖着。他一上来就满是歉意。

"阿申登先生，打搅您真是万分抱歉，可她就是不停地要找您，医生就说派人喊您一声。"

"完全没有关系。"

阿申登走了进去。这是一间局促的里屋，灯都开着，窗都关了，窗帘也全部拉上。屋里热气逼人。医生是个留着胡子、头发花白的瑞士人，正站在床边。布里戴先生尽管装束不尽人意，且掩不住地心烦意乱，但也不至于忘了要做一个殷勤的经理，煞有介事地替大家互相做了介绍。

"这位就是金小姐一直在找的阿申登先生。这位是阿博斯医生，他是日内瓦大学医学院的。"

医生什么都没说，只是朝床那边指了指。金小姐躺在床上。看到她阿申登大吃一惊。一个巨大的棉织睡帽，用带子系在颌下（阿申登进来的时候就看到那个棕色的假发搁在梳妆台上的一个架子上），一件很膨大的白色睡衣，领口很高。这样的睡帽和睡衣都属于一个逝去的时代，让你想起克鲁克香克[1]给狄更斯小说画的那些插画。

1　George Cruikshank（1792—1878），英国漫画家、书籍插画家。

睡觉前她会用某种乳膏擦去妆容，此时脸上还油光光的，而卸妆也显然没有完成，眉毛边还有一道道黑线，面颊上还残留着腮红。她躺在床里显得格外瘦小，像个孩童，而且无比苍老。

"她一定快九十了吧。"阿申登心想。

她看上去不像一个真实的人，像个玩偶，而且是一个爱戏谑的玩具工匠一时兴起，故意做来讽刺老巫婆的玩偶。她面朝天一动不动躺着，身子太小了，平整的被子上几乎看不出底下躺着人；因为假牙不在，她的脸也比平时更小。在这个萎缩的面具中，那双黑眼睛大得诡异，一眨不眨地瞪着——要不是这双眼睛，你会以为她已经死了。阿申登觉得金小姐看到自己的时候，目光变得不一样了。

"金小姐，很抱歉我们是这样见面的。"他故作轻松地说。

"她现在没法讲话，"医生说，"服务员去找你的时候，她又有一次小中风。我刚给她打过针，过一会儿可能舌头的功能会恢复一些。她有话要跟你说。"

"我很愿意在这里等着。"阿申登说。

他在金小姐的黑色眼睛里似乎看到了释然。于是他们四人围在床边，只是怔怔看着这个濒死的老太太。

"看起来我在这里也帮不上什么忙了，还不如回去睡觉。"布里戴先生等了一会儿说道。

"去吧，朋友，"医生说，"你在这里确实也没有什么事可做了。"

布里戴先生转向阿申登。

"我能私下跟您说句话吗？"他问。

"当然。"

医生突然在金小姐的眼里看到一种恐惧。

"不用紧张，"他温柔地说，"阿申登先生没有走，你让他等多久他都会等的。"

副经理把阿申登领到走廊，半掩起门，让里面的人听不到他的悄悄话。

"阿申登先生，我相信您一定理解有些事不可张扬，是不是？酒店里死了人会让其他宾客特别不舒服，我们会用一切方法不让他们知道。我会第一时间把遗体送走，如果您能保密的话，我会万分感激的。"

"在这件事上，你对我可以完全放心。"阿申登说。

"今天晚上非常不巧，经理正好不在，恐怕他知道了要大发雷霆。当然我是可以叫一辆救护车，把她送到医院去，但医生说还没把她搬到楼下就会没命的，绝不允许我这样做。如果她死在酒店里，也不能怪到我头上吧。"

"很多时候，死亡选择的时机确实不够体贴。"阿申登喃喃回道。

"说到底，她岁数真的太大了，很多年前就该走了吧。那位埃及亲王怎么想的，怎么会找这个岁数的家庭女教师？他早就应该把老太太送回英国去了。这些东方人，就知道给人添麻烦。"

"亲王现在在哪里？"阿申登问。"金小姐在他家里教了这么多年书，即使睡着了也该喊醒他吧？"

"他不在酒店里，和秘书一起出去了。可能正在玩巴卡拉呢。谁知道。反正我不可能派人满日内瓦地找他吧。"

"两位公主呢？"

"没回来，天亮之前她们一般很少回来。这俩姑娘对跳舞真叫一个痴迷。我不知道她们现在何处；就算知道，因为家庭女教师中风就把她们从快乐的时光中拖回来，她们不会给我好脸色的。我了解这两位公主。等她们回来，值班的前台会把这件事告诉她们，要怎么办就随便她们了。老太太也不想见她们。夜班前台找到我，我进了她房间就问亲王殿下在哪，她撕心裂肺地哭喊起来，说：不要！不要！"

"那她当时还能说话吧？"

"也算是说了一些吧，不过让我吃惊的是她说的是英语，之前她只肯说法语的。你也知道，她很讨厌英国人。"

"可她找我做什么呢？"

"这我就不知道了。她说有事情要立马告诉您。奇怪的是，她居然知道您的房间号。一开始，我没让他们去找您，半夜里一个疯老太太说的话，我不可能就去打搅我的客人。在我看来，我们没权利不让您睡觉。可医生来了之后，他坚持要通知您，老太太就是不消停，我说要找您也得等到明天早上，她就哭了。"

阿申登观察着这位副经理，他似乎一点也不觉得自己描述的这个场面有任何能触动他的地方。

"医生问您是谁，我告诉了他；医生说，老太太想见您或许因为您是同胞。"

"或许。"阿申登干巴巴地应了一声。

"好了，我去试试看能不能再睡一会儿。先要关照前台一声，让他们把事情处理完了再喊我。还好现在昼短夜长，要是顺利的话，应该天亮之前能把遗体送走。"

阿申登一进房间，那位临终老太太的黑色眼珠就盯着他不放。他觉得自己有责任说些什么，可话一出口，他就想到我们跟病人说的话往往那么愚蠢。

"我知道，您现在一定病得很难受吧，金小姐。"

阿申登似乎看到她眼里闪过一丝怒意，只能揣测是自己这句无谓的话惹恼了老太太。

"你不介意再等一会儿吧？"医生问。

"当然不介意。"

似乎之前是夜班前台被金小姐房间打来的电话吵醒，但接起来却没有人说话。电话一直在响，他就上楼去敲门了。用酒店的钥匙开门之后，他看到金小姐躺在地上，电话也从桌上掉了下来。看上去是老太太觉得不舒服，拿起听筒打电话求助，刚拨出去人就倒下了。前台急忙去找来了副经理，两人一起把她抬到床上。然后两人叫醒了女服务员，还请了医生。医生在金小姐跟前陈述这些情况让阿申登觉得颇为怪异，就好像他以为金小姐听不懂他的法语，就好像金小姐已经死了。

这时医生说道：

"好了，其实接下来我什么也做不了，留在这里也没有用了。要是有任何变化他们随时可以打我电话。"

阿申登明白金小姐这个状态可能要维持好几个小时，就耸了耸肩。

"那好吧。"

医生拍了拍她苍老的面颊，就好像这是一个小孩，说道：

"你得尽量多睡一会儿，我早上再来。"

他收拾起装医疗器械的公文包，洗了手，慢吞吞穿上了厚大衣。阿申登陪他走到门口，两人握手时，一脸大胡子的医生噘了噘嘴，这是他对病情的判断。阿申登往回走的时候，看了看那个女服务员。她坐在椅子边缘，很不自在，就像是面对死亡她什么都不敢多想。那张本就又丑又宽的脸累得有些浮肿。

"你在这熬着也没有用，"阿申登对她说道，"不如回去睡吧。"

"先生一定不喜欢一个人留在这里，肯定需要人陪的。"

"这是什么道理呢？不用了，你明天还有一天的活儿要干。"

"就算现在走了我也得五点就起来。"

"那就赶快去睡一会儿吧，你可以一起床就到这里来看看有没有事。去吧。"

她站起来的动作像是很费力。

"如果先生真是这样想的话……可我很乐意留下来的。"

阿申登微笑着摇摇头。

"晚安，我可怜的金小姐。"女服务员说。

她一走就只剩下阿申登了。他坐到床边，又和金小姐眼神相接，面对这样毫不避闪的目光让人很是尴尬。

"不要太担心了，金小姐。你刚刚只是轻微的中风，我确定再过一会儿你就能开口说话了。"

他毫不怀疑自己在那双黑色的眼睛里看到一种拼命要说话的挣扎。这一点错不了。那是一种喷薄而出的愿望，但瘫痪的身体却无法执行这样的命令。这种失望是一看便知的，泪水在她眼眶中涌起，沿着脸颊滚落下来。阿申登掏出手帕替她擦干了眼泪。

"不要伤心，金小姐，再耐心等一会儿，我确定你一定能把想说的说出来。"

阿申登分不清是不是她眼神中流露出一种绝望，像是在说她已经没有时间再等了。或许阿申登只是把自己心里想到的念头强加给了那双眼睛。梳妆台上放着这位女教师一些简陋的梳妆用具：带浮雕花纹的银柄梳子，一面银框镜子，墙角立着一个破旧的衣箱，因为磨损而发亮的皮质大帽盒放在衣橱顶上。在这个体面的酒店房间里，金小姐的东西看着确实有些寒酸；周围都是上了光的配套红木家具，亮得晃眼。

"我关掉一些灯不知道你会不会更舒服一些？"阿申登问。

他把其他的灯全关了，只留床头那一盏，然后又坐了下来。他很渴望能抽上一口烟。目光再次被屋子里另一双眼睛逮住了，那是老太太唯一还未逝去的生命。阿申登很确定金小姐有什么话迫不及待要告诉他。但那会是什么话呢？究竟是什么话呢？或许金小姐找他只是因为大限将至，而离开故国、忘却同胞这么多年，只想有个英国人在身边。至少医生就是这么想的。可金小姐为什么要找他呢？酒店里还有其他英国人啊，比如那对老夫妇，男的是退休的"印度文官"[1]，似乎金小姐应该顺理成章先想到他们。对她来说，还有谁能比阿申登更像个陌生人呢？

"你有什么话要对我说吗，金小姐？"

金小姐还是那样瞪着他，眼神中全是话，阿申登努力想读出那个答案来，但根本无从推断。

"不用担心我会走，只要你需要，我会一直留在这里。"

没有，什么回应都没有。那双黑色的眼睛还是执着地盯着他不放，阿申登看它们的时候，觉得那神秘的光芒背后有团火焰在燃烧。这时阿申登问自己，金小姐找他是不是因为知道了他是个英国特工？会不会这么多年来她所在意的事情，到最后一刻突然都显得无关紧要了？或许在临死前，她对祖国的爱——一份死寂了半个世纪的感情——又在她心底苏醒了（阿申登心里在告诉

---

1 "印度文官制度"是 1861 年至 1947 年（印度独立）期间，英国政府为统治"英属印度"地区而设立的公务员选拔机制；多数为英国人。

自己："这些愚蠢的念头实在莫名其妙，这是廉价、浮夸的小说里才有的事")？于是她无法自已地只想为家国出力；说到底，这些东西才是真正的归宿，不是吗？时局之下，没有人能全然不受其触动，而爱国（和平年代这种情绪只留给政客、时评家和笨蛋就好了，但在战争的阴暗岁月中，对国家的爱能攥住人的心弦）——爱国的情绪能迫使人做出意料之外的事情来。她不愿见亲王和两位公主也很不寻常，是她突然憎恶这些人了？是她觉得正因为这些人让她背叛了国家，而在最后关头想要弥补？（"这些都根本没什么可能，她只是一个糊涂的老姑娘，没有必要地多活了好些年。"）但可能性再小也并非不可能。尽管他的理智一直在抗议，但阿申登不知为何就开始坚信金小姐有什么秘密要透露给他。她来找阿申登就因为知道他是谁，知道这个秘密对他有用。她就快要死了，所以什么都不怕了。可那件秘密真的重要吗？阿申登弯腰过去，更急切地想要辨认出她眼中的讯息。或许那只是鸡毛蒜皮的小事，只在她搅浑了的老脑子里才显得如此要紧。有些人会把每个自顾自走路的行人认定是间谍，把很多最正常不过的事件都联系成阴谋，阿申登受不了这样的论调。金小姐能开口说话之后，十有八九会告诉他一些对任何人都无关紧要的事情。

但这个老太太一定知道那么多的事！在她身边往来那么多看似更重要的大人物，凭着她的耳聪目明，一定有很多机会察觉他们小心掩藏的秘密。阿申登又想起他之前那种感受，就是周围正酝酿着什么大事。霍尔茨明登那天正好来酒店就很蹊跷，为什么阿里亲王和帕夏那两个挥金如土的赌徒，要浪费一晚上跟他打定约桥牌？或许这里牵涉到什么新的战略，或许无比重大的事件正悄然发生，或许老太太要说的话会左右一切。或许这就是整场战争胜负的关键。天知道她会说出什么来。而她就躺在那里，无力表达。阿申登只是静静地盯着她，过了好久。

"是跟战争有关吧，金小姐？"他突然大声问道。

有东西从她眼中闪过，沧桑的脸上猛地颤动了一下，这是个明确无疑的动作。有诡异可怕的事情正要发生，阿申登屏住了呼吸。老妇人脆弱的身躯抽搐了一下，像是用尽了最后的气力，在床中坐了起来。阿申登忙不迭扑过去扶住她。

"英格兰。"她只说了这一个词，声音粗哑刺耳；然后就跌入了阿申登的臂弯。

阿申登重又把她放回到枕头上，看出金小姐已经死了。

没毛的墨西哥人

The Hairless Mexican[1]

"你喜欢意大利面吗？"R 问他。

"你说意大利面什么意思？"阿申登答道。"这就像你问我喜不喜欢诗歌。我喜欢济慈、华兹华斯、魏尔兰、歌德。你说意大利面的时候，你是指圆细长面、宽扁长面、特细短面、特宽面、短空心粉，还是蝴蝶结面[2]？"

1　收录于 1928 年出版的故事集《英国特工阿申登》。

2　此处 R 问题中的"意大利面"原文是 macaroni，其实是"通心粉"，但直到二十世纪早期，在日常英语中还只用 macaroni 和 spaghetti 等少数几个词用来含混指代"意大利面"。而文中阿申登列举的名称，原文分别为：spaghtetti、tagliatelle、vermicelli、fettuccini、tufali（疑为常见拼写为 tuffoli）、farfalli，它们有制作方法和不同地域的细微差别，译文只是从外观上略作区分。

"我指的就是意大利面。"R答道。这人向来一字千金。

"所有简单的东西我都喜欢：白煮蛋、牡蛎、鱼子酱、蓝鳟[1]、烤鲑鱼、烤羊肉（非要选的话，最好是腰部的羊肉）、凉了的松鸡肉、糖浆果馅饼、大米布丁。但在所有这些简单东西里头，唯一一样我可以日复一日吃下去，不仅不会吃到恶心，连那种急切的好胃口也一点不受损的，只有通心粉。"

"这样就好，因为我正要派你去意大利。"

阿申登刚从日内瓦到了里昂跟R碰面，他比R到得早，所以一下午都在城里闲逛。里昂很有活力，街道其实也平平无奇，但到处都很热闹。R刚落脚，阿申登就带他来了广场上的这家餐厅，据说法国那个地区就数这里的菜肴最好吃。此时他们在餐厅坐着，如此宾客盈门的地方（里昂人吃饭比较讲究），你也不知道自己随口说出的话，会被哪双竖起的耳朵给听了去，所以他们正好可以聊些无关痛痒之事。这一顿可圈可点的大餐已近尾声。

1　Truite au bleu，字面就是"变蓝的鳟鱼"（因烹饪中加醋而变蓝）。

"再来一杯白兰地吗？"R说。

"不用了，多谢。"阿申登回答，他倾向于凡事都要适度。

"战时事事艰难，我们应该想尽办法放松才是。"R一边说着一边拿起酒瓶，给自己和阿申登都倒了满满一杯。

阿申登觉得再推辞显得做作，就默许了这一杯酒，但对于自己上司不得体的握瓶方式，他觉得必须要提出意见。

"我年轻的时候，他们总教我：搂女人要搂在腰上，而抓酒瓶则只能抓住瓶颈。"

"多谢你告诉我。我会继续拦腰抓起酒瓶，而对女人，则绕道而行。"

阿申登不知道这句话该如何回复，就什么也没说。他小口喝着白兰地，R喊服务生把他的账单拿来。毋庸讳言，R是个大人物，很多生灵的旦夕祸福，全在他一念之间，听取他意见的是那些掌控帝国命运的人；但他就是无法面对给服务生小费这件事，仪态举止中一下全是尴尬。他既怕给得太多，被人当傻子，又怕给得太少，引来服务生的冷眼；在两难中倍感煎熬。账单送上来之后，他递了大概一百法郎的钞票给阿申登，说：

"你付钱给他吧，行吗？法国人那些数字我从来都搞不清楚。"

服务生拿来了他们的帽子和外套。

"你想回酒店吗？"阿申登问。

"那就回吧。"

时节还早，气候却一下暖和起来，两人走去酒店的路上大衣都挂在手臂上。阿申登知道 R 喜欢有会客厅的酒店，所以给他订的就是这样一家；到了酒店之后，两人就去了会客厅。这是家老派的酒店，会客厅极为宽敞，里面都是厚重的红木配套家具，座椅的套子全是绿色丝绒，端正地排在一张大桌子周围。墙上是灰暗的墙纸，挂着巨大的钢版雕刻，描绘的是拿破仑的战争场面。顶上挂下来庞然一盏瓦斯吊灯，不过现在已经通电换上灯泡了，照得整间会客厅都是冰凉、刺目的光。

"这会客厅还不错。"他们走进会客厅时 R 说道。

"只是少了点温馨惬意的氛围。"阿申登说。

"是这样，不过这厅看着像是这里最好的一间屋子了，我看着很'上档次'。"

他把其中一张覆着绿丝绒的椅子从桌边抽出，坐下，点了一支雪茄。他松开皮带，解开了自己的短夹克。

"我本来一直以为方头雪茄是世上最好的东西，"他说，"但战争开始之后，我倒是越来越喜欢哈瓦那雪茄了。无所谓了，这样的日子总会到头的。"他嘴角抽动，像是要笑起来。"让每个人都遭殃的风才是恶风。[1]"

阿申登抽出两把椅子，一张用来坐，一张用来搁脚。R看到了，说："这主意倒不坏"，也从桌底转出一张椅子，抬起两只靴子放了上去，舒服地叹了口气。

"隔壁是什么房间？"他问。

"是你的卧室。"

"另外一个隔壁呢？"

"宴会厅。"

R站了起来，在房间里缓缓踱着步，走到窗边时，似乎只是出于无聊好奇，撩开厚重的棱纹窗帘，从一点缝隙间往外看了看，然后又坐回到自己椅子上，惬意地

1　英谚，指天下很少有对所有人都有害的事。R似暗指自己从战争中获益。

把脚搁了起来。

"不必要的风险还是尽量避免为好。"他说。

他若有所思地看着阿申登，薄嘴唇上露出淡淡的笑意，但那双靠得太近的浅色眼睛依旧冷冷的满是刚毅。被 R 这样盯着看照理该很尴尬，但阿申登已经习惯了，他知道 R 有事要说，只是在琢磨如何起头。他们沉默了至少有两三分钟。

"今天晚上有个家伙要来见我，"他终于开口道，"他的火车大概十点左右到。"R 瞄了一眼腕表。"他的代号叫没毛的墨西哥人。"

"为什么这么叫？"

"因为他没毛发，而且是个墨西哥人。"

"这个解释天衣无缝。"

"你要想知道他的事，跟他聊天就行，这人绝对是个话痨。我是在他山穷水尽的时候认识他的，似乎是掺和进了墨西哥的什么革命，逃亡的时候除了身上的衣服什么东西都没了。见到他时，连身上的衣服也是破破烂烂的。要想讨好他，你喊他将军就行。他号称自己曾经在韦尔塔[1]的军队里当过将军——我记得好像是韦尔塔；反正他说要是运气没那么坏，他现在应该是战争部长了，权势遮天。我觉得他还挺有用的，人也不坏，我唯一看不惯的就是他太爱用香水。"

"这里什么地方用得到我？"阿申登问。

"他要去意大利，我找了个棘手的活给他，所以希望你能从旁照应。我不太热衷于拨一大笔钱让他随意处置，这是个赌徒，对女人的兴趣也略微有些过头。你从日内瓦过来的时候应该用的是自己那本阿申登的护照吧？"

"是的。"

"我又给你弄了一张，用于外交的，带着去法国和意大利的签证，名字叫萨默维尔。我觉得你不妨就跟他同行，这哥们儿兴致上来了挺有意思的，而且你也该多了解了解他。"

"这次的任务是什么？"

"我还没想好该让你知道多少才最有利。"

1　Victoriano Huerta（1854—1916），P. 迪亚斯统治期间晋升为将军，推翻继承人，建立起军事独裁。1914 年被打败，逃亡西班牙、美国。

阿申登没有回答。他们淡漠地互相看着，就像两个陌生人在同一个火车车厢里坐下，互相揣度对方究竟是怎样一个人。

"至于你，不用多说话，只管听大将军说就行了。除了非说不行的那些，不用把你自己的事告诉他。他也不会问你，这一点我可以保证，我觉得他或多或少也是在按他自己的理解做一个绅士。"

"顺便问一句，他真名是什么？"

"我一直喊他曼努埃尔，不过他大概不是很喜欢我这么称呼他；他的真名叫曼努埃尔·卡莫纳。"

"你所有的言外之意，都是想告诉我这人是个彻头彻尾的混蛋吧。"

R 那双淡蓝色的眼睛里全是笑意。

"我倒也没觉得要把他说成那样。他没有上公学[1] 这样的好命，对于公平竞争的理解跟你和我都不太一样。要是他在附近，我绝对不会乱放我的金烟盒，可要是他

1　即英国教育体系中的私立学校，如伊顿公学等，一般认为对塑造年轻男性乃至整个国民气质有很大作用。

在赌桌上欠了你的钱，又偷了你的烟盒，他立马会把烟盒当了把钱给你还上。只要有半个机会，他肯定会勾引你老婆，但如果你潦倒了，他就算自己只有一口面包屑也舍得让给你。听到古诺[1]的《圣母颂》，他会泪流满面，可要是你伤了他的面子，他会把自己当天神一样处决了你。据说在墨西哥妨碍人喝酒是很严重的羞辱，他自己跟我说，有次一个不知道这回事的荷兰人从他和吧台之间穿了过去，他拔出左轮手枪就毙了他。"

"没人追究吗？"

"没有，他家似乎是墨西哥最显赫的家族之一。这件事就被掩盖起来了，报纸上宣称荷兰人是自杀死的。实际上他也的确是自杀。没毛的墨西哥人在我看来对生命不是特别敬畏。"

阿申登之前就注意着 R 的表情，听了这句话不由得一惊，越发仔细地观察那张满是皱纹、神色疲惫的黄脸。他知道 R 刚刚那句话不是随便说说的。

1　Charles Gounod（1818—1893），法国作曲家。后文提到的《圣母颂》，是古诺用了巴赫的《C 大调前奏曲》的伴奏音型，叠加了自己谱写的旋律，风格典雅肃穆，富于宗教感。

"关于人命的价值我们一定都听过很多无稽之谈了，你还不如说打扑克的时候那些筹码有内在价值呢。它们的价值是你赋予它们的，对于一个指挥战斗的将军来说，人就是筹码，如果多愁善感真把筹码当成了人，他就是个傻瓜了。"

"可是，你看，这些筹码是有感觉、有思想的筹码，要是他们认定自己正被随意挥霍，绝对有能力拒绝再当筹码吧。"

"算了，这都是题外话。我们收到情报，有个叫康斯坦丁·安德里亚蒂的人已经从君士坦丁堡出发，身上带着我们想要的文件。他是希腊人，做了恩维尔帕夏[1]的特工。恩维尔很信任他，有些讯息太秘密、太重大，都不能落到纸上，就让他口头传送。他坐了一艘名为'伊萨卡'的船从比雷埃夫斯[2]出发，会在布林迪西[3]登岸，再赶往罗马。他要递送的文件目的地是德国大使馆，然后当

1　Enver Pasha（1881—1922），土耳其将军，第一次世界大战时与德军合作，战后逃亡德国。

2　Piraeus，希腊东南部港市。

3　Brindisi，意大利东南部港市。

面把要说的告诉大使。"

"我明白了。"

这时候意大利还是中立的；同盟国正竭尽全力要维持意大利的中立状态，而协约国也在想尽办法让意大利能加入他们参战。

"我们不想跟意大利当局起冲突，后果可能不堪设想，但我们也得阻止安德里亚蒂赶到罗马。"

"不惜一切代价吗？"阿申登问。

"不用考虑钱的问题。"R一边说着，嘴唇扭曲成戏谑的微笑。

"你打算怎么弄到文件？"

"我觉得这一方面你就不用费心了。"

"我想象力很丰富。"阿申登说。

"我希望你跟没毛的墨西哥人一起去那不勒斯。他很渴望回古巴。似乎他的一些朋友正在酝酿起义，所以他也想尽量做好准备，一旦时机成熟就窜回墨西哥。他需要现金。我把钱带过来了，都换成了美金，今晚就准备给你。你最好到时就把钱带在身上。"

"很多吗？"

"不少，我就觉得体积太大你也不方便，所以都给你换成了千元的面额。到时没毛的墨西哥人把安德里亚蒂的文件交给你，你就把这些钱给他。"

有一个问题到了阿申登嘴边，可他没有问，问了另外一个问题：

"这家伙知道自己要怎么做吗？"

"清楚得很。"

这时敲门声响起，门一开，那个没毛的墨西哥人就站到了他们面前。

"我到了，上校，晚上好，见到你真是太高兴了。"

R站了起来。

"路上还顺利吧，曼努埃尔？这位是萨默维尔先生，他会陪同你去那不勒斯，卡莫纳将军。"

"认识你很高兴，先生。"

他跟阿申登握手时如此用力，后者皱了下眉头。

"你的手真是钢筋铁骨啊，将军。"阿申登低声说道。

墨西哥人朝自己的手看了看。

"今天早上我刚让人替我修了指甲，不过修得不是很好，我对打磨指甲的要求比这精细得多了。"

这些指甲都修剪得头上尖尖的，而且涂抹成明亮的红色，在阿申登眼里几乎都像一面面小镜子。虽然天气并不冷，但将军穿的是一件皮草大衣，俄国羔羊毛的领子，每做一个动作都有香水味飘入你的鼻孔。

"把大衣脱了吧，将军，来根雪茄。" R 说。

没毛的墨西哥人身材高挑，虽然偏瘦，但让人感觉很有力量。他穿得很考究，蓝色的哔叽西服，胸前口袋工整地插着丝绸手帕，手腕上还有一个金色的手镯。他的五官也不难看，就是比正常的尺寸像是又放大了一些，棕色的眼睛格外有神。他连其他的毛发也不多，没长眉毛和睫毛，黄色的皮肤细腻得好比女人。他戴了一个浅棕色的假发，有些长，还很用心地弄出凌乱的发式。这样的假发配上他泛黄的面色，平滑的肌肤，和这身过分讲究的衣着，让你第一眼见到他简直有些害怕。他既可笑又可憎，但你的目光就是离不开他，他的怪异有种可怕的吸引力。

他坐下的时候，提了一下裤脚管，让它们不会在膝盖的地方撑坏了样子。

"怎么样，曼努埃尔，今天又有几个姑娘为你伤了心啊？"R 高高兴兴地跟他开着玩笑。

将军转向阿申登说：

"我们的这位上校朋友一向嫉妒我的异性缘。我跟他说过，只要听我的，他也可以跟我一样成功。自信，只要自信就行了。要是你不怕被拒绝，你就永远不会被拒绝。"

"这就是瞎扯了，曼努埃尔，你对付女人自有你的一套，别人学不来。你身上有种特质是让她们无法抗拒的。"

没毛的墨西哥人笑了起来，并不掩饰他的自得。他的英语说得很好，带着点西班牙语的口音，但声调却又是美国的。

"上校，既然你问了，我不介意告诉你，火车上我跟一个小妇人聊了起来，她是去里昂看她婆婆的。她不算年轻了，而且我喜欢的女人一般没有这么瘦，但马马虎虎也能接受，她让我度过了一小时愉快的时光。"

"好了，我们说正事吧。"R 说。

"我听候你的差遣，上校。"他瞄了阿申登一眼。"萨默维尔先生是军人吗？"

"不是，"R 说，"他是个作家。"

没毛的墨西哥人　　75

"不是说嘛，世界要运转起来需要各式各样的人，我很高兴能认识你，萨默维尔先生。我有很多你一定感兴趣的故事可以讲，我们绝对能相处得很好。你一看就像是个有同情心的人，我在这方面很敏感的，实话告诉你，我这人胆子最小了，要是碰到一个讨厌我的人，我真的会崩溃的。"

"希望我们这一路能走得很愉快。"阿申登说。

"我们那位朋友什么时候到布林迪西？"

"他十四号从比雷埃夫斯出发，那艘叫'伊萨卡'的小破船估计快不了，但你还是要尽早到布林迪西。"

"我同意。"

R站起来，手插在口袋里，坐到了桌子边缘。他那身制服真的有些邋遢，短外套的扣子又都解开了，在衣着如此光鲜、干净的墨西哥人旁边，确实很不体面。

"你这次的任务萨默维尔先生可以说是一无所知，我也并不很想再跟他多说什么。遇上事情你还是自己多考虑吧。他收到的指示不过是给你提供工作中必需的资金，但作何行动全是你自己定夺。当然如果你需要建议的话是可以问他的。"

"我很少会让别人给我建议，就算给了也不会听的。"

"另外，要是你把事情搞砸了，我相信你会保证让萨默维尔先生置身事外的。任何情况下都不能暴露他。"

"我是个有气节的人，上校，"没毛的墨西哥人很庄重地说道，"我宁可自己千刀万剐也不会背叛我的朋友。"

"我刚刚跟萨默维尔先生就是这么说的。当然，要是一切都进展得如我们所愿，你把我跟你说过的那些文件交给了萨默维尔先生，他就会照着你我商量好的数目把钱给你；至于你如何搞到那些文件，与他无关。"

"这自不必说。我只想说清楚一件事情，萨默维尔先生想必也明白，我愿意接受你托付给我的这个任务，跟钱没有关系？"

"很明白。"R 转过来跟将军对视着，郑重地答道。

"我是全身心地支持着协约国，德国人践踏了比利时的中立地位，我绝不会原谅。之所以会接受你们的钱，因为我首先是一个爱国者——我应该可以毫无保留地相信萨默维尔先生吧？"

R 点了点头，墨西哥人转向阿申登。

"我们不能再眼睁睁地看着自己不幸的祖国继续被

压榨和蹂躏，所以正在组织一个远征军，要把国家从暴君的手中解救出来；我挣的每一分钱都会用于购买枪支弹药。钱对于我个人来说，一点用都没有，我是个战士，只要一片面包、几个橄榄就能活得下去。只有三种事业才真正配得上一个男人：战争、打牌和女人。背上一支步枪去山里战斗根本不用花钱——那才是真正的战斗，不像现在这种把大部队挪来挪去，点几个大炮这种所谓战争——女人爱的是我这个人，还有就是我打牌一般都不会输。"

阿申登看着眼前这个插着香手帕、晃着金手镯的怪物，觉得他的古怪浮夸很合自己的胃口。他是"泯然众人"的反面（我们都曾对庸众深恶痛绝，但到最后却又都不得不投降），如果你对人性中的标新立异颇感兴趣，那他就是一个值得尽情品赏的奇葩。他是奢靡浮夸的风格化作了人形。可如果你能忽略那个假发和没有毛发的面孔，他的确是个有气势的人；虽然他是如此的可笑，但你却又时刻感受到他的不可小觑。他有种让人赞叹的自负。

"你的行李呢，曼努埃尔？" R问道。

或许墨西哥人的眉宇间确有阴影扫过，因为这个突兀的问题似乎是轻蔑地忽略了他的慷慨陈词，但除此之外，他并未表现出任何不快。阿申登揣摩，他应该觉得R太粗俗了，自然领会不了他那些高级的情感。

　　"我留在车站了。"

　　"萨默维尔先生用的是外交护照，如果你需要的话，他可以把你的东西跟他的混在一起，过境的时候不用检查。"

　　"我东西很少的，就几件西服，一些内衣裤，不过萨默维尔先生如果能帮忙运送也好，我离开巴黎之前还买了五六套丝绸的睡衣。"

　　"那你的行李呢？"R转过来问阿申登。

　　"我只有一个包，现在就在我房间里。"

　　"你最好赶快把它送到火车站去，待会儿可能就找不到人了。你们的火车一点十分出发。"

　　"哦？"

　　阿申登刚知道他们那一晚就要动身。

　　"在我看来，你们去那不勒斯越快越好。"

　　"的确如此。"

R站了起来。

"我睡觉去了。不知道你们二位准备干吗?"

"我就在里昂随处逛逛,"没毛的墨西哥人说,"我太热爱生活了。上校,能不能借我一百法郎? 我身上没零钱了。"

R掏出皮夹,照将军的要求把钱给了他。然后他问阿申登:

"那你呢? 在这等着?"

"不是,"阿申登说,"我准备去火车站,一边看书一边等。"

"不如你俩走之前一起喝一杯威士忌苏打吧? 怎么样,曼努埃尔?"

"你太客气了,只不过,我只喝香槟和白兰地。"

"混着喝吗?"R冷冷地问。

"不一定。"将军也是不苟言笑地回了一句。

R让人送来了白兰地和苏打,和阿申登自己配着喝了起来,而没毛的墨西哥人则倒出平底杯里四分之三的纯白兰地,两大口咕咚咕咚地喝了下去。他从椅子里站起,穿上了他那件有俄国羔羊毛领子的大衣,一手拿着他深黑色的帽子，另一只手伸出来要跟 R 握手，那姿态就像浪漫的男主角正要把自己心爱的姑娘让给更配得上她的男子。

"好了，上校，我要跟你道晚安了，愿你今晚做个好梦。我们下回再见应该是很久之后了。"

"别把事情搞砸，曼努埃尔，要是真搞砸了，也给我把嘴闭上。"

"有人跟我说过，你们有个大学专门把绅士子弟训练成海军将领，那里有纯金的字母拼成的一句话：在英国海军，没有'不可能'这个词。而我呢，不知道'失败'这个词是什么意思。"

"那是因为它有好多同义词。"R 回道。

"萨默维尔先生，我们到时在火车站碰头了。"没毛的墨西哥人夸张地做了个道别的手势，离开了。

R 看着阿申登，脸上那种勉强算作微笑的表情一直会让他看起来精明得可怕。

"你觉得这人怎么样？"

"你这回可是让我想不明白了，"阿申登说，"这是个江湖骗子吧？那种搔首弄姿、顾影自怜，而且，就凭他那副可怕的模样，真的像他说的那样讨女人欢心吗？是哪一点让你这么信任他？"

R低声一笑，就好像从哪里拿了块假想的肥皂，在洗他那双干瘦、苍老的手。

"我之前就觉得你会喜欢他的。这人至少很特别吧，是不是？我觉得我们可以信任他，"R的眼神突然朦胧起来，"背叛我们，当双重间谍，我想不出对他有什么好处。"他停顿了一下。"不管怎样，我们也只能冒这个险了，我会把车票和钱给你，你就自己走吧。我累得不行，这就准备去睡了。"

十分钟之后，阿申登出发去了火车站。他的那个包让一个行李工扛在肩上。

他几乎要在候车室里等两个小时，就先把自己安置舒服了。候车室里光线不错，他读起了小说。他们要坐的是一班从巴黎来，直接送他们去罗马的火车，眼看车就快到了，但没毛的墨西哥人还不见踪影，阿申登开始有些焦躁，走到站台去找人。阿申登也得了一种让人头疼的病，他们叫作"火车焦虑症"：火车到站前一个小时，他就开始担心自己会赶不上；他总觉得酒店的行李工从他房间搬行李下来手脚太慢，而且从来无法理解为什么酒店的巴士不能提前一些；街上如果有什么事情堵住了路他会急得发狂，火车站那些行李搬运工拖拖拉拉也让他大为光火。整个世界都像是十分恶毒地勾结起来要拖延他；他通过检票口的时候会有人正好挡住他，另外一些人会在售票处排起长队，买另外班次的火车票，而且清点找零的时候那种细致让人愤恨；托运行李时登记人员慢得等不到头；要是他跟朋友一起出行，他们会去买报纸，或者是到站台上散步，阿申登每次都确信火车走的时候一定会落下他们；他们还会停下来跟萍水相逢的陌生人聊天，或者突然跑去打一个非打不可的电话。实际上，全宇宙都合谋着要让他错过每一班他要赶的火车，除非他满满当当提前半小时将行李放到头顶的架子上，坐稳在他的车厢一角，他是不会满意的。有时候他到得太早，正赶得上再往前一班的火车，只是那也紧张，就跟差点赶不上火车的心急如焚是一样的。

通往罗马的快车已经发了进站的信号，没毛的墨西哥人毫无踪迹；火车进站了，还是没有看到他。阿申登越来越不安，沿着站台快步走来走去，检查每个候车室，还去了行李保管员那里，就是找不到墨西哥人。这一列车没有卧铺，不过有几个乘客下了车，他占到了一等座的两个位子。他站在门边，朝站台两头不停张望，又抬头看钟，要是这位旅伴不出现，他坐上了火车也毫无用处。行李工喊"全部乘客请上车"的时候，阿申登已经打算把行李取下车了；对天发誓，找到那家伙一定骂他个狗血淋头！还剩三分钟，两分钟，一分钟；在这最后时刻，周围已经没有人影，所有要乘车的人都已经坐上了自己的座位。这时阿申登看到了没毛的墨西哥人，笃悠悠地走上了站台；他身后跟着两个行李工，旁边还有一个戴圆顶呢帽的男子陪着他。他也看到了阿申登，挥了挥手。

"啊，我亲爱的同伴，你在这儿啊，我还在想不知道你怎么样了。"

"见鬼了，你这家伙，赶快吧，否则我们就要赶不上火车了。"

"我从来都不会赶不上火车，你买到好的座位了吗？站长今晚不在，这位是他的助理。"

阿申登朝戴圆顶呢帽的男子点了点头，他也脱帽致意。

"可这是普通车厢啊，恐怕这样的车厢我是待不下去的。"他转头朝站长助理和颜悦色地笑了笑。"亲爱的，你无论如何也不能让我坐这么差的位子吧。"

"当然了，我的大将军。我自然会给您安排'灯光沙龙'[1]的座位，您放心。"

站长助理领着他们在火车上一直往前走，打开了某个空车厢的门，里面有两张床。墨西哥人颇为满意地打量着车厢，看着行李工摆好他的行李。

"这个车厢的确够用了，你帮了大忙，"他向戴圆顶呢帽的男子伸出手，"我不会忘记你的，下回见到部长的时候，我会告诉他你是如何周到地接待了我。"

"您太客气了，将军，我永远都会感激您的。"

汽笛鸣响，火车启动了。

"萨默维尔先生，我觉得，这比普通的一等车厢要好一些吧，"墨西哥人说道，"一个好的旅行者总要学会如何物尽其用。"

---

1 Salonlit，英文中常作"lit-salon"，指一等车厢中的高级车厢，装饰更高档，配私用的洗手间。

但阿申登之前冲天的怒气还远未平息。

"我不明白你为什么非要掐着发车的时间才到，要是我们错过了火车，别人会觉得我们真是蠢得不可救药了。"

"我亲爱的伙伴，这根本就不可能。我之前刚到这里就告诉了站长，我是卡莫纳将军，墨西哥陆军的总指挥官，我在里昂需要停留几个小时是为了跟英国陆军元帅会面议事。一旦我被耽搁了，我告诉站长要帮我推迟发车，暗示墨西哥政府可能会通过一些渠道给他颁一个什么勋章。里昂我之前是来过的，我喜欢这里的姑娘；她们不像巴黎的姑娘那么时髦，但她们有自己的特别之处，这一点毋庸置疑。入睡之前来一口白兰地吧？"

"不用了，谢谢。"阿申登阴着脸说道。

"我睡觉之前都会喝上一杯，能放松心情。"

他翻了翻自己的行李箱，一下就找出一个酒瓶，举起酒瓶就喝了一大口，然后用手背擦了擦嘴，点了一根香烟。他脱下靴子，躺了下来。阿申登调暗了灯光。

"我一直都没想好如何入睡更美妙，"没毛的墨西哥人像是思虑重重地说道，"是有一个美人吻着你呢，还是叼着一根烟。你去过墨西哥吗？我明天跟你说说墨西哥。晚安。"

很快阿申登就听到了平稳的呼吸声，知道墨西哥人睡着了，过了一会儿他自己也打起盹来。但没过多久，他又醒了。墨西哥人睡得很沉，一动不动躺着，他脱下了那件皮大衣，当被子盖在身上，头上依旧戴着那个假发。突然火车震了一下，伴随着刺耳的刹车声停了下来。阿申登还没回过神，眨眼间墨西哥人已经站了起来，一手摸在腰间。

"怎么回事？"他喊道。

"没什么，大概就是一个让我们停车的信号灯。"

墨西哥人重重地坐回到床上。阿申登开亮了一盏灯。

"你睡觉这么沉，醒得倒快。"他说。

"干我们这行只能如此。"

阿申登还挺想问，他们这行究竟是杀人、密谋，还是领军打仗，但又怕这样的问题太冒失。将军打开他的包，拿出那个酒瓶。

"要来一口吗？"他问。"半夜突然醒过来，喝口酒是无上的享受。"

阿申登婉拒之后，他又举起酒瓶，往自己喉咙里倒了分量可观的白兰地。他叹息一声，点了一支烟。阿申登已经亲眼见他喝下了几乎一瓶白兰地，而且他之前在城里走动时想必也喝了不少，但此刻他确实没有什么醉意。不管是看他的举止，还是听他的言谈，找不出任何迹象说明他今夜除了柠檬水还喝了别的东西。

火车再次启动，阿申登也睡了过去，再醒过来已是早晨。疲懒地转过身来，他看到墨西哥人也已经醒了，正在抽烟。他身边的地板上全是烟蒂，空中灰蒙蒙的。他之前就请求阿申登不要那么在意非开窗不可，因为夜里的空气对人的害处是很大的。

"我没起床是怕吵醒你。我们是你先去梳洗还是我先？"

"我不着急。"阿申登说。

"我是个老兵，一下子就好。你每天刷牙吗？"

"是的。"阿申登说。

"我也是。这习惯我是在纽约养成的。我向来认为男人就该有一口好牙装点自己。"

车厢里有个水池，将军劲头十足地刷着牙，一直传出漱口水在喉咙时发出的咕咕声。接着他从包里取出一瓶古龙水，倒了一些在毛巾上，用毛巾在脸上、手上擦了一遍。他拿出一把梳子，仔细地打理了自己的假发；要么是这假发睡了一晚上纹丝不动，要么就是阿申登醒来之前将军已经把它摆正了。他从包里取出另一个瓶子，上面还配着一个喷雾器，他捏了几下气囊，衬衫和大衣都盖上了薄薄一层香雾，他往手帕上也喷了一些，然后就神采奕奕转向阿申登，就好像自己完成了所有人托付给他的任务，非常得意地说道：

"现在我已经准备好应付今天的挑战了。我的东西都留给你，古龙水放心用吧，整个巴黎你都找不出更好的了。"

"非常感谢，"阿申登说，"我只要水和肥皂就行。"

"水？除了泡澡之外，我从来不沾水，没有什么比水更伤害皮肤了。"

快到边境的时候，阿申登想起半夜被惊醒时将军那个意味深长的动作，说道：

"如果你身上带着左轮手枪的话，最好还是先给我，看到我的外交护照他们一般不会搜我，但他们说不准就想到要搜查你，我们不要给自己添麻烦。"

"这都算不上武器，就是一个玩具而已，"墨西哥人说道，从后裤兜里掏出一支尺寸吓人的左轮手枪，而且上满了子弹，"这支枪离身一小时我都难受，有种衣不蔽体的感觉。但你说得很有道理，我们不要冒什么风险。我把匕首也给你。和枪比，我一般都更愿意用匕首，我觉得这是更优雅的武器。"

"我想这恐怕也跟习惯有关系，"阿申登说，"或许你用匕首更自在一些。"

"无论谁都可以扣动扳机，但只有一个真正的男人才用得了匕首。"

阿申登突然见他像是只用了一个动作，就扯开了马甲，从腰带拔出匕首并同时将它打开，长长的刀刃俨然是开膛破肚的利器。他把匕首递给阿申登，那张光秃秃的又大又丑的脸蛋又得意地笑起来：

"萨默维尔先生，这好东西就交给你了。我这辈子还没见过比这更出色的一块铁器，它跟刀片一样锋利，却又很强韧，裁得了卷烟纸，砍得倒橡树。又永远不可能误伤，合起来的时候简直像是小学生用来刻书桌的小刀。"

他咔嚓一声把匕首合上，阿申登将它和左轮手枪都收到了自己口袋里。

"还有别的东西吗？"

"我的双手，"墨西哥人骄傲地说，"但我敢说，海关的人也不敢拿它们怎么样。"

阿申登想起两人第一次握手时像被铁手钳住一般，微微哆嗦了一下。墨西哥人的双手非常大，手指又长，而且从掌背到手腕光滑得没有一根毛发，再加上那些修剪精致的玫瑰色的尖指甲，的确让人觉得不寒而栗。

阿申登和卡莫纳将军过境时分开走程序，回到车厢之后阿申登把手枪和匕首还了回去。他叹了口气。

"现在我安心多了，打一局牌怎么样？"

"我很乐意。"阿申登说。

没毛的墨西哥人又打开了他的包，从角落里抽出了一沓油腻的法式扑克牌。他问阿申登会不会打埃卡泰[1]，

1　Ecarté，一种古老的法国牌戏，两人对玩，和后文中的皮克牌（Piquet）用牌和打法近似，都需丢弃手中牌换取新牌，然后比较大小，只在换牌程序和计分规则略有不同。

阿申登说"不会"，他就提议打皮克牌。皮克牌阿申登并不陌生，于是两人商量定了赌注大小，就玩了起来。因为他们都喜欢打牌节奏快一些，所以每人都管着四手牌，第一手和第四手输赢翻倍。阿申登手气不错，但将军无论如何都似乎可以更胜一筹。阿申登提高了警惕，或许对手憎恶命运不公，常出手矫正，对于这种可能性，他也并非没有提防，但就是看不出对方动了任何手脚。他输了一把又一把，还输了个"卡普特"和"卢比孔"[1]。阿申登的负分不停累加，一直输到了大概一千法郎，在当时也是很可观的数目了。将军一路打牌不知抽了多少根烟；他的烟都是自己卷，手指随便拨弄几下、舌头一舔便卷好了，利索得不可思议。牌局结束，他往椅背上一靠，问道：

"顺便问一下，我的朋友，执行任务的时候打牌输了钱，英国政府会替你买单吗？"

"当然不会。"

1　分别为 capot 和 rubicon，皮克牌中的两个术语，分别为连输十二手，是皮克牌中的满贯，要给对手额外的分数；以及在对手未满一百分时获胜，这种局面输方的分数要加到获胜方之上。

"好了，我觉得你输得够多了。要是你能报销，我会提议我们一路赌到罗马，可如果花的是你自己的钱，我们俩这么投缘，我就一点也不想再赢你了。"

他收拾起纸牌，放到一边。阿申登多少有些懊丧地点出几张钞票，递给了墨西哥人。后者数过了钱，还是那么仔细考究地把它们塞进皮夹中。这时，他上半身凑过来拍了拍阿申登的膝盖，几乎像是对至交那般亲热。

"你这人我喜欢，你很谦逊，不摆架子，不像你们其他英国人那么傲慢。我给你一句忠告，想必你也一定明白我是出于好意：不要和你不认识的人打皮克牌。"

阿申登略觉得有些丢人，大概脸上也显露了几分，因为这时墨西哥人握住了他的手。

"我的好朋友，是我说到你的痛处了吗？我绝对没有那样的意思。你跟绝大多数人打皮克牌都不会输的。所以我不是说你牌技不行。要是我们相处的时间再久一些，我会教你怎么赢钱。打牌就是要赢钱的，否则还不如不打。"

"我向来都认为只有在爱情和战争中才是公平的。"阿申登呵呵一笑说。

"啊，看到你的笑容我就放心了，这才是面对输赢的态度。我看得出你很有幽默感，头脑也清醒，以后会有大作为的。等我回了墨西哥，重新拿回我的产业，你一定要来住一段时间。我会把你当作帝王一样款待。你可以骑我最好的马，我们可以一起去看斗牛，要是你喜欢哪个姑娘，只要开口，她就是你的了。"

他开始跟阿申登描述他在墨西哥被剥夺的大片土地、好多大庄园[1]和矿产，还描述了他那种王侯般的生活方式。那些话的真伪已不再重要，因为他铿锵的遣词造句仿佛是把神话传奇都浓缩在一种浓郁、醇厚的香料中。他所形容的那种无拘无束的奢华生活似乎来自于另一个时代，再加上他包含万语千言的动作，你眼前仿佛出现了黄褐色的远景、辽阔的绿色种植园、大群的牲畜，还有噌噌的吉他声，盲人歌手的吟唱融化在月光中。

"一切都没了，一切。在巴黎，因为生活所迫，我只能教人西班牙语挣一点糊口的钱，或者是带着美国人——

---

1 原文为西班牙语：hacienda。

北方的美洲人[1]——去领略巴黎的夜生活。曾经一顿饭随手抛出一千杜罗的人，无奈要像一个印度瞎子一样为面包乞讨。曾经为了高兴在美人手腕扣上一条钻石手链的人，却为了一套衣服要感激一个岁数和我妈一样大的老太婆。只能隐忍。人向着苦难而生，正如火星永远朝上飞扬，但不幸不可能是永恒的。时机已经成熟，很快我们就会出击了。"

他拿起那沓油腻的纸牌，分成好几摞。

"我们来问问纸牌吧。它们从来不会撒谎。唉，我这一生只做过一件让我难以释怀的事情，要是我对这些纸牌再多些信任，其实就可以避免了。但我也问心无愧，在那样的情形之下，任何男人都会那样做，但我遗憾的是当时让我无可选择的情形，本可以避免。"

他在牌里挑了一圈，抽出一些放在旁边，选取的标准阿申登看不明白；他把剩下的牌洗了几遍，又分了几小摞。

1　原文为西班牙语：Americanos del Norte。因为美国人（Americans）也可理解为美洲人，所以卡莫纳将军补充加以说明。

"纸牌曾经警告过我，这一点我不会否认，它们的警告非常清晰，不留余地。爱、黑皮肤的女人、危险、背叛、死亡。不能再明显了，明显得好比我现在看你脸上有个鼻子。一个人再笨也知道它在说什么，何况我请教了纸牌一辈子，几乎没有一件事我没有问过它们就自行决断。我没有借口。我只是完全被她迷住了。啊，你们北方的种族不懂爱意味着什么，你们不知道因为爱会怎样地无法入眠，你们不知道爱可以怎样夺走你的胃口，你就像染了热病一样一天天衰减下去，你们无法理解爱会变成如何癫狂的情感，后来你就成了一个疯子，为了满足欲望什么都愿意做。像我这样的男人，一旦爱了是什么蠢事和坏事都干得出来的，当然了，先生，[1] 任何英雄壮举也是不在话下的。他可以登上比珠穆朗玛更高的山峰，游过比大西洋更宽广的水域。他是神，他是魔鬼。我这一生都毁在了女人身上。"

没毛的墨西哥人扫了一眼纸牌，从那几小摞牌里只取出几张。他又洗了洗牌。

1　原文为西班牙语：Sí, Señor。

"爱过我的女人数不胜数。这句话不是我虚荣，我也不做什么解释，这只是陈述事实。你可以到墨西哥城去问一问曼努埃尔·卡莫纳是怎样一个人，他有哪些辉煌事迹。你问问他们有几个女人抗拒过曼努埃尔·卡莫纳。"

阿申登若有所思地看着他，微微皱着眉。在挑选自己的武器时，R那个人精向来直觉敏锐，但阿申登这回很不放心，总觉得他是不是弄错了。这个墨西哥人是真觉得自己有无可抵御的魅力还是只不过撒起谎来不要脸？在他一通摆弄之后，那副牌几乎已经全部被他舍弃，只剩最后四张面朝下并排摆在他面前。他逐一触碰那四张牌，但没有翻过来。

"命运就在这里了，"他说，"世间没有任何力量能改变它。我的确在迟疑。这样的时刻一直让我满心忧虑，要鼓足勇气才敢把牌翻过来，看等待我的是怎样的灾难。我是个勇敢的人，但每次到了这一步我都没有足够勇气打开这四张关乎生死的纸牌。"

他此刻注视那四张牌的眼神确实忧心忡忡，并无丝毫掩饰。

"我刚刚说到哪儿了？"

"你刚刚正跟我描述你的魅力让女人无力抗拒。"阿申登干巴巴地答道。

"可还是有个女人抗拒过我。我第一次见到她是在墨西哥城的一个风月场[1]中，我上楼的时候她正从楼梯上走下来。她也并没有什么过人的美貌，我得到过一百个比她更好看的姑娘，但她有种特质打动了我，于是我告诉那个场子的老鸨，让那个女子来找我。那个老鸨你如果去墨西哥城一定会知道的；他们都叫她侯爵夫人[2]。她说那个人不是场子里的姑娘，只是偶尔来一回，已经走了。我告诉老女人让那姑娘第二晚在那里等我，我不到不许走。可我第二天被耽搁了，到的时候侯爵夫人告诉我，那姑娘说她不习惯等人，已经走了。我这人一向很好说话，女人任性一些，喜欢欲迎还拒的，我倒无所谓，这是她们魅力的一部分，所以我笑了笑，让侯爵夫人带张一百杜罗的钞票给她，保证再下一晚我必不误时。可等我准时到了那里，侯爵夫人把那一百杜罗还给了我，说

1　原文为西班牙语：case de mujeres，妓院的一种称法（字面为"女人的房子"）。
2　原文为西班牙语：La Marqueza。

那姑娘看不上我。她的放肆让我哈哈大笑。又取下我手上的一枚钻戒，让那老女人给她，看她是否会转变心意。第二天侯爵夫人带来了她收到钻戒之后的回复——一支红色的康乃馨[1]。我不知道该生气还是该觉得好笑。我这人动了情却受挫是少有的事，花钱也从不心疼（钱如果不挥霍在美人身上还有什么用呢？），就告诉侯爵夫人马上去找那姑娘，告诉她我愿意出一千杜罗请她当夜跟我共进晚餐。老鸨很快回来了，说那姑娘有一个条件，就是吃完饭她可以立马回家。我耸了耸肩就接受了，以为她只是随口说的，只是为了让自己更诱人。那天晚上她就到我家里来吃饭了。我是不是说过她并不美？我说错了，她是我见过最美丽、最精致的女子。我看得醉了。她不仅举手投足都很迷人，说话也有趣，整个安达卢西亚种族的优雅[2]全在她一个人身上了。简而言之，这女人真是可爱。我问她之前为何对我如此简慢，她只一笑了之。我毫无保留地取悦她，使尽浑身解数，甚至发挥出

---

1 在墨西哥，康乃馨被视作"死亡之花"，经常用来装点葬礼前的遗体。

2 原文为西班牙语：gracia。

了从未达到的水准，可吃完饭之后，她站起来跟我道别。我问她要去哪儿。她说我答应过放她回家的，她相信我是个言而有信的君子。我劝阻，我解释，我火冒三丈、口不择言，而她只咬定了我说话必须算话。我唯一能让她应允的就是第二天还来陪我吃饭，但我得接受同样的条件。

"你一定会觉得我很愚蠢，但我那时的确成了世上最幸福的人；一连七天我都付一千银杜罗让她跟我一起吃饭。每天晚上我的心都提到嗓子眼，紧张得像学徒斗牛士[1]第一次上场，每天晚上，她就戏耍我，嘲笑我，卖弄风情，把我逼疯。我疯狂地爱上了她。在她之前，自她以后，我再也没有像那样爱过任何一个人。我心里再放不进别的事情。每日神思不属，把所有事都抛下了。我热爱自己的国家，我们有一小群人聚在一起，决定不再承受统治者的蠹政。所有能挣钱的岗位全都给了别人，却把我们当商贩一样征税，让我们时常面对难以忍受的侮辱。我们有钱，也有人，我们制定了战略，蓄势待发。

1　原文为西班牙语：novillero。

我有数不清的事情要做，数不清的会要开，要储备弹药、发号施令，但我实在迷恋那个女人，什么事都做不了。

"你恐怕觉得我会生气，因为我活到现在，没有哪次一时兴起不能遂愿的，却被这个女人戏弄于股掌之间；但我相信她拒绝我不是挑逗我，我相信她说在爱上我之前不会把自己交给我，说的是真实想法。在我眼里，她是天使。我愿意守候她。我的爱是如此汹涌，总觉得迟早她会感受到的，那就像燎原大火一样，能焚毁周围的一切；终于——终于她说她也爱我。那一刻我是如此激动，就怕自己会当场暴毙。啊，那种狂喜！那种痴狂！我愿意把我拥有的一切都给她，我愿意从天上摘下星星装点她的头发，我想要做些什么让她知道我的爱是多么浪漫，我想为她做不切实际、不可思议的事，我想把我自己交给她，把我的灵魂、我的尊严、我的一切都给她；那天晚上，她躺在我怀里，我把我们的密谋告诉了她，还说了哪些人都参与其中。我感觉到了她因为集中精神而身体突然绷紧，还有眼睑突然的颤动，我感觉到了哪里不对，只是一时无从判断，她抚摸我脸颊的掌心还是又凉又干燥，而一种疑虑霎时间攥住了我，我想起了纸牌的警告：爱、黑皮肤的女子、危险、背叛、死亡。纸牌警告了我三次，可我还是置若罔闻。但我依然表现出什么都没发现的样子。她偎依在我胸膛，说她听到这样的事情有些害怕，问还会发生这样那样的事吗。我回答了她。我要验证我的怀疑。在一次次亲吻之间，她无比巧妙地哄我供出了密谋的所有细节，现在我已经能确认了，就像你此刻就坐在我面前一样，我毫不怀疑她就是一个卧底。她是总统的人，被派来用她的妖媚刺探情报，而现在她已经套问出了我的所有秘密。我们所有人的姓名都掌握在她手里，我知道一旦她出了这个房间，我们绝对活不过二十四小时。可我爱她，我真的爱她，唉，语言无法描述对她的渴望是如何炙烤着我的心；像那样的爱是没有愉悦的，那是一种痛，真的是一种痛，是一种超越所有快乐的锥心的痛。当圣人谈起他们被圣洁的狂喜所冲击的时候，说的就是这种无比崇高而美好的煎熬。我知道她绝不可以活着走出那个房间，我怕的是如果拖延太久，我会失掉勇气。

"'我觉得我该睡了。'她说。

"'睡吧，我的天使。'我回答道。

"她叫我'Alma de mi corazon','我心中的魂魄'。这也是她最后说出的几个字。她眼睑本就厚重，微微还似比常人湿润，如同深色的葡萄一般；她靠在我胸膛，合上了眼睛，没过多时，我就从她胸脯均匀的起伏知道她已经入睡了。你知道，我是那么爱她，不忍心让她受一点苦；她的确是个卧底，这固然是事实，但我的心告诉我，不要让她知道接下来会发生什么，不要让她经受那样的恐惧。这是很奇怪的事情，她背叛了我，我应该恨她的恶毒，但我却一点不觉得愤怒；我恨不起来，只觉得灵魂被包裹在了暗夜之中。小可怜，小可怜；我简直心疼得要为她哭一场。我把手臂从她身下抽出来，那是我的左臂，右臂本来就是自由的，然后撑着坐了起来。可她真的太美了，我只能别过脸去，用尽全力将匕首在她喉间划过。她没有醒，直接从梦中死去了。"

他停下了，紧锁眉头瞪着桌上的四张牌。它们依旧面朝下排列在那里，等着被翻开。

"牌里都告诉过我了，我当时为什么没有听从它们的告诫呢？我不会再看这几张牌，去他妈的预言。把它们拿走。"

他粗暴地把整副牌都扫到了地板上。

"虽然我思想自由，什么都不信奉，但还是给她做了弥撒，祈求她灵魂安息。"他耸了耸肩。"上校说你是个作家，你是写什么的？"

"写故事。"阿申登答道。

"侦探故事？"

"不是。"

"为什么不写侦探故事呢？其他的书我都不怎么读。如果我当了作家，我就写侦探故事。"

"侦探故事并不好写。你得特别有创意。我曾经也构想了一个谋杀的故事，但那个杀人的办法太巧妙了，我就是想不出该怎么证明是那个杀人犯所为。说到底，侦探故事必须要遵从的规矩之一就是悬疑最后必须被解开，而罪犯必须被正法。"

"要是那个谋杀手法真的像你说的那么巧妙，要证明杀手有罪只有一个办法，就是找出他的动机。一旦找出了动机，你就很可能会发现之前一直错过的线索了。如果没有动机，那最确凿的证据也无法定罪。比方说，在一个没有月亮的晚上，你在一条僻静的巷子里上前把一个男人捅死了，谁能想到是你呢？可一旦他是你妻子的情人，你的兄弟，或者他曾欺骗或羞辱过你，那么一小张纸片，一小段绳子，无心的一句言语都足够送你上绞架。他被杀害的时候你在哪里？之前或之后有没有十几个人见过你？他要完全是个陌生人你根本就不会被怀疑。所以开膛手杰克除非是当场抓住，否则他必然是能逃脱的。"

阿申登要转变话题的理由更多了。他们两人会在罗马分手，应该了解彼此的行程。墨西哥人会去布林迪西，而阿申登会去那不勒斯。他准备住到靠近码头的一家大型的二流酒店，名叫贝尔法斯特酒店，很多出差的买卖人和讲实惠的旅行者都喜欢住在这里。他觉得应该让将军知道自己的房间号，这样以后上楼来找他的时候就不用叨扰前台了，接下来到站的时候，阿申登从车站的餐厅取了一个信封，让将军自己写上他在布林迪西邮局的收件方式，以后阿申登只需拿张纸写上一个数字寄出去就行了。

没毛的墨西哥人耸了耸肩。

"照我看这些防范都很孩子气，我这次任务根本就没有风险。但不管发生什么，你可以放心，我绝对不会把你供出来的。"

"这一行我是新手，"阿申登说，"觉得就照上校说的去做也无妨，不是我非知道不可的事情，也不必了解。"

"的确如此。情势瞬息万变，一旦我不得不采取一些极端的措施或者真的身陷困境，当然也只会当成政治犯囚禁起来。意大利迟早会加入协约国参战的，到时我就被释放了。我把所有情况都考虑到了。可我还是要一本正经请你不要担心这次任务会有意外，就当自己只是去泰晤士河上野餐就行了。"

两人终于道别，阿申登发现自己一个人坐在去往那不勒斯的车厢里，不由得舒了一口气。这个可笑可厌的怪物像是凭空虚构出来的一样，终于听不到他在眼前絮絮叨叨了，让阿申登很高兴。墨西哥人要去布林迪西见那个康斯坦丁·安德里亚蒂，要是他说的话能信一半，阿申登就庆幸自己还好不是那个希腊间谍。他在想，不知道那个希腊密使是怎样一个人。他要带着那些机密文件和危险的秘密横穿爱琴海，却不知道自己正往一个绞索里钻，想到这情形还是有些不寒而栗。可战争就是这样，只有笨蛋才会觉得打仗应该下手温柔、轻拿轻放。

　　阿申登抵达那不勒斯，住进酒店，将房间号清清楚楚写在一张纸上，寄给了没毛的墨西哥人。他又去了一趟英国领事馆，因为 R 曾说如果有任何新的指示，会通过领事馆传达。阿申登发现这里的人已经了解他的行程，一切也在掌控之中。既然如此，他决定暂且丢开这些事，过两天舒心的日子。这里是南方，春意早已盎然，在忙碌的街头阳光照在身上已经很热了。阿申登对那不勒斯颇为了解，看到人群熙攘的圣斐迪南广场[1]，在平民表决广场[2]看到那座恢弘的教堂，在他心里愉快地扰动起了一些回忆。加勒街一如既往地喧闹，他站在街角朝巷子里张望，它们都沿着陡峭的山势一路往上，两侧的高房子间连着晾衣绳，洗好的衣服挂在空中像迎接节日的小彩

1　Pizza di San Ferdinando，那不勒斯的地标建筑圣斐迪南大教堂面前的广场，位于市中心，现被称作里雅斯特与特伦托广场（Piazza Trieste e Trento）。

2　Piazza del Plebiscito，那不勒斯最大的城市广场，如此命名是因为 1860 年经过公民投票决定那不勒斯加入萨伏伊王朝。文中提到的教堂应指模仿罗马万神殿而建的保罗圣方济教堂。

旗。他沿着海岸散步，水光耀眼，卡普里岛[1]的轮廓浅浅落在海湾上。阿申登一路走到波西利普[2]，那里有座历史悠久的宫殿[3]，沧桑地铺开在岸边，见证过阿申登很多浪漫的时光。往事拨动心弦，阿申登发现自己心头竟微微有些刺痛。之后他坐上了一辆出租马车，那匹矮种马格外瘦小，拉着马车在石子路上咣当咣当到了拱廊街[4]，他坐在阴凉中喝着"美国佬"[5]，看着流连在周围的市民，欣赏他们说话时永远充满活力的手势，再发挥想象力，从他们的外表推断他们的人生。

　　一连三天阿申登过的都是这样悠闲的日子，和这座邂逅、友善，却又光怪陆离的城市是如此相得益彰。从

1　Capri，意大利南部岛屿，位于那不勒斯湾南部入海口附近。

2　Posillip，那不勒斯湾北岸的小山，也用它指称依山而建的一个住宅区。

3　原文为意大利语：palazzo；此处应指唐安娜宫（Villa Donn'Anna），拥有五百年历史，名称源自1630年继承这座宫殿的西班牙总督的妻子。

4　应指"翁贝托一世拱廊街"（Galleria Umberto I），建于1887至1891年间，十字形的平面结构，有玻璃屋顶，结合了商铺、咖啡馆和私人住宅等多种城市生活空间。

5　Americano，一种鸡尾酒，含金巴利和味美思，原名叫"米兰—都灵"，和配方中两种酒的产地有关，后来意大利人发现美国人特别喜欢这种酒，慢慢改了名称。

早到晚，他只随着兴致闲逛，游走的目光也不像游客那样找寻那些非看不可的景致，也不像作家那般搜索自己需要的东西（在落日中发现一个动听的字词，在一张脸孔中认出某个角色的雏形），阿申登这几日是用一双流浪汉的眼睛在看，无论见到什么都是它们本身。他去博物馆看小阿格丽品娜[1]的雕像，去画廊看提香和勃鲁盖尔[2]。但他终究会回到圣嘉勒圣殿[3]，回到它的优雅，它的轻松（似乎宗教和宗教背后纠葛灵与肉的种种情感，它都在谈笑间妥帖应对了），还有它的奢华，它线条的雅致；在阿申登看来，如果你要用一个夸饰和荒唐的比喻来形容这个阳光、可爱、脏兮兮的城市和其中奔忙的市民，圣嘉勒圣殿就是这样一个比喻。它像是在说，生活是迷人而哀伤的，没钱很凄凉，可钱又不是万能的，一方面，我

---

1 Agrippina the Younger，罗马皇帝尼禄的母亲。

2 可查证老勃鲁盖尔（Pieter Bruegel, the Elder）有重要的画作收藏在那不勒斯，但文中提到的名称 Brueghel 是他两个儿子小勃鲁盖尔（Pieter Brueghel, the Younger）和他的兄弟大勃鲁盖尔（Jan Brueghel）在父亲所用姓氏中添 h 所成；而大勃鲁盖尔曾赴意大利学习，到过那不勒斯。文中具体所指不详。

3 Santa Chiara，天主教建筑群，包括修道院、墓地和考古博物馆。

们都是过眼云烟何必费心，可另一方面，一切又都是这么有意思，这么妙不可言，说到底，我们只能尽力享受当下："把它们都稍稍结合一下。[1]"

到了第四天，阿申登刚跨出浴缸，正用一块根本不吸水的毛巾想要擦干身体的时候，他的门很快被打开了，一个男人噌地窜了进来。

"你要干吗？"阿申登大喊道。

"不要慌。你认不出我了吗？"

"我的天，是那个墨西哥人。你这是把自己怎么了？"

他换了自己的假发，现在戴的这个是黑色的寸头，盖在他头顶像个帽子。这假发完全变换了他的形象，现在虽然依旧怪异，却又和他之前的怪截然不同了。他身上穿的是一件陈旧的灰色西服。

"我待不了多久。他正在刮胡子。"

阿申登发觉自己的脸颊突然热了起来。

"那么说你已经找到他了？"

"这不是难事，船上就他一个希腊乘客。船一靠岸，

1　原文为意大利语：Facciamo una piccola combinazione。

我就上去说要找一个从比雷埃夫斯来的希腊朋友；我说我是来见一位乔治·迪奥基尼迪斯先生的。得知他不在船上我装作极为困惑的样子，就和安德里亚蒂聊了起来。他用了一个假名，说自己叫隆巴多斯。他下船之后我一直跟着，你知道他第一件事做了什么吗？他去理发店让人把他的胡子刮了。你怎么看？"

"没什么，任何人都可能会刮胡子吧。"

"我不这么认为，他是想要转变形象。啊，这家伙很狡猾。我很佩服那些德国人，方方面面都想好了，他把自己的故事编得很好，我这就告诉你。"

"说起来，你也变换形象了。"

"啊是的，现在戴这个假发，一下就不一样了，是吧？"

"完全认不出来了。"

"防范措施还是要做好。我跟他已经是交心的朋友了。我们都只能在布林迪西待一天，而他不会说意大利语。他很高兴我愿意帮忙，跟他一起过来。是我把他带到这家酒店的。他说他明天会去罗马，我不会让他离开我的视线；他别想甩掉我。他说想见识一下那不勒斯，我自告奋勇说，有我当导游他不会错过任何值得一看的东西。"

"为什么他今天不去罗马？"

"这就要说到他编的故事。他谎称自己是个希腊的生意人，战争期间赚了一些钱。他说自己刚刚卖掉两艘近岸汽轮，准备去巴黎放纵一番。他说他一辈子都想去一回巴黎，现在终于找到机会了。他嘴很严。我一直诱他说话。我说我是一个西班牙人，去过布林迪西安排跟土耳其方面的沟通工作，是关于战争资源的。从他看着我的眼神，我知道他有兴趣，但他什么都没说，当然我明白急不得。那些文件就在他身上。"

"你怎么知道？"

"他对自己的手提箱并不太担心，但时不时地就往肚子附近摸，那些文件必然藏在皮带或者马甲的衬里中。"

"那你干吗要发了疯地把他带到这家酒店来？"

"我觉得这样更方便，因为可能需要搜他的行李。"

"你也住这里吗？"

"没有，我没那么蠢。我跟他说我坐夜班车去罗马，不住酒店了。啊，我得走了，我跟他说好了十五分钟之后在理发店门口等他。"

"好吧。"

"晚上如果需要你的话，该到哪儿找你？"

阿申登朝没毛的墨西哥人看了一眼，微微皱着眉头把视线转开了。

"今晚我会留在房间里。"

"很好，能不能现在帮我看一眼走廊里有没有人？"

阿申登打开门，朝外面看了看。走廊里没有人。实际上这个时节酒店基本是空的。那不勒斯本来就没有几个外国人，现在生意又难做。

"没问题。"阿申登说。

没毛的墨西哥人大模大样地走了出去。阿申登在他走后关上了门，刮了胡子，慢慢地穿好衣服。广场上阳光依旧明媚，经过的路人、破旧的小马车、瘦骨嶙峋的马，他们散发出的氛围并没有变，但阿申登的心里却不再充满喜悦了。他有些不舒服。他出了酒店之后，照惯例去了趟领事馆，问是否有电报。什么都没有。然后他去了库克旅行社[1]，查了一下去罗马的火车班次：午夜之

1　英国前浸礼会传教士托马斯·库克（Thomas Cook，1808—1892）于1841年创办的机构，后来经营点遍及全球。

后有一班，再下一班是早上五点。他希望自己能赶上第一班。他不知道墨西哥人是如何打算的；要是他真想去古巴，先去西班牙是不错的选择，阿申登扫了一眼售票处的告示，发现第二天有一班从那不勒斯开往巴塞罗那的船。

阿申登对那不勒斯已经厌了。街道都亮得晃眼，灰尘大得无法忍受，噪声能把人震聋。他去了拱廊街点了杯酒。下午去了电影院。回到酒店之后，他告诉工作人员因为第二天要赶早，他希望先把自己的账单结了；他还把行李送到了火车站，只在房间里留下一个公文包，里面是他密码的打印部分，还有一两本书。他吃了饭；回到酒店之后，坐下来等着没毛的墨西哥人。阿申登瞒不过自己，他此刻实在是太紧张了。他开始读书，但那本书看得人好累，于是又换了一本。他注意力涣散起来，看了一眼手表。现在还早得让人灰心，他又把书拿起来，下决心必须读完三十页之后再看时间，可虽然他的目光很认真地一页一页读下去，但书上说了什么也只是朦朦胧胧的一个印象而已。他又看了眼手表。天呐，才十点半。他在想那个墨西哥人跑哪里去了，他在干什么；恐怕已经闯了祸了。这次的任务真是糟糕透顶。阿申登又突然想到应该把窗关上，把窗帘拉起来。他抽了无数根烟。他看了眼手表，十一点一刻。他脑中闪过一个念头，心脏开始怦怦地撞击胸腔；只是出于好奇他数了自己的脉搏，奇怪地发现并不比平时更快。虽然那不勒斯的夜已经很暖和，房间里也不通风，他的手脚却是冰凉的。让阿申登烦躁的是他有这样的想象力，频频调动起自己完全不想看到的画面。作为一个创作者，他时常会琢磨谋杀这件事，脑子里一下就出现了《罪与罚》里那段可怕的描写。他想摆脱这个话题，但它强行地出现在脑海中；书落到了大腿上，他瞪着眼前那堵墙（棕色的墙纸上有暗暗的玫瑰图案），自问如果非要在那不勒斯杀人该用什么方法。当然可以去唐安娜宫，林木茂盛的大花园正对着海湾，里面还有个水族馆；晚上无人问津，极为阒暗，夜色中常发生些见不得光的事情，审慎的人过了傍晚一定避开那些邪恶的小径。翻过波西利普，街道尤为寂寥，有些上山的偏僻小路到了夜里从来见不到人，可一个还残存些畏惧心的人怎么可能被你说动到那里去呢？或许你可以建议去海湾划船，但租船的师傅会看到你，甚至答不答应放你们两人独自下水都是个疑问；码头附近有些声名不佳的旅店，不带行李半夜入住他们也不会质疑什么，可带你去房间的那个服务员有大把机会可以记住你的长相，而且入住的时候填的单子要回答不少细致的问题。

阿申登又看了一眼时间。他很疲惫，现在坐在那里已经放弃看书了，脑中一片空白。

门轻轻地被打开，阿申登腾地站了起来，浑身鸡皮疙瘩。没毛的墨西哥人站在他面前。

"我吓到你了吗？"他微笑着问道。"我想你应该也不希望我敲门吧。"

"有人看到你进来吗？"

"是值夜班的人放我进来的；我按门铃的时候他还睡着，根本就没正眼瞧我。很抱歉来得这么晚，但我一定得先换衣服。"

没毛的墨西哥人现在穿的是他之前和阿申登一起出行时的衣服，头上也换回了浅棕色的假发。他容貌的变化实在不可思议，整个人更高大，也更浮夸了，甚至脸型都有些不同。他两眼放光，像是心情格外舒畅。他瞥见阿申登的模样。

"你脸色怎么这么白，我的朋友！难道你在紧张不成？"

"文件拿到了吗？"

"没有，不在他身上。只找到这些。"

他把一个厚重的皮夹和一本护照放在桌上。

"这些东西我不需要，"阿申登立马说道，"拿走。"

没毛的墨西哥人耸了耸肩，又把它们收回到口袋里。

"他皮带里藏着什么？你说他的手一直往腰里摸。"

"只是钱而已。他的皮夹我也翻过了，只有私人书信和女人的相片，他一定是今晚出来见我之前，把文件锁进手提箱了。"

"该死。"阿申登说。

"我有他房间的钥匙，我们还是去他的行李中搜吧。"

阿申登只觉得胃里一阵强烈的不适，他迟疑了。墨西哥人不乏好意地笑了笑。

"这是一点风险都没有的，朋友[1]，"他说道，就像是

1　原文为西班牙语：amigo。

在安慰一个小男孩，"可你要还是有点不放心，我自己去就行。"

"没事，我和你一起去。"阿申登说。

"酒店里一个醒着的人都没有，安德里亚蒂先生也不会来打搅我们。如果愿意的话，把鞋子脱了吧。"

阿申登没有回答，他皱眉头是因为发现自己的手在抖。他解开鞋带，把鞋子脱了下来。墨西哥人也脱了鞋子。

"还是你先出去吧，"他说，"往左沿走廊一直往前。他在三十八号房间。"

阿申登打开门，走了出去。走廊里灯光昏暗。他发现自己是如此紧张，却又明显感受到身边同伴的泰然自若，心里很是烦躁。到了三十八号房间，没毛的墨西哥人插入钥匙，转动门锁，走了进去。他开了灯，阿申登也进了房间，关上门。他注意到房间里百叶窗都合上了。

"现在我们应该安全了，可以慢慢来。"

他从口袋里掏出一大把钥匙，试了几个之后就试到了对的那个。打开行李箱，里面都是衣服。

"都是便宜货，"墨西哥人把衣服往外拿的时候鄙夷地评论道，"我自己遵循的一条规则是，买最好的衣服到最后总是省钱的。说到底，就看你是不是一个绅士了。"

"你非说话不可吗？"阿申登说。

"感受到一丝危险时，大家的反应是不一样的，我只感到兴奋，而我的朋友你则脾气变差了。"

"问题就在于，我会感到害怕，而你不会。"阿申登颇为坦诚地说道。

"有的人就是胆子大些。"

他把衣服往外拿的时候，一边说着话，一边用手检查着里面是否有东西，速度很快却又十分仔细。然后他拿出匕首，把行李箱的衬料划开。这个行李箱并不高档，衬里是贴在箱皮上的，根本不可能藏什么东西。

"不在箱子里，一定藏在房间的某个地方。"

"你确定他没有把东西存在什么办公室吗？某个领事馆之类的？"

"除了刮胡子，他没有片刻离开过我的视线。"

没毛的墨西哥人打开了抽屉和柜子。地上没有地毯。他床里、床底都检查过了，又把床垫掀开。那双黑色的眼睛上上下下搜索，在房间里找可以藏东西的地方，阿申登觉得没有什么能逃过他的眼睛。

"或许他交给楼下的酒店人员保管了？"

"那我应该知道，而且他也不敢。文件不在房间里。这我就想不通了。"

他四下张望，有些迷惘，这个难题解得他皱紧了眉头。

"我们走吧。"阿申登说。

"马上就走。"

墨西哥人跪倒在地，整齐地叠好衣服，重新装回到旅行箱中，锁好，站了起来。然后，他关了灯，缓缓打开房门，朝外面扫了一眼。招呼阿申登跟上之后，他侧身闪了出去。阿申登也跟了出来，他锁上门，将钥匙放进口袋，和阿申登一起走回了房间。进了自己房间，锁上了房门之后，阿申登抹了抹自己潮湿的手心和额头。

"谢天谢地，这一段总算过去了！"

"刚刚真是一点危险也没有的，不过现在可怎么办呢？文件没找到，上校会发火的。"

"我准备坐五点钟的火车去罗马，到了那里我可以通过电报获取新的指示。"

"那也好，我跟你一起过去。"

"我倒觉得你还是早些离开这个国家吧。明天有一班船开往巴塞罗那，你不如就坐那一班好了，如果必要的话，我可以到那儿找你。"

没毛的墨西哥人微微一笑。

"我看出来了，你着急摆脱我。好吧，类似情况你没有多少经验，有这样的想法也情有可原，我就不拂你的好意了。我会去巴塞罗那的，我有去西班牙的签证。"

阿申登看了眼手表，现在才刚过两点，还要等三个小时。他的同伴悠闲地给自己卷了一根烟。

"稍微用点晚餐怎么样？"他说。"我现在饥肠辘辘，觉得自己像匹饿狼。"

想到食物阿申登胃里一阵翻腾，但他又口渴极了。他不想跟这个没毛的墨西哥人出去，可也不想自己一个人待在酒店里。

"这个时间哪里还有饭吃？"

"跟我来，我能给你找个地方。"

阿申登戴上帽子，提起公文包。两人一起下楼。大堂里，前台值班的人在地铺上睡得很香。为了不吵醒他，两人轻手轻脚穿过大堂，经过前台时，阿申登注意到属于他房间的格子里有一封信。他取出那封信，看到收信人果然是自己。他和墨西哥人悄悄出了酒店，关上大门，快步走开，到了大概一百码之外的路灯柱下，阿申登把口袋中的信取出来看了一遍；信是从领事馆发出的，上面说道：信中所函电报今晚刚刚收到，恐有紧急消息，立马让人送到了你的酒店。看起来是午夜之前送到的，当时阿申登正坐在自己的房间里。他把电报打开，看到是用密码写成的。

"那也只能稍后再读了。"他说着把信装回口袋。

没毛的墨西哥人一路走着，就像是对这些荒僻的街道十分熟悉，而阿申登就跟在他身侧。终于他们沿着一条死胡同到了一家小酒馆门口，酒馆又脏又臭，看着就叫人心生畏惧。墨西哥人走了进去。

"这当然不是丽兹酒店[1]，"他说，"可这个钟点只有到这种地方来，否则不可能吃到东西。"

1　Ritz，瑞士人丽兹（Cesar Ritz，1859—1918）创立的连锁豪华酒店，在巴黎、伦敦、纽约等地均有其分址；后来"丽兹"也成了豪华酒店的代名词。

阿申登进来之后看到这是间长形的屋子，非常污秽，一头摆着一架钢琴，旁边坐着个干瘪的年轻人；两排桌子都直接安装在酒馆两侧墙壁上，桌边是长排椅子。好几个人，男女都有，分散坐着，喝着啤酒、红酒。女人都岁数不小了，浓妆艳抹，面目可憎；她们的高兴都很生硬，所以让人觉得既喧嚣又毫无生气。阿申登和没毛的墨西哥人进来的时候，她们的目光齐刷刷射过来。找了张桌子坐下之后，阿申登很小心地避开她们淫邪的目光；那些眼睛都等着跟你四目相接，好展示那种别有用意的笑容。那个干瘪的年轻人弹出个调子，几对客人站起来跳舞，因为男人不够多，有些舞伴两个都是女的。将军点了两盘意大利细面条，一瓶卡普里红酒。酒端上来的时候，他迫不及待灌下一满杯，等着面条时检视着其他桌上的女子。

"你平时跳舞吗？"他问阿申登。"我准备在这儿找个姑娘跳上一曲。"

他站起来，阿申登看他去找的那个女子也并非一无是处，至少牙齿是白的，眼神很明亮。她站起来的时候，墨西哥人揽住了她的腰。墨西哥人舞技不错。阿申登还看到他开始聊天，那女子笑了起来，之前接受他邀请时的冷漠现在已经变成了饶有兴致的表情。很快他们就高兴地交谈起来。一曲舞罢，将军把她送回到她位子上，坐回阿申登旁边又喝了一杯红酒。

"你觉得我那姑娘怎么样？"他问。"还不错吧？跳跳舞对人有好处。你也去找一个嘛。这地方也挺好的，你说呢？这种事情拜托我你尽管放心，我直觉特别敏锐。"

钢琴手又弹了起来。那女子望向没毛的墨西哥人，他大拇指向舞池中一指，她欣然从座位上蹦了起来。将军扣起外套的扣子，挺胸在桌边站着等那女子自己过来。将军牵过她的手旋入舞池，有说有笑，很快就跟屋子里所有人都熟悉了，他跟每一个都能互相打趣，意大利语中虽然带着西班牙语的口音，但说得很流利；他的那些俏皮话把大家都逗得很开心。这时服务生端上来两大盘通心粉，墨西哥人见到之后也没有什么礼仪客套，立刻停下舞步，也不管自己舞伴怎么回她的座位，匆匆过来吃面了。

"我饿极了，"他说，"可我晚饭吃得挺好的。你是哪里吃的？这通心粉你总要来一点的吧？"

"我没有胃口。"阿申登说。

可阿申登开始吃起来之后，却意外发现自己也挺饿的。没毛的墨西哥人狼吞虎咽，两眼放光，心情格外舒畅，而且话也特别多。刚刚只是一会儿的工夫，他的舞伴已经把自己的身世全告诉了将军，现在他正在跟阿申登转述自己听到的故事。他把一块又一块巨大的面包塞进嘴里，阿申登又点了一瓶红酒。

"红酒？"他不屑地大喊。"红酒根本不算酒，想解渴都没用；喝酒只能喝香槟。好啦，我的朋友[1]，你感觉好些了吗？"

"确实好些了。"阿申登微笑道。

"实践，你只要多实践几回就什么问题都没有了。"

他伸过去在阿申登手臂上拍了拍。

"那是什么？"阿申登一惊之下失口问道。"你袖口上那块污渍是什么？"

没毛的墨西哥人扫了一眼自己的袖子。

"那个啊？没什么，只是血，我出了点小意外，把自

1　原文为西班牙语：amigo。

已划伤了。"

阿申登不说话了，目光朝门上方的那面钟找去。

"你还在担心你那班火车吗？让我再跳次舞，然后我就送你去火车站。"

墨西哥人站了起来，凭着他超凡的自负搂起离他最近的一个女子，往舞池中就跳了起来。阿申登看着他，心情烦躁。这个脸上光秃秃的、带着浅色假发的人真是丑陋又可怕，但他舞动起来却有种无可比拟的优雅；他的双脚都很小，踩下去却像是猫和老虎的肉爪一样可以抓住地面；他的节奏感很精妙，你一眼就看得出跟他跳舞的这个花里胡哨的女子已经被他的动作迷住了。他的脚趾中有音乐，那两条紧紧搂着她的长臂中有音乐，他那两条长腿似乎和臀部交接得十分古怪，这种古怪中也有音乐。他虽然是如此的险恶和诡异，但此时看又多了一份如猫似虎的优雅，甚至有一种美，让你偷偷地为他所吸引，却又觉得羞耻。他让阿申登想到了一些比阿兹特克文明更早的石雕，其中蕴藏着荒蛮的生命力，带着些残忍和可怖的意味，可乍看之下，却又有一种深沉而强烈的可爱。但尽管如此说，阿申登很乐意留下墨西哥人在这个污秽的舞厅里独自享受他的夜生活，只是他也很明白他们还有一场正经的对话要完成。对此阿申登毫不期待，一想就觉得会出事。他之前收到的指示是让曼努埃尔·卡莫纳用文件来换他的酬劳，好了，现在文件是拿不到了，至于任务其余的部分——这不关阿申登的事，他反正也一无所知。没毛的墨西哥人在他面前经过时兴高采烈地招了招手。

"音乐一停我就跟你走。你先去付账吧，我马上就好。"

阿申登多希望能看透他心里在想些什么，但这个墨西哥人的思路他就是想猜都毫无头绪。这时将军用香手帕擦着额头的汗珠走了回来。

"尽兴了吗，将军？"阿申登问。

"我一直都是尽兴的。底层白人确实可怜，但我有什么好介意的呢？我喜欢一个女子在我怀中那种感觉，喜欢看她们双眼迷离、嘴唇微张，那是对我的肉欲融化了她们的骨髓，就像阳光中的奶酪一样。底层白人确实很惨，但女人依旧是女人。"

他们出发了。墨西哥人提议他们步行前往，反正在那个城区那个钟点，本来也不太可能有出租车。那是一个无风的夏夜，繁星满天，寂静就像一个鬼魂一样走在他俩中间。快要接近车站时，一幢幢房子现出更明晰的灰色轮廓，你就觉得天怕是很快要亮了。有一丝颤栗在夜色中穿过。这一刻，似乎灵魂中闪过一丝慌乱，仿佛从宇宙洪荒起继承下来的亿万次日夜更迭，今天要终止了，就好像它升出一种毫无根由的恐惧，觉得太阳不会再照常升起。等他们走进火车站，又再次被夜的气氛所包裹。有一两个搬运工懒洋洋靠着休息，就像落幕铃声过后的舞台工作人员，看着正在拆除的布景。两个军人穿着灰蒙蒙的制服站在那里一动不动。

候车室是空的，但阿申登和没毛的墨西哥人还是坐到了最不惹人注意的角落。

"我还有一个小时才发车，先看一下那份电报说的是什么。"

他从口袋里拿出电报，从公文包里取出密码。那时他用的解码系统并不复杂，分为两个部分：一部分包含在一本薄薄的小书中，另一部分他离开协约国的地界时已经记熟、销毁了。阿申登戴上眼镜，开始破解密码。

没毛的墨西哥人坐进墙角的位置，自己卷着烟一根根抽着；他平静地坐着，完全不注意阿申登在做些什么，享受着自己应得的这份悠闲。阿申登破解了一组数字，就把得到的那个单词写在一张纸上。他的方法一直是放空自己的头脑，在破译结束之前不去理解那些单词，因为他发现一旦阅读起那些逐一出现的字词，头脑会不由自主地做出预判，有时候便会出错。所以他很机械地翻译着，不去在意一个个写下的单词是什么意思。完工之后他看到了这条完整的消息：

康斯坦丁·安德里亚蒂因为生病，无法出海，滞留在了比雷埃夫斯。回到日内瓦，等候命令。

一开始阿申登看不懂这些话。他又读了一遍，全身从头到脚都颤抖起来。他向来都能保持镇静，这一回也失控了，压低了嗓子，用一种粗哑、激动、愤怒的声音破口骂道：

"你这个蠢货，你杀错人了。"

茱莉亚·拉扎里

Giulia Lazzari[1]

阿申登有句话常挂在嘴边，他说自己从来不会觉得无聊。他总觉得只有心里没有寄托的人才觉得无聊，而那些非要仰仗外在世界才能高兴的人都是笨蛋。阿申登对自己并没有什么幻觉，此刻在文坛的成功也没有冲昏他的头脑。作家写了本受欢迎的小说或者卖座的戏，总是会引来很多喧嚣，他把这跟声誉、名望分得很开；而且受欢迎本身也丝毫不能打动他，不过，随之而来的实际好处却可以。要是他能凭借名气拿到比自己所付票价更好的特等船舱，阿申登是很乐意接受的；要是海关因

为读了他的短篇小说没有开验他的行李就放行，阿申登也会很高兴地承认在文字上苦苦经营终究还是有回报。学戏剧的年轻人来跟他探讨创作技巧时，他总唉声叹气；当激动的贵妇人在他耳边紧张地表达对他作品的崇拜时，他常恨不得当场毙命。但阿申登觉得自己并不笨，所以没有道理会觉得无聊。有些人无趣到没人敢跟他聊天，一见到他就像欠了钱一样奔逃，但阿申登却可以饶有兴趣地听他们说话；或许阿申登是满足了自己几乎从不休眠的职业本能，那些人说的话是他的材料，就像化石对于地质学家一样，也是从不无聊的。更何况阿申登此时可以用来解闷的手段，换了任何一个讲道理的人都该满足了。日内瓦本来就是欧洲最适宜居住的城市之一，他在这里的高级酒店拥有一套非常舒服的房间。他租了一条船，荡舟湖上；他租了一匹马，因为在瑞士那个整齐洁净的行政州，很难找到一块可以放马奔驰的草地，他就骑着它在郊区的碎石路上带着闲情逸致小跑。阿申登还在老街中散步，试图从那么宁静、高贵的灰石大宅中捕获往昔的风味。他兴致盎然地重读了一遍卢梭的《忏悔录》，又想再试一试他的《新爱洛伊斯》——这是他第

二、第三回读不下去了。他也一直在写作。因为不能惹人注意，所以没有多少交际，但和酒店里几个客人认识之后时常聊上几句，自然也不会觉得孤单。这样的生活可以算填得很满了，而且花样也不少，要是真的无事可做，自己头脑中的很多想法也很耐琢磨；在这样的境况中，要无聊是很荒唐的，但就像空中一小片落单的云彩，他的确在视野尽头看到有无聊似乎要冒出来。路易十四有个故事，说他要去参加某个典礼，召了一位侍臣陪同，正要出发时那位侍臣才勉强赶到；国王看着他，带着威严冰冷地说道："J'ai failli attendre." 我能想到的翻译并不高明，大致是：我恰巧躲过了等待——阿申登或许也可以承认，他现在只是恰巧躲过了无聊。

　　阿申登在想——他正沿着湖岸骑在一匹斑点马上，短脖子，马臀结实有力，很像老电影里奔腾的那种骏马；不过这匹马从来不奔腾，要狠狠地用马刺踹一脚，它才勉强算得上轻快地小跑一阵——他想到的是，那些情报处了不起的大长官们，坐在伦敦的办公室里操控着这架庞大的机器，他们的生活大概是颇激动人心的；他们把棋子推来摆去，看到层出不穷的线索交织成各种式样（阿申登打起比方来很铺张），用大量的碎片拼凑出一幅完整的图画；但如果是像他这样在情报部门不过做个小小的兵卒，其实就远不如大众以为的那么惊险和好玩了。阿申登的正经事就跟城里的一个普通职员那样的规律和单调：照约定每隔一段时间会见自己手下的间谍；能找到新的人员就招募，下达指示，派往德国；等着接受信息，然后发送信息；每周去一次法国商讨前线战况，接收伦敦的命令；有集市那天，他就去那里找一个卖黄油的老妇人，她会把湖那头的消息捎给他；他要时刻观察周围情势；他会写长篇的报告，而且一直确信根本没人会读，直到无意间在里面塞了个玩笑，结果受到了严厉的批判。显然他的工作是必要的，但这份工作除了单调也实在没有别的形容了。为了找点事情做，他一度跟女男爵冯·希金斯暧昧起来。他认为女男爵很有可能在替奥地利政府工作，若是能和她有一番钩心斗角倒也值得期待。他很清楚女男爵会给他设下不少陷阱，至少躲避陷阱能让思维不至于生锈。他发现对方也很乐意玩这个游戏。每次送她花之后，总会收到热情洋溢的答谢短笺。她和阿申登泛舟湖上，白皙修长的手指在水中划动，聊着永恒的爱，隐约透露着曾经的心碎。他们一起吃饭，一起去看了非诗歌体的法语《罗密欧与朱丽叶》。阿申登一直没有想好要跟女男爵较量到什么地步，这时他收到了 R 一封言辞犀利的信，质问阿申登到底在玩什么把戏："无意间得到消息"——他与一位自称希金斯的女男爵过从甚密，此人已确认是同盟国的特工，最多只可与她冷冷地保持客气，再多逾越一分都极为不智。阿申登耸了耸肩。R自然是觉得阿申登远没有自己聪明，不过阿申登之前倒没有想到过日内瓦有这样一个人，至少他的职责之一是关注阿申登的行踪，这是个有意义的发现，显然有人身负命令，就是要监督阿申登不玩忽职守或瞎闹误事，阿申登不禁要笑起来：R 这个家伙真是精明、狡猾又无所不用其极！他消灭一切风险，谁都不信任，对手上的工具丝毫不做好坏的预判。阿申登四下审视，看能否找出向 R 通风报信的人。他在想会不会是酒店的服务生。R一向对服务生寄予厚望，这一点他是知道的：他们有机会目睹很多事情发生，很多信息本来唾手可得，却只有服务生方便把它们拿到手。阿申登甚至怀疑这些事情 R是从女男爵本人那里知晓的；如果说她是协约国安插的女特工，那也没什么不可思议的。阿申登依然与女男爵有礼有节来往着，但不再那么殷勤了。

他把那匹马掉转头，缓缓地朝日内瓦小跑而去。租马的马厩来了个马夫在酒店门口等他；阿申登跳下马鞍，进了酒店。前台递了一封电报给他。电报上的话大致是以下的意思：

"麦琪姑姑身体不容乐观。住在巴黎的罗迪酒店。如果可以，去见见她。雷蒙德。"

"雷蒙德"是 R 自以为好笑的化名之一，而因为阿申登福气不够，并没有麦琪姑姑这样一位好亲戚，他就知道了这是要他去一趟巴黎。阿申登一直有种感觉，就是 R 大部分的业余时间都花在阅读侦探小说上了，格外沉迷于刻意模仿那种廉价的惊险故事，特别是在他心情舒畅的时候。R 如果心情好，说明他有个计谋马上要得逞，可一旦大功告成，他又会极度低落，把坏脾气全发泄在下属身上。

阿申登故意把电报随手往桌上一放，问去巴黎的快车什么时候走。他扫了一眼时钟，看大使馆下班之前是否来得及办好他的签证。上楼拿护照，电梯门快要关上的时候，前台的人喊他。

"先生您电报忘拿了。"他说。

"我真是糊涂。"阿申登说。

这样一来，某位奥地利女男爵要是碰巧想打听为什么他突然去了巴黎，一定能调查出来是因为一位女性亲戚身体有恙。战时烦忧太多，不如万事都明了一些为好。法国大使馆的人是认识他的，所以没有耽误什么工夫。他之前还关照了那个前台帮他去买一张车票，所以回到酒店就只管洗澡、更衣了。这趟意料之外的出行让他充满期待。那段旅程也的确舒心。在卧铺车厢他睡得很好，被火车突然的震动吵醒也不以为意；能躺着抽支烟很愉快，小车厢里的寂寞更是迷人；经过接轨处的哐当声也不烦心，反而是一种与沉思配合默契的背景节奏；高速穿越旷野和黑夜时，你会觉得自己像划过宇宙的流星。而在这段旅程的终点，等着他的是未知。

阿申登到巴黎的时候，城里落着小雨，有些寒意；他觉得自己应该先刮下胡子，洗个澡，换上干净的内衣裤；但他却兴奋莫名，从车站直接给R打了个电话，询问麦琪姑姑如何了。

"我很高兴你一点没耽搁，可见你对她的感情，"R回答的时候声音若有似无带着笑意，"她非常消沉，我很肯定见到你对她身体有好处。"

阿申登想到，业余讲笑话的人屡屡会犯一个错误，专业人士一般是会避免的，就是讲了一个笑话之后总爱反复强调它。幽默的人应该随意而轻巧地对待他那些笑话，就像蜜蜂对待鲜花一样；笑话既然讲了出来，就不要多做停留。当然，朝着鲜花逼近时发出些嗡嗡声是可以的，就像先提醒一个笨头笨脑的世界接下去的话是几句玩笑。但阿申登和大多数职业幽默作家不同，他对别人的笑话抱有更多善意，所以也顺着R回应道：

"依你看，她什么时候想见我？"阿申登问。"先代我问好吧，麻烦你了。"

R明显是忍不住呵呵笑起来。阿申登叹了口气。

"你要来的话，我估计她还得先梳妆打扮一下。你姑姑这个人你是知道的，总喜欢给人看她漂漂亮亮的样子。暂且定在十点半好吗？和她聊过之后或许我们可以去哪里吃个午饭。"

"可以，"阿申登说，"我十点半到罗迪来。"

阿申登梳洗、休整之后到了酒店，大堂里一个勤杂工认出了他，把他领到了 R 的房间。勤杂工把门打开，侧身让阿申登进屋。R 站在壁炉前，背后炉火正旺；他正向秘书口述着什么。

"坐吧。"R 说，继续向秘书口述。

这间客厅装饰得并不随便，花碗中的一大束玫瑰像是女子所为。一张大圆桌上乱七八糟堆着很多文件。R 比阿申登上次见他时老了，瘦削的脸肤色向来泛黄，现在皱纹更多，头发也更白了。显然是这份工作操劳。R 对自己很苛刻，晚上工作到很晚，但每天都是七点起来。那身制服是很整洁挺括的，但 R 穿着却显得邋遢。

"就这样吧，"他说，"把东西都拿走，赶快打出来。我出去吃中饭之前会签字。"接着他转过来对那个勤杂工说："接下来我不希望被人打搅。"

那个秘书是个三十多岁的少尉，显然是个临时征召的文职人员，收拾起一大摞文件出去了。那个勤杂工跟着往外走的时候，R 说：

"你等在门口，需要的时候我会喊你。"

"好的，先生。"

只剩下他们两个的时候，R 转过来对阿申登问道："来的时候一路上还行吗？"对于 R 来说，这姿态已经算得上是热情关切了。

"是的，先生。"

"你觉得这屋子如何？"他一边问着，一边朝周围看了看。"还挺好的吧？我一直都认为，战时虽然艰难，但我们每个人都还可以尽量过得舒服一些嘛。"

闲聊的时候，R 一直盯着阿申登看，专注得诡异。他眼珠是浅色的，双眼又靠得比较近，让你觉得他可以直视你的大脑，并对所看到的内容嗤之以鼻。R 难得也有不那么守口如瓶的时候，并不掩饰他的一个观点，那就是几乎所有人都是笨蛋或无赖——这无非就是他在完成自己工作中要克服的障碍之一。大体上他更希望遇到的是无赖：你就知道要对付的是怎样的人，可以采取相应的措施。他是军人出身，之前从军生涯基本都在印度和其他殖民地。战争打响，他驻扎在牙买加，陆军部有个跟他打过交道的人想起了他，把他带回国，放到了情报部门。R 实在太聪敏了，很快担起了重要的职务。他精力过人，有组织、调配的天赋，少的是顾虑、犹疑，多的是谋略、勇气、决心。或许他只有一项不足：在之前的人生中，R还从来没接触过几个有社会地位的人，尤其是女性。除了战友、官员和商人的配偶，他几乎就不认识别的异性了。战争最初来到伦敦时，因为工作他结交了不少情致不凡、美艳动人的高贵女士，可以说是为她们倾倒不已。在她们面前，R觉得羞怯，但致力于跟她们有更多往来；慢慢他也很受那些女士的青睐。他其实没有料到阿申登对他也有不少了解，在阿申登眼里，那一碗玫瑰一定是颇有故事可说的。

阿申登清楚R找他来不是为了聊天气和农作物的，很疑惑R要到什么时候才切入正题。不过他没有疑惑多久。

"你在日内瓦干得不错。"他说。

"你会这样评价我很高兴，先生。"阿申登回答。

突然R变得十分冷峻和严厉；闲扯的阶段已经结束了。

"我有个工作要交给你。"他说。

阿申登没有接话，但腹中某处感到一阵愉快的骚动。

"你听说过向德拉·拉尔吗？"

"没有，先生。"

上校的眉宇间扫过一抹阴沉的不耐烦，他认为下属应该知道一切他希望他们知道的事。

"这么些年你都住在深山老林里吗？"

"我住在梅费尔区切斯特菲尔德大街三十六号。"阿申登答道。

R泛黄的脸上似乎有笑意一闪而逝。这个略显放肆的回答是瞄准了R也爱好讥讽的心性。他走到大桌子边上，打开桌上一个公文包，取出一张照片交给了阿申登。

"就是这个人。"

阿申登不熟悉东方人的面孔，这张脸让他想起自己见过的上百个印度人。或许他是那些定期会来英国的拉甲[1]，他们的照片会出现在这里的画报上。R的那张照片里是一张黝黑的胖脸，厚嘴唇，肉鼓鼓的鼻子，直头发又黑又粗，眼睛很大，即使在照片里也水汪汪的像是牛的眼睛。他穿着欧洲人的衣服，但看得出不自在。

"这张是他穿着老家的衣服。"R递给阿申登另外一张相片。

---

1 Rajah，也作 raja，此处指印度的酋长、王公或贵族。

之前那张只看到头和肩膀，这张是全身像，显然比之前那张年轻好几岁。他当时更瘦，那双严肃的大眼睛简直要把整张脸吞没。这是加尔各答当地一个摄影师拍的，背景幼稚到怪诞。向德拉·拉尔背后画着一棵凄凉的棕榈树和一片海景。他一只手搁在一张木雕工艺很是浮夸的桌子上，桌上一个花盆里插着一棵橡胶植物。但照片主角裹着头巾、穿着淡色长衫，还颇有些气度。

"你觉得这个人怎么样？"R问。

"要我说，这应该是个有些性格的人；透露出某种力量。"

"这是他的卷宗，读一下吧。"

R给了阿申登几页打字机打出的文档，阿申登坐了下来，R则戴上眼镜开始阅览那些需要他签字的信件。阿申登大致扫了一遍手上的报告，然后再从头细读。看起来向德拉·拉尔是个危险的煽动者。他本职是律师，但投身政界，对英国在印度的统治深恶痛绝。他热情鼓吹武装抗争，好几起闹出人命的暴动都跟他有关。他曾被逮捕、审判，入狱两年，不过战争开始的时候他重获自由，抓住这个机会挑唆起正经叛乱。一些阻挠英国人在印度行动的计划，往往核心人物就是向德拉·拉尔，为的是不让英国军力赶往战场；再加上德国特工源源不断地给他资金援助，此人的确成了一个很棘手的问题。他牵扯进两三起骇人听闻的炸弹事件，杀死了几个无辜的路人，虽说除此之外危害不大，但它们的确会让公众紧张，影响士气。所有的追捕都被他逃脱了；他的行动力太惊人，简直像是有分身；警方从来接近不了他，刚查到某个城市里有他的踪迹，向德拉早已把事办完，离开了。最后只能悬赏缉拿，罪名是谋杀，可他还是逃了出去，先去了美国，从美国到了瑞典最后抵达柏林。在柏林，他整日忙于在调到欧洲的印度军队中引发内斗。所有这些叙述都是干巴巴的，不做评论，也没有解释，但只从这种冰冷的语言里你也能感受到那种神秘和刺激，那种千钧一发和身陷绝境。这份报告的结尾是这样：向德拉在印度有一个妻子、两个孩子，没有人听说过他跟别的女子有过什么亲密往来，不抽烟，不喝酒。据说他为人非常诚信；大笔资金经他手从来不曾有人质疑被用到了不正当（！）的地方。他的勇敢是显而易见的，而且极为勤勉。据说，他很在意自己言出必践的好名声。

阿申登把报告还给 R。

"怎么说？"

"一个狂热分子，"阿申登觉得这人身上有一种可算是魅力的浪漫气质，不过 R 肯定不想听他此类胡言乱语，"看上去是个危险的家伙。"

"不管是在印度，还是从印度出来的那帮家伙，这是最危险的一个了。把另外那些全加起来，危害还及不上他一个人。你知道柏林聚集了这么一帮印度人的团伙，要说的话，他就是这伙人的大脑了。要是能把他除掉，剩下的那些我甚至可以不去管他们；他是这里面唯一算是有点胆识的。我已经抓了他一年了，还以为没有希望，但终于被我发现了一个机会，无论如何我都不能放过。"

"你到时准备怎么做？"

R 阴森地嘿嘿一笑。

"一枪毙了他，毫不犹豫一枪毙了他。"

阿申登没有接话，R 在这小小的房间里来回走了一两遍，又背对炉火站定，面朝阿申登嘴角扭曲成一个充满嘲讽的微笑。

"你有没有注意到我给你的那份报告结尾，说他众所周知从来没和女人有过什么亲密来往？这么说吧，之前确实如此，但现在已经要改了。这笨蛋坠入了爱河。"

R走过去，从公文包取出一沓用淡蓝色丝带捆着的东西。

"你看，这是他写的情书。你是小说家，应该会读得很高兴吧。说正经的，你确实要读一读这些信，会更好地把控局面。把它们都拿走吧。"

R把这捆精心包扎的信件扔进了公文包。

"很难想象一个这么厉害的人怎么会允许自己对一个女子神魂颠倒的，在他身上我的确万万没有想到。"

阿申登的目光游移到了桌上那一碗美艳的玫瑰，但什么都没有说。很少有事情能逃得过R的眼睛，他注意到了阿申登那一眼，表情突然阴沉下去。阿申登知道R很想问他一句，往那边看什么看？那一刻R对自己下属的温情已经荡然无存，不过他并未有所表示，而是重新回到了主题。

"但我怎么想并不重要。向德拉疯狂爱上的女人叫茱莉亚·拉扎里。他完全给这女人迷住了。"

"你知道他是怎么认识这位女士的吗？"

"当然知道。她是个舞者，跳西班牙舞，只不过正巧是个意大利人。她在舞台上有个艺名叫拉马拉古埃娜[1]。那类表演你也知道的，民间的西班牙音乐，花边披肩头纱，一把扇子，头饰是那种高高的梳子。过去十年她就在欧洲各地跳舞。"

"跳得好吗？"

"不好，跳得很糟糕。在英国的时候，基本在外省表演，在伦敦也演过几次。一周挣的钱从来没有超过十英镑。向德拉是在柏林一个'Tingel-tangel'里见到她的，这种地方你也知道吧，就是比较廉价的歌舞厅。据我了解，在大陆她基本把跳舞看作提高自己卖淫身价的一种方式。"

"战争期间她是怎么去柏林的呢？"

"她之前有过一个西班牙丈夫；我觉得他们现在依然是夫妻，不过已经不住在一起了，她用的是一个西班牙护照。好像向德拉为了博得她的芳心那个时候大献殷

---

1 La Malagueña，西班牙语，主要指一种源自马拉加的民间舞蹈；这个词本意也指从马拉加来的人。

勤。"R又拿起印度人的相片，若有所思地看着。"照理说像这么一个油腻的黑鬼应该吸引不了女人才对。他们发福的速度真是要命了！但事实依旧是事实：那个女人对他的爱几乎和向德拉爱她的程度不相上下。她写给向德拉的信我也有，当然都是副本，原件都在印度人那里，而且我敢说他一定用一根粉红的丝带把它们好好系着呢。那个女人很迷向德拉。我不懂文学，但一段话听上去像不像真话我还是能分辨的；不管如何，你反正也要自己去读的，到时告诉我你的看法。他们不是说没有一见钟情这回事吗？"

R带着反讽微笑着，今天上午他心情确实不错。

"可这些信你是怎么拿到的呢？"

"我怎么拿到的？你说呢？因为国籍终究是意大利，她最后还是被赶出了德国，从德荷边境遣送到了荷兰。她在英格兰定好了要演出，所以拿到了签证，然后……"——他在桌上的文件中找到一个日期——"在十月二十四号，她从鹿特丹坐船到了哈里奇港[1]。之后她

1　Harwich，英国埃塞克斯郡的一个城镇，位于英国东南海岸线上。

在伦敦、伯明翰、朴茨茅斯和其他地方跳过舞。两周之前她在赫尔[1]被逮捕了。"

"因为什么事？"

"间谍活动。她被转到了伦敦，我自己去霍洛威[2]见她的。"

阿申登和 R 一时半刻间没有说话，只是彼此看着，或许两人都在竭力揣摩对方的心思。阿申登想的是这些话里确切的真相到底是什么，而 R 在考虑能让阿申登掌握多少内情而又不失掉自己的掌控权。

"你是怎么查到她身上去的？"

"之前德国人放任她在柏林跳了好几个星期的舞，却又毫无特殊缘由把她赶了出去，我觉得有些蹊跷。如果是征用间谍就合情合理了。而且一个不太注意检点的舞者，很容易制造机会获得某些讯息，而这些讯息柏林一定有人肯出大价钱来换取。我考虑，不如就让她来英国，看她会干些什么。她的一举一动都在我的监控之下。我

1 Hull，英格兰东部港市。
2 Holloway，1852 年起运行的伦敦监狱，1903 年成为专门的女子监狱。

发现她每周都有两三封信要寄到荷兰的一个地址，又会每周两三次收到荷兰的回信。她的信读着怪异，因为混合了法语、德语和英语；她只能说简单的英语，但法语说得很不错。她收到的回信则完全是用英语写的；这个人英语很好，但不是英国人的英语，很花哨，像是在卖弄辞藻；我很想知道这些信是谁写的。它们读上去也不过就是一般的情书，只是有的话略有些露骨而已。很显然，这个在德国的写信者不是英国人，也不是法国、德国人。为什么他要写英文呢？一个外国人，英文又比任何那些大陆国家的语言要好，只可能是从东方来的。不会是土耳其或者埃及，他们会法语。日本人是写英文的，印度人也是。我得出的结论是，茉莉亚的情夫就在柏林那帮惹事的印度人之中。但看到照片之前，我完全没想到是向德拉·拉尔。"

"照片是怎么拿到的呢？"

"她带在身边。还挺花了些心思。那张照片就锁在她的行李箱中，跟很多舞台上的照片放在一起，搞笑歌手、小丑、杂技演员之类的；很容易就会把向德拉当成歌舞场里穿着戏服的演员。实际上，后来拘捕茉莉亚的时候问她照片里的人是谁，她说她不认识，是一个印度魔法师送她的，完全不记得那个人的名字。不管怎样，我派了一个脑子很活络的小伙去，他发现这是照片中唯一一张从加尔各答发来的，觉得必有蹊跷；还留意到相片背面写了一个数字，就把数字记下，当然照片还是放回到了行李箱中。"

"顺口问一句，我只是好奇，你那位脑子活络的小伙是怎么看到照片的？"

R 的眼睛里亮了一亮。

"这不关你事，但我不介意让你知道那个小伙长得很好。这都无关紧要。拿到照片上的号码之后，我们给加尔各答发了一份电报，没过多久，喜讯传来，茱莉亚爱慕的对象不是别人，正是不可腐化的向德拉·拉尔。我职责所在，接下去自然把茱莉亚盯得更紧了一些。她似乎暗暗地对海军军官情有独钟，这一点不能怪她，他们确实有魅力，但水性杨花、国籍可疑的女子在战时不宜多结交新朋友，很快我就收集起一组可以用来指控她的证据了。"

"她是如何把情报送出去的呢？"

"她没有把情报送出去，也没打算送。德国人赶她走的时候并没有别的意思，她听命的不是德国人，而是向德拉。英国的演出结束之后，她的计划是去荷兰跟向德拉见面。她做间谍并不聪明，一直慌里慌张的，但似乎没人注意到她，所以并没遇到什么麻烦。我们看着也觉得越来越精彩；她没有冒任何风险就拿到了各种各样有意思的情报。在一封信里她写：'我的小情人，亲爱的，我有那么多的事情要告诉你，而且一定都是你非常非常感兴趣的事情。'她还把那些法语词都加了下划线。"

R 停下来，搓了搓手；他那张疲惫的脸上对自己的狡诈是如此得意，简直有失身份。

"在她这儿，间谍工作像是那么简明幼稚。当然对这个女人我是根本无所谓的，我要追踪的是向德拉。说回去，等我收集好了对付她的证据，就逮捕了她；这些证据都足够给一个团的间谍判刑了。"

R 把手插进口袋，没有什么血色的嘴唇强作微笑，却几乎像是因为痛苦而抽动了一下。

"霍洛威可不是什么好玩的地方，你知道。"

"恐怕没有一个监狱是吧。"阿申登评论道。

"我让她煎熬了一周才去找她的；她精神状态已经一团糟了，女监狱长跟我说，她大部分时间都处于很激烈的崩溃情绪之中。我得说看到她的时候，的确有些吓人。"

"她长得好看吗？"

"你到时自己看吧。不是我喜欢的类型。大概化了妆之类的会好一些吧。我当时真是凶神恶煞，她应该吓坏了。我说她会被关十年。我觉得我的确吓到她了，至少我知道自己已经尽力。当然她什么都不承认，但证据都在眼前，我跟她保证，她是不可能脱罪的。跟她一起待了三个小时，她后来就垮了，坦白了一切。然后我说，如果她能把向德拉弄到法国去，她就能免罪释放。她说这绝无可能，说她就是死也不会做这种事；她情绪激动，很让人疲惫，但我就让她语无伦次地叫喊。我让她再考虑一下，说我过一两天再来看她，到时再聊。实际上我把她晾了一周。显然她想得也很充分了，我去的时候很平静地问我到底要她做什么，开出的条件又是什么。她在监狱里待了半个月，应该也是待够了。我把方案尽可能简单地陈述给她，她就答应了。"

"我觉得我应该还没完全听懂。"阿申登说。

"没懂？我还以为最不堪的头脑也应该完全能理解了吧。要是她能让向德拉穿过瑞士边境，进入法国，她就自由了，随便去西班牙或者南美，而且路费我已经都已经替她负担了。"

"你让她要如何才能说服向德拉去法国呢？"

"他爱茱莉亚爱得神魂颠倒，等不及要见到她。他的那些信都快要写成疯话了。茱莉亚写信给他，说拿不到去荷兰的签证（之前跟你说过，巡回演出结束他们本来要到荷兰碰头的），但她可以拿到去瑞士的。那是个中立国，他在那里不会有危险。他毫不犹豫就答应了。他们约好在洛桑见面。"

"唔。"

"等他到了洛桑，会收到一封信，告诉他法国政府不放茱莉亚通过边境，她会去托农¹，那个地方在法国，和洛桑只隔着一片湖，要向德拉也去那里。"

"你凭什么断定他也会去呢？"

1　Thonon，也作 Thonon-les-Bains，位于法国东北边境，隔日内瓦湖与瑞士相望。

R停了片刻，看着阿申登时露出一种愉悦。

"如果不想承受十年的牢狱之灾，她就必须让向德拉过去。"

"我懂了。"

"今天晚上有人会把她从英国羁押过来，我希望你能乘晚班列车送她到托农。"

"我？"阿申登问。

"没错，我觉得你很胜任这样的任务。按理说，你对人性的了解应该胜过大多数人。而且换个环境，在托农住上一两个礼拜应该也是很惬意的。据说是个景色优美的小镇子，还很受名人的青睐——当然，那是和平年代的事了。你可以去那儿游泳啊。"

"我把那位女士护送到托农之后，你要我怎么做呢？"

"决定权我就交给你了。不过我写了几条注意事项，你可能会觉得有用，我这就读给你听吧？"

阿申登听得很仔细，R的计划简洁明了，阿申登虽不情愿，也忍不住对如此清晰的头脑有些佩服。

R马上就提议他们该去吃午饭了，要阿申登带他去一个体面人会去的地方。这个在办公室里如此敏锐，如此自信的人，一进那个餐厅却拘谨得手足无措起来，阿申登看在眼里真觉得有意思极了。为了显示自己很放松，他说话太大声，而且毫无必要地装出他对这个餐厅再熟悉不过的样子。从他的举止中，你可以看出他曾经那种弊衣疏食的寻常生活，直到战争机缘凑巧地把他提升到了现在的重要位置。在这个高档的餐厅里坐着，身边响起的名字都属于身份尊贵、声望卓著的大人物，R自然高兴，但他也像第一次戴高顶礼帽的十几岁孩子，每次对上餐厅领班的冰冷目光他都要畏缩一下。R飞快地四下扫视，枯黄的脸上闪耀着满足的表情，但这种自满他又微微觉得有些惭愧。阿申登让他留意一个穿黑衣服的女士，身材动人，但并不好看，脖子上还挂着一长串珍珠。

"那是德·布里德斯夫人，她是西奥多大公的情人，可能是现在欧洲影响力最大的女人之一了，不说影响力，至少也是最聪明的之一。"

R那双很有智慧的眼睛停在那位夫人身上，脸红了一下。

"天呐，这才是活着呀。"他说。

阿申登好奇地看着他。对于之前未尝过奢华的人来说，奢华是个危险的东西，其中的诱惑可能来得太突然了。R这样一个看穿世情的精明人，却被眼前这些粗鄙的豪奢与廉价的光华迷得神魂颠倒。就像有了文化，其中一个好处是能帮你把瞎扯说得掷地有声，熟识了奢华能让你面对这些俗艳和虚饰保持足够的鄙夷。

用完午餐喝咖啡的时候，阿申登看R已经因为美食和餐厅氛围有些飘飘然，又重提了自己一直在琢磨的那个话题。

"那个印度人一定是个了不起的家伙吧。"他说。

"确实聪明，这毫无疑问。"

"居然有勇气单枪匹马挑战英国在印度的整个势力，叫人很难不刮目相看啊。"

"劝你对他还是不要想法太浪漫，他不过就是个危险的罪犯。"

"要是他能统领五六个营的士兵，再配上几个炮兵连的话，我想他也不会用炸弹吧。他也没别的武器可用了；这你很难苛责他。说到底，他做这些事完全不是为了自己，对吧？他要的是祖国的自由。至少从表面上看，他的所作所为有他的道理。"

R 完全听不懂阿申登在说什么。

"你这些病态的想法都很牵强，"他说，"这种事就不用细想了，我们的任务就是逮住他，逮住之后一枪把他毙了。"

"这当然，他既已宣战，就只能愿赌服输。我也会严格执行你的指令，我来就是干这件事的，不过，我觉得承认这样一个人也有可钦可佩之处也没什么不好。"

R 又重新变回了那个对于人心如此冷静而敏锐的判官。

"我一直都没有想好，干这一行到底是该找对此很有激情的人，还是那些置身事外的。有些人对我们的敌人有种不共戴天的仇恨，干掉对方时那种满足感就像是他们报了什么私仇。当然他们干起活来也分外投入。但你是另一类，是吧？你把这当成下棋，哪方输赢都无所谓。我还没有想明白这件事。当然有些工作正需要像你这样的人。"

阿申登没有回话。他让服务生把账单拿来，又散着步把 R 送回了酒店。

火车八点出发。存好了行李，阿申登沿着站台往前走。他发现了茱莉亚·拉扎里的那节车厢，但她的脸没有对着站台的光，阿申登看不清。看着她的两个警探是在布伦[1]从英国警方手里接管的。其中一个跟阿申登在日内瓦湖靠法国的一侧合作过，阿申登走上前的时候，他朝阿申登点点头。

"我问过女士是否要去餐车用餐，她说想在自己车厢里吃，所以我点了一篮饭菜。这样可以吗？"

"没有问题。"阿申登说。

"我和我的同伴会轮流去餐车吃饭，不会留下女士一个人。"

"你们考虑得很周到，火车启动之后，我也会过来跟她聊一聊。"

"她似乎不愿多说话。"警探说。

"意料之中。"阿申登说。

他去买了下一段路程的车票，去了一下自己的车厢，回到茱莉亚·拉扎里的车厢时，后者正好吃完。只瞥一眼

1　Boulogne，法国北部港市。

那个食篮，阿申登就知道了这位女士今天胃口不坏。他到的时候，守着她的警探开了门，又照阿申登的意思走开了。

茱莉亚·拉扎里满脸怒气地朝他看了看。

阿申登在她对面坐下，说道："希望伙食你还满意。"

她微微点了下头，但没有接话。阿申登拿出烟盒。

"要抽烟吗？"

她扫了阿申登一眼，像是犹豫了一下，但还是取了烟，仍是一言不发。阿申登划着了火柴，点烟的时候观察着茱莉亚。他很惊讶。也说不上为什么，他一直以为茱莉亚是金头发、白皮肤的女人，或许是以为这样的类型更能让东方人动心吧。可茱莉亚几乎像是深色皮肤的人种。她戴着一顶小小的帽子，头发看不见，两只眼珠则是漆黑的。她远远算不上年轻了，怕是有三十五岁，皮肤又黄又都是皱纹。此刻她并没有化妆，形容格外憔悴；整个人除了那双动人的眼睛，几乎找不出其他可称之为好看的地方。她身材过于高大，阿申登觉得这样的身材应该舞姿也很难优雅；或许穿上西班牙女郎的服饰，她整个人会变得张扬夺目，但此时衣衫破旧地坐在火车里，实在是想不出那位印度人迷恋的是什么。她瞪着眼审视了阿申登很久，很明显在琢磨面前来的是怎样一个人。她鼻孔里喷出一团烟雾，朝那烟雾看了一眼，又重新把目光转回到阿申登身上。阿申登看出来那股怒气只是掩饰，她其实感到非常紧张和害怕。她说话用的是法语，带着意大利口音。

"你是谁？"

"我的名字说出来你也一定没有听过，夫人。我会陪你去托农，已经帮你在'广场酒店'订好了一个房间，其他的酒店都不在营业，但我觉得这个房间你会满意的。"

"啊，上校跟我提起的人就是你了。你是来押送我这个犯人的。"

"也不过是需要这样一个形式；我不会打扰你的。"

"押送依然还是押送。"

"应该很快就结束了。我口袋里就是你的护照，一切手续都已办妥，到时你就可以去西班牙了。"

她身子一斜，靠在车厢角落；黯淡的灯光下，突然全是绝望的表情，黑色的大眼睛衬得脸上更是惨白。

"太可耻了。啊，要是能把上校那个老家伙杀了，我一定能安心去死。他毫无心肝。我真是太痛苦了。"

"恐怕你的确让自己陷到一个不幸的处境里了；可你也该知道当间谍这事儿本来就很危险啊！"

"那些秘密我一个都没出卖过，什么都没损害。"

"那自然是因为你还没有机会。据我了解，你已经完全供认了自己的所作所为。"

阿申登尽量用最和善的口吻跟她说话，语气中一点严厉都感受不到，就像面前是一个病人。

"唉，的确，我让自己做了些蠢事。上校要我写的信我也写了，为什么这还不够呢？如果他不回信你们要怎么对我？他不想来的话，我也没有办法强迫他啊。"

"他已经回信了，"阿申登说，"就在我身上。"

她惊呼一声，嗓音都哑了。

"啊，给我看一下，我求你让我看一下。"

"我并不介意让你读信，但读过了之后一定得还给我。"

阿申登把向德拉的信从口袋中取出，交给了她。她一把将信夺去，迫不及待地读起来。信一共八页，她一边读，一边有泪水不断滚落。她不断在抽泣，时不时也会因为爱意而呼喊，唤起写信人在意大利语或法语中的昵称。当初她按照 R 的要求，告诉向德拉他们会在瑞士见面，这封信就是向德拉的回信了。他因为期待而欢欣不已，写到离上次见面已经相隔了多久，他有多想念她，而这么快就可以见到她，他不知道自己将如何忍受那份急不可耐——字里行间全是柔情蜜意。读完了信，茱莉亚任由信纸掉落到地板上。

"你也看得出他是爱我的，对不对？这是千真万确的，你要相信我，他怎样爱我，我是知道的。"

"你真的爱他吗？"阿申登问。

"只有他对我好。这种全欧洲跑歌舞厅的日子真的挺惨的，歇脚的时候都没有，而那些男人——常去看那些表演的男人——都挺没用的。一开始我以为他也是那样。"

阿申登把信捡起来，夹回到钱包里。

"我们代你发了封电报到荷兰的那个地址，说你十四号会到洛桑的吉本大酒店。"

"那就是明天了。"

"没错。"

她一仰头，朝阿申登瞪大了眼睛说道：

"你们逼我做的这件事太可耻了，真是不要脸。"

"你也不是非做不可。"阿申登说。

"要是我不做呢？"

"恐怕就有些后果要承担了。"

"我不能坐牢，"她突然喊道，"不可以，绝对不行。我岁数不小了。那个人说十年。我有可能被判十年吗？"

"要是上校这样跟你说，那自然很有可能。"

"啊，这人我已经了解了。那张残忍的脸。他不会放过我的。再过十年我会变成什么样子？不行的，不行的。"

这时候到了一个站头，火车停了，等在过道里的警探敲了敲窗户。阿申登开门，那人递给他一张明信片。蓬塔利耶是法瑞边境上的一个火车站点，明信片上就是这个地方一处很平常的景致，不过是灰蒙蒙一个广场，中间立着一个雕像，旁边几棵梧桐。阿申登递给她一支铅笔。

"给你情人写张明信片吧。他们会在蓬塔利耶寄出，收信地址麻烦你写洛桑的那个酒店。"

茱莉亚扫了他一眼，但默默接过来，照着阿申登的意思写了。

"现在翻过来，写上：'在边境耽搁了，没事，请放心在洛桑等我。'然后随便加点什么，比如，tendresses[1]，就挺好。"

阿申登取来明信片，看茱莉亚有没有按照他的指示去写；然后他伸手取过了自己的帽子。

"好了，我先不打搅了，希望你能睡上一觉。一早到托农的时候我来接你。"

第二个警探也吃完饭回来了，阿申登出去的时候，两个警探进了车厢。茱莉亚又蜷缩回了她的那个角落。阿申登把明信片交给一个候在那里的特工，他会带去蓬塔利耶投递。阿申登穿过火车中拥挤的乘客，回到了自己的卧铺车厢。

第二天抵达的时候阳光明媚，虽然依旧有些寒意。阿申登把行李交给一个搬运工人，沿站台朝前走；茱莉亚·拉扎里和两个警探站在那里，阿申登朝他们点点头。

"早上好，你们其实不用陪着等的。"

他们碰了碰帽子致意，跟茱莉亚简短道别，就走了。

"他们去哪儿？"她问。

---

1 法文中落款时的常用语，表亲密、爱意。

"走了。他们以后再也不会来打搅你了。"

"现在我归你管了？"

"你不归任何人管。接下来，我会冒昧带你去你的酒店，然后我也不会再叨扰你。你得尽量休息得好一些。"

阿申登的搬运工人接过了茱莉亚的随身行李，她又把大行李的凭证交给了工人。他们走出火车站，门口有一辆出租车在等着他们，阿申登殷勤地邀请她上车。酒店并不近，阿申登感觉她不时在用余光打量自己。她很困惑。阿申登没有说话。到了酒店（虽然酒店不大，但位置迷人，就在海滨一条小小人行道的拐角处，视野十分美妙），老板带他们看了为拉扎里女士预备好的房间。阿申登转过来对他说：

"我看这房间挺不错的；我一会儿就下楼。"

老板鞠了一躬，退了出去。

"你有任何住得不满意的地方我都会尽可能帮你解决，夫人，"阿申登说，"在这里你想干什么都可以自己做主，想点些什么也完全不用有所顾忌。对于酒店的这位老板来说，你就是一位普通的客人。你绝对是自由的。"

"可以自由地外出？"她立马问道。

"当然。"

"肯定是左右都有警察陪着吧。"

"完全不会。在酒店里你可以自在得就像回到家一样，而且也可以随意地进出。不过我希望你可以给我一个承诺，就是如果想写信，一定让我知道，没有我的准许也不可离开托农。"

她盯着阿申登看了半天，完全弄不明白此时的情势，那副神情就像在做梦一样。

"我现在的处境，你要我做什么承诺我都只能答应。我以我的名誉向你保证，我不会背着你写信，也不会试图离开这个地方。"

"感谢，那我就告辞了。明天一早希望有这个荣幸再来拜访你。"

阿申登点了下头，走出了房间。他去警局待了五分钟，确认一切都安排妥当，又喊了一辆出租车到城郊山上一个幽静僻远的小房子，他每隔一段时间到托农都住在这个房子里。洗澡、剃须、换上拖鞋，每件事都很惬意，阿申登只觉得浑身慵懒，就拿出一本小说一直读到中午。

即使托农是在法国境内，阿申登还是尽量少惹人注意为好；所以等到天黑，一位警局的人才来找他。他叫菲利克斯，是个矮小的法国人，深色皮肤，眼神犀利，下巴上胡子拉碴，灰色的西服很是破旧，所以看上去倒像是替律师打工的职员，只是已经很久找不着工作了。阿申登给他倒了杯红酒，两人在炉火旁坐下。

"你那位女士果然抓紧时间，"他说，"到了酒店之后不足一刻钟，她已经拎着一包衣服和饰品从酒店走出来，到集市边上的一家店里卖掉。候着下午那趟船，她去了码头，买了一张去伊云的票子。"

这里要解释一下，在法国这边，从托农出发，沿着湖岸下一站就是伊云；而从伊云，那艘船会穿过日内瓦湖到对面的瑞士去。

"当然她没有护照，所以他们没有让她上船。"

"她怎么解释自己没有护照？"

"她说忘记带了。她说约了朋友在伊云见面，跟管事的人求情，让她上船，还要塞一百法郎到那个官员的手里。"

"很显然她比我料想的还愚蠢不少。"阿申登说。

不过第二天早上大概十一点去见她的时候，阿申登并没有提起她试图逃跑。茱莉亚终于有工夫梳妆打扮了，现在，一个复杂的发型做好，抹上了口红、腮红，比阿申登第一回见她的时候精神了许多。

"给你带了几本书，"阿申登说，"怕你时间不好打发。"

"这跟你有什么关系？"

"如果可以避免，我完全不希望你在这里有任何不快。不管怎样，我把书留在这儿，看不看你说了算。"

"真想让你知道我有多恨你。"

"那我一定会很难过的，但我也想不出来你为什么要恨我。我有命在身，只能执行罢了。"

"你现在要我怎么样？今天你过来不会只是问安吧？"

阿申登微笑着说：

"我想请你写一封信，告诉你的情人，因为护照出了点问题，瑞士政府不让你入境。所以你就到了这里，特别静谧温馨的一座小城，几乎感觉不到正在打仗，提议向德拉也来这里跟你相聚。"

"你觉得他有那么傻吗？他不会同意的。"

"那你就要想办法说服他了。"

她怔怔看着阿申登好久，没有应答。阿申登猜这女子应该是在盘算，假装驯服地把这封信写了，或许可以给自己争取时间。

"行吧，你说，我就照着写。"

"我更希望你可以用自己的话。"

"给我半个小时，信会替你准备好的。"

"我就在这儿等吧。"阿申登说。

"为什么？"

"我更愿意在这儿等。"

她恶狠狠地瞪了阿申登一眼，但控制了自己，没有说话。文具都在五斗橱上，她拿了坐在梳妆台前开始写信。阿申登接过信的时候，发现她虽然画着腮红，但依然看得出脸色的苍白。就信本身来说，写信者明显不是一个惯用笔墨表达自己的人，但已经写得不错了，而且末尾开始抒发自己的爱意，像是投入其中，完全写出了真情实感。

"现在再加一句：'送信的这位是瑞士人，你可以绝对地信任他；我只是不想让审查部门看到这封信。'"

她犹豫了片刻，但还是照着阿申登说的写了。

"'绝对地'怎么拼写？"

"你想怎么拼都可以。现在把信封上的地址填好，我就立刻消失，不会在你眼前徒增你烦扰。"

他把信交给一个待命的特工，后者会带着信到湖对岸去。阿申登当晚就把回信带来了。她一把从他手中夺过，在心口捂了一会儿。读信的时候她因为释然而轻呼了一声。

"他不会来了。"

信里还是那个印度人故作富丽的英文，讲述他如何失望、如何痛苦；告诉她，自己是何等急切地想要见她，求她务必用尽一切办法疏通那些让她无法过境的难处。他说自己是不可能过来的，现在正悬赏要他的命，冒这样的险那就是疯了。他还试着打趣道：你也不想自己的胖情郎被枪毙吧？

"他不会来的，"她重复着，"他不会来的。"

"你必须继续写信，跟他说这里根本就没有危险；要是有的话，你绝不会允许他过来的。你一定得说，如果他爱你，一定就不会犹豫了。"

"我不写。我不写。"

"别傻了，这话你自己都不信。"

她突然泪如雨下，一下跪倒在地，抱着阿申登的膝盖求他放过自己。

"要是你让我走的话，你要我做什么都可以。"

"别开玩笑了，"阿申登说，"你觉得我想做你的情人？行了，行了，你得清醒一点，不写的后果你也是清楚的。"

她站起身，突然又变了态度，用各种各样难听的话朝阿申登骂去。

"我还是更喜欢你这个样子，"他说，"好了，你现在是写信呢，还是我去找些警察过来？"

"他不会来的，写信根本没用。"

"他来与不来非常关乎你的切身利益。"

"你这话什么意思？难道我做了所有我能做的事，但没有成功，也……"

她看着阿申登，眼神癫狂。

"没有错，要么是他，要么是你。"

她无所适从，用手捂在心脏的位置。然后沉默地拿起纸笔。但那封信写得阿申登并不满意，又让她重写了一封。写完之后她扑倒在床上，又痛彻心扉地哭起来。

她的悲伤并不假，但表达方式太过戏剧化，让阿申登也没感觉格外不忍。他和茉莉亚之间的关系，就像医生对待一种他无法缓解的病痛一样，几乎不牵涉个人情绪。现在他知道为什么这个任务 R 偏偏要给他了；这件事需要头脑冷静，能控制得住情绪。

第二天，阿申登没有去见她；菲利克斯晚餐之后才把回信送到他的小屋之中。

"有什么消息要告诉我吗？"

"我们这位朋友开始胡来了，"法国人微笑道，"今天下午，去里昂的火车正要出发，她朝火车站走去，前前后后忐忑张望的时候，我就上前问她是否需要帮助。我告诉她我是一名警员。要是眼神能杀人的话，我此刻应该就不会是站着的了。"

"那就坐下，我的朋友。"阿申登说。

"谢谢。于是她就走开了，显然明白想要上火车是不可能了，不过我还有一件更有意思的事情要告诉你。她向一个船夫提出带她到湖对岸的洛桑去，说可以付一千法郎。"

"船夫怎么说？"

"他说太冒险了，不行。"

"然后呢？"

这个小个子警探微微耸了耸肩，微笑道：

"她让那个船夫今晚十点在通往伊云的那条路边等她，到时他们再商量；她已经暗示自己不会太过抗拒异性的示好。我告诉那个船夫他到时想干什么都没关系，只要事后把有意义的部分汇报给我就行了。"

"你确定他靠得住吗？"阿申登问。

"哦，没什么问题。当然，除了这位女士正被监视之外，他什么都不知情。你不用担心他。这是个好小伙，我看着他长大的。"

阿申登又读了一遍向德拉的信。文字中全是急切和迷恋，他心中搏动的那种痛苦的渴望，不可思议地传递了出来。这是爱吗？要是阿申登以前所认知的不全是误会，那这确确实实就是爱了。向德拉告诉茉莉亚，他好几个小时都在湖边走来走去，望着对岸的法国。他们已经如此接近，却又如此让人绝望地相隔着！他一遍遍重复着他无法到对岸来，求她不要开这个口，这世上他什么事都愿意为她做，只是没有这个勇气，可如果她非要在托农见到他，他又怎可能拒绝得了？他央求茱莉亚可怜他，饶恕他。然后他仿佛预想到这次不能相见便要远离的场面，发出长长的哀嚎，他求茱莉亚找一找有什么可以偷偷溜过来的办法，他起誓，这一回如果能拥她入怀，就再也不会放开。即使是在那样造作和浮夸的语言中，那种焚穿信纸的火焰一点点也不因此而耗损；这是疯了的人才写得出的信。

"你什么时候能知晓她与船夫的会面结果？"阿申登问。

"我跟他约好了十一点到十二点之间，在码头碰面。"

阿申登看了一眼手表。

"我跟你一起去。"

他们沿山坡一路下到码头，又躲到海关屋子的背风面，躲避夜间的寒风。终于有人走来，菲利克斯从阴影中迎了出去。

"安托万。"

"菲利克斯先生？我有一封信要交给你；我答应她明天第一回出船就要会把这封信送到洛桑。"

阿申登简单看了那男子一眼，但没有问他和茱莉

174

亚·拉扎里之间发生了什么。他打开信纸，借着菲利克斯的手电筒灯光读了一遍；它是用蹩脚的德文写的：

"无论如何不要过来。不要理睬我的信。有危险。我爱你，亲爱的。不要过来。"

他把信放到口袋里，给了那船夫五十法郎，然后就回去睡觉了。第二天他去找茉莉亚的时候，发现她的门上了锁。他敲了好一会儿，但里面没有声音。他喊道：

"拉扎里夫人，你必须先把门打开，我有事情要告诉你。"

"我在床上。我生病了，谁都见不了。"

"我很抱歉，但你必须立刻开门。如果你生病了我会给你找一位医生过来。"

"不用，你快走吧，我谁都不见。"

"如果你不开门的话，我会找一个锁匠强行进来的。"

先又是一段寂静，然后阿申登就听到了钥匙在门锁中转动的声音。他进了屋，茉莉亚穿着睡袍，头发是蓬乱的，显然是刚从床里爬起来。

"我已经完全没有力气了，什么都做不了。你看我这样子就该知道我病了，一晚上都觉得特别难受。"

“我不会耽搁你很久的，你愿意让医生来看一下吗？”

“医生能帮得了我什么？”

阿申登从口袋里把她交给船夫的信拿了出来，递给了她。

“这是什么意思？”

看到信她惊呼了一声，灰黄色的面容简直绿了。

“你向我保证过，不会试图逃跑，也不会不经过我准许私下写信。”

“这样的保证你觉得我会遵守吗？”她吼道，语气里充满了不屑。

“我知道你不会的。实话说吧，让你住在舒适的酒店里而不是关在当地的牢房，也不全是对你的照顾，但我也不妨告诉你，虽然你可以自由出入，但逃离托农的可能性比在监牢里被铁链困住腿脚高不了多少。你浪费时间写这些永远不会投递的信，真是有些蠢。”

“混蛋。”

她把整个人所有的怨愤都放进这句脏话，朝阿申登骂去。

“你还是得坐下来，写一封‘会被’投递的信。”

"绝不。我不会再替你办事了。一个字都不会再写的。"

"你到这里来本就知道自己是要做某些事情的。"

"我不会再做了。都结束了。"

"你最好再考虑一下。"

"考虑！我已经考虑好了，随你怎么样，我都不在乎了。"

"也好，那我就给你五分钟的时间改变主意吧。"

阿申登掏出挂表看了一眼；坐到了凌乱的床铺边缘。

"啊，我真是太讨厌这酒店了。你干吗不把我扔到监狱里去？为什么？为什么？不管我到哪里都感觉有特工寸步不离地跟着我。你让我做的事情太无耻了。无耻！我到底犯了什么罪？我问你啊，我做了什么？难道我就不算一个女人了吗？你要我做的事情太无耻了。太无耻了。"

她声音尖利，骂了好久。五分钟也到了，阿申登没有再说话，站了起来。

"对，你给我滚，滚。"她厉声喊道。

接着她又骂了阿申登不少污言秽语。

"我一会儿就回来。"阿申登说。

他把钥匙拿走，在门外上了锁。下楼之后，他草草写了张条子，喊来旅馆的杂役，让他送到警局。然后他又上了楼。茉莉亚·拉扎里躺在床上，脸对着墙。因为哭得太激烈，身子都在颤抖。阿申登进屋她并没有反应。阿申登在梳妆台前的椅子坐下，随意看着乱七八糟摆在上面的东西。这些化妆品都略带花哨的装饰，显得更为廉价，而且每样都脏兮兮的。几小罐劣质的腮红、口红、润肤膏，几小瓶用来画眉毛、睫毛的黑色油脂。发卡丑陋又油腻。房间又脏又乱，空气中全是廉价香水的味道。阿申登想到这个女子的一生中，从一个国家到另一个国家，从一个小镇到另一个小镇，一定住过成百上千个三流的旅店。他不禁揣测起她的出身来。眼前这个粗俗的女人年轻时又是什么样呢？他觉得茉莉亚不像是自然而然会入这一行的人，因为她并没有什么天然的优势，于是他想是不是她来自一个演艺者的家庭（全世界有无数这样的家庭，世代相传地成了舞蹈演员、杂技演员、搞笑歌手），或者她因为交了这一行的情人，要她搭档，于是误打误撞落进这样的生活中。而那些岁月里她结交的必定都是些怎样的男人啊？一起演出的那些同道不说，那些介绍人和经理一定觉得她的投怀送抱是自己应得的特权，还有那些小商贩和更阔绰的生意人，演出当地的阔少和公子，都有可能一时间被舞者的光彩所吸引，甚至只是看上了她明目张胆的风情！对她来说，这些都是花钱的主顾，她来者不拒，补贴可怜的工资，这是所有人都心知肚明的，不过对那些男人来说，她或许还意味着某种浪漫。用钞票换来了她的拥抱之后，他们仿佛在一瞬间见识到了大都市的五光十色，在一种更广阔而奢华的生活里游历了一番，不管这游历是如何的遥远和低劣。

突然听到有人敲门，阿申登立刻应道：

"进来。"

茱莉亚腾地在床上坐了起来。

"谁来了？"

她惊呼一声，因为进来的是那两个把她从布伦带来的警探，就是在托农阿申登才接手的。

"是你们！你们俩来干吗？"

"走吧。起来。"其中一人说道，他语气中的那种生硬刺耳极了，意思是任何胡搅蛮缠在他这里都是行不通的。

"恐怕你只能起来了，拉扎里夫人，"阿申登说，"现在我把你转交回这两个先生照看。"

"我怎么起得来！我说过的，我生病了。站都站不起。你们是想要我死吗？"

"要是你不自己换衣服的话，那只能我们代劳了，恐怕手脚你会嫌粗笨。行了行了，闹起来对谁都没好处。"

"你们要把我带到哪儿去？"

"他们会带你回英格兰。"

其中一个警探已经抓住了她的手臂。

"别碰我，离我远点！"她愤怒地吼叫着。

"放开她吧，"阿申登说，"我相信拉扎里女士一定能明白此时她该做的事情就是尽力配合。"

"我自己换衣服。"

阿申登看着她脱掉睡袍，从头往下套了一条长裙。她费力把脚塞进一双明显太小的鞋子。她整理了一下头发。时不时她还会恨恨地瞪两位警探一眼。阿申登心里突然觉得她未必真没有勇气坚持到底；虽然 R 一定要骂他愚不可及，但他几乎更希望茱莉亚可以做到。她朝梳妆台走来，阿申登站起把座椅让出来。她迅速在脸上抹了点油，又用一块脏毛巾拭去，擦了粉，上好眼妆。不过她的手一直在抖。三个男人一言不发地看着她。她涂好腮红和口红，拿了顶帽子戴在头上。阿申登朝其中一个警探做了个手势，后者从口袋拿出一副手铐，走向拉扎里。

看到手铐拉扎里猛地退了几步，张开手臂大喊：

"不，不，不，我不要。不行，这个不行。不要，不要。"

"行了，大小姐，别闹了。"警探粗暴地说。

就像是为了寻求保护，她扑向阿申登（他也吓了一跳），双臂环抱住他。

"不要让他们带走我，可怜可怜我吧。我不行的，不行的。"

阿申登尽力摆脱了她。

"现在我已经没法帮你了。"

警探抓住了她的手腕，正要铐上手铐，茱莉亚一声嚎叫，扑倒在地板上。

"我会照你意思做的，要怎样我都可以。"

阿申登一个手势，两位警探就出了房间。他等了一会儿，等茱莉亚稍稍平静了一些，虽然她还是躺在地板上伤心欲绝地抽泣着。阿申登扶了她起来，让她坐好。

"你要我做什么？"她半哭着用气声说道。

"我要你给向德拉再写一封信。"

"我现在脑子里全是糊的，写出来一定前言不搭后语。你得给我时间。"

但阿申登觉得这封信还是应该让她在恐惧之中尽快写出来，他不想给她整理思绪的时间。

"我会口述，你需要做的就是把我说的一字不差地写下来。"

她深深叹了口气，但还是拿好纸笔，坐定在梳妆台前。

"要是我这样做了，然后……你也成功了，我怎么确定你们会放我走呢？"

"这件事上校已经答应了，我承诺会执行命令的，你只能相信我这句话了。"

"要是我背叛了朋友，结果还是坐了十年牢，那会显得多么愚蠢啊。"

"我可以把最关键的理由告诉你，为什么可以相信我们。那就是，如果不是为了向德拉，你对我们根本是无足轻重的。既然你根本无法伤害我们，我们又为什么要费钱费力地把你关进监狱呢。"

茱莉亚想了一下。现在她已经冷静下来了；就好比把情绪都已耗尽了之后，她瞬间成了一个理性而实际的人。

"说吧，要我写什么。"

阿申登没有立刻开始。他觉得这封信大致用她平时自然流露的口吻写就可以了，但他还是要多考虑一下。它既不能太流畅，文笔也不能讲究，他知道情绪激动的时候，大家说话会夸张，语言会变得做作，但书里或舞台上一旦真这样表现了，读者和观众又会觉得不像是真的，所以作者只能让人物的语言比现实之中再简单、平淡一些。眼下这是个分外严肃的时刻，但阿申登却觉察出其中喜剧的成分。

"我没有想到自己爱的是一个胆小鬼，"他开始了，"我要你来的时候，如果你是爱我的，就不会犹豫……给'不会'加两条下划线。"他继续说道："我不是已经保证过这里没有危险——要是你不爱我，那你不来是对的——你不用来了。回柏林吧，那里你才安全。我受够了。在这里我好孤单。我等你等得都病了，每天都告诉自己他就要来了，他就要来了。要是你爱我的话，就不会这么犹豫不决。你不爱我，这件事已经很清楚了。我真的受够你了。我没有钱。这旅馆也不是人待的地方。我留在这里做什么呢？我在巴黎一定找得到工作。我有个朋友在那里，他给我提过很多个正经的机会。在你身上我浪费的人生太久了，看看到头来我落得个什么下场。这一切结束了。再见。你以后再也找不到一个像我这么爱你的女人了。那个朋友给的机会我不能错过，所以我已经发了电报，他只要回信我就去巴黎。我不怪你，因为你并不爱我，这不是你的错，但你应该理解我这样继续浪费自己的生命也太傻了。一个人是不可能永远年轻的。再见。茱莉亚。"

阿申登重读了一遍这封信，难说称心如意，但他尽力了。光读这些文字，还看不出它的那种逼真：因为茱莉亚英文懂得不多，所以是靠读音胡乱拼写的，错得可怕，笔迹也跟个孩子似的；不少词会划了重写；有些说法她直接用了法文；还有几滴泪落在纸上，把字迹也浸得朦胧了。

"我这就走了，"阿申登说，"或许你再见到我的时候，我已经可以宣布你的自由，你想去哪里都行。想好去哪了吗？"

"西班牙。"

"没问题，我会打点好一切的。"

她耸了耸肩。阿申登走了。

接下来除了等，阿申登也没有别的事好做了。下午他派了一个信使去洛桑。第二天他去码头迎船。售票处旁边有个等船的屋子，阿申登就让几个警探在这里候命。船到了之后，乘客会沿着突堤排队走来检查护照，查完才能上岸。向德拉用的很可能是某中立国家发放的假护照，一旦拿出来，检查人员会让他稍事等候，阿申登会过来确认。然后他们就能逮捕向德拉了。看着船只靠岸，一小堆人挤在甲板的登岸口，阿申登不由得激动起来。他仔细检视了这些乘客，但找不出一丁点印度人的模样。向德拉没有来。阿申登不知道该怎么办了；他已经打出了自己的最后一张牌。要在托农上岸的乘客不过五六个，都检查放行之后，阿申登也沿着突堤走了回来。

"失败了，"他跟刚刚在检查护照的菲利克斯说，"我在等的那位先生没有来。"

"这里有封信要交给你。"

阿申登接过一个信封，收信人是拉扎里夫人，他一下认出来向德拉·拉尔那种细细长长的书法。这时候从日内瓦开往洛桑以及日内瓦湖另一头的蒸汽船驶入视线。每天早上，相反方向的那一班离开二十分钟之后，它就会在托农稍作停留。阿申登突然来了灵感。

"送信的这个人现在在哪里？"

"在售票处。"

"把这封信给他，让他还给那个要他送信的人，然后这样说：信送到那个女士手里，女士要他退回去。如果对方要他再送一封信过来，他得说：没机会了，那个女士当时在收拾行李，正要离开托农。"

看着菲利克斯把信交给那个人，指示也交代清楚，阿申登就散步回了自己在山上的小屋。

向德拉如果要来，最早也就是五点有一班船，那时候阿申登正好要跟一个在德国活动的特工碰面，极其重要，所以很可能去码头会迟到几分钟。但如果向德拉真的来了，要抓他应该并不费事，押送巴黎也得等那一班八点出发的火车，所以并不着急。阿申登谈完了事情，不慌不忙踱到湖边。这时天还亮着，从山坡上他看见蒸汽船正在离岸。心里还是不安，他下意识加紧了步子；突然一个人朝他奔来，阿申登看出是之前帮向德拉送信的人。

"快，快，"他喊道，"他来了。"

阿申登的心在胸口砰地撞了一下。

"终于来了。"

他也开始跑起来，旁边那个人一边大口喘气，一边陈述他是如何把那封未拆开的信送回去的。把信递到那个印度人手中时，他的脸色一下苍白得吓人（那个送信人的话是"我真完全想不到一个印度人还能变成这种颜色"），把那封信翻来覆去地看，就像是他不明白自己的信怎么会出现在这里。泪水从他眼中涌出，从他脸颊上滚落。（"那模样真诡异，因为他胖得很你知道吗？"）向德拉说了一些那个人听不懂的话，之后用法语问他什么时候有船能去托农。上了船之后，这个送信的人到处看，却并未发现向德拉；后来他发现那个印度人了，裹在乌尔斯特大衣[1]里面，帽子把眼睛都盖住了，在船头一个人站着，在湖上眼睛始终注视着托农。

1　Ulster，宽而长、用起绒粗呢或其他厚大衣料子所制成的大衣，一般有腰带。

"他现在在哪儿？"阿申登问。

"我先下了船，菲利克斯先生让我来找你。"

"估计他们是把他拘在候船的屋子里了吧。"

到码头的时候阿申登气都喘不上来了，快步冲进了候船室。一堆男人全在抬高嗓门说话，做着各种激动的手势；他们围着一个躺在地上的人。

"发生了什么事？"阿申登喊道。

"你看。"菲利克斯先生说。

向德拉·拉尔躺在那里，睁大了眼睛，嘴唇上薄薄一层白沫。他死了，身体恐怖地扭曲着。

"他是自杀的。我们派人去叫了医生。他动作太快，我们措手不及。"

突然一阵恐惧穿透阿申登的身体。

印度人下船的时候，菲利克斯虽只听过描述，但也一眼认了出来。上岸的乘客不过四人，他走在最后。检查前三个人的护照，菲利克斯故意拖延了很久。到了印度人，他用的是一张西班牙的护照，看不出异样。菲利克斯问了一些常规问题，把答案填入一张正式的表格。然后他很和气地对向德拉说：

"麻烦到候船室稍作停留，还有一两个流程要走一下。"

"是我的护照有什么问题吗？"印度人问道。

"完全没问题。"

向德拉犹豫了一下，跟着这位工作人员到了候船室的门口。菲利克斯把门打开，让到一边：

"请进。"

向德拉走了进去，两个警探站了起来。他自然立刻就反应过来这两人是警察，而他已经落入了圈套。

"请坐，"菲利克斯说，"我只有一两个问题要问。"

"这里太热了，"他说，实际上屋子里他们生了个小炉子，跟个烤箱一样，"如果你们允许的话，我想把大衣脱了。"

"当然。"菲利克斯很和气地应道。

他似乎是费了一些力气才脱下大衣，转过去要挂在椅背上，在场的人还没意识到发生了什么，就惊惶地看到他身子一软，重重地跌在了地上。向德拉手里攥着一个小瓶子，他在脱衣服的时候成功地把瓶里的东西都吞了下去。阿申登把鼻子凑上去闻了一闻，很确切地闻出了一股杏仁的味道[1]。

他们盯着这个躺在地板上的人看了一会儿。菲利克斯满是歉意，紧张地问了一句：

"他们会很生气吗？"

"我看不出这如何能算成你的过错，"阿申登说，"不管怎样，我们不用再担心这个人了。就我个人而言，并不介意他自杀，想到要处决他总让我很不舒服。"

几分钟之后，医生就到了，宣布向德拉已无生命迹象。

"氢氰酸。"他告诉阿申登。

阿申登点了点头。

"我去看看拉扎里夫人，"他说，"要是她希望再多待一两天，我会同意的。不过要是她今晚就走，当然也可以。你能不能去火车站告诉那些特工放她通行？"

"我自己会留在火车站处理此事。"菲利克斯说。

阿申登重又沿山坡往回去，此刻是冷冷的夜色，天上没有云，一钩明晃晃的新月把四下都照亮了。阿申登把口袋里的钱翻了三遍。进旅店的时候，那种冷冰冰的

1　氰化物（如后文提到的"氢氰酸"）常被形容为有杏仁味，是常见的毒药。

庸常气息让他难以忍受。他鼻子里全是卷心菜和煮羊肉的味道。大堂的墙上是铁路公司的彩色海报，宣传着格勒诺布尔[1]、卡尔卡松[2]，还有诺曼底[3]适合游泳的地方。上楼之后，随便敲了两下门他就进了茱莉亚·拉扎里的房间。她坐在梳妆台前，显然只是坐在那里，看着镜子中无聊、绝望的自己；这时她看见阿申登进来了。看清阿申登的神色她自己的面孔整个变了样，猛地站起把椅子都带倒了。

"怎么了？你脸怎么这么白？"她高声问道。

她转过来正对着阿申登，瞪着他的时候那张脸逐渐扭曲成惊恐的表情。

"他被抓住了。"她喘不上气来。

"他死了。"阿申登说。

"死了！肯定是服了毒吧。他一定是逮着机会了，你

---

1 Grenoble，法国东南部城市，法国阿尔卑斯地区首府，群山环绕，山壁上的巴士底堡垒，以及城中的众多博物馆、画廊都是旅游胜地。
2 Carcassonne，法国奥德省首府，历史上是战略要塞，留下了罗马人、阿拉伯人、十字军等占领期间建造的城堡和防御工事。
3 Normandy，法国北部沿海行政区域，有不少风光秀美的海滩。

们终究是抓不住他的。"

"你这话什么意思？你怎么知道毒药的？"

"他一直带在身上。他说英国人永远也别想活捉他。"

阿申登想了一想，这件事茱莉亚真是半点也没透露过，或许他应该有所防备的，但那么戏剧性的手法他又如何预料得到？

"行了，你自由了，想去哪里都可以，没有人会再阻拦你。这些是你的车票、护照，还有你被逮捕时身上的钱。你想见一眼向德拉吗？"

茱莉亚一惊：

"不要，不要。"

"不是非要见的，我只是以为你可能有这个愿望。"

她没有哭，阿申登觉得她应该是把自己的情绪都耗尽了。她似乎已经成了一个麻木的人。

"今晚我们会发一份电报去西班牙边境，告诉那里的官员不要为难你。如果你愿意听我一句劝，就尽早离开法国。"

茱莉亚依然沉默着，而阿申登也把要说的话说完了，正准备走。

"之前跟你交涉一直都很残忍，我很遗憾。现在你最大的困难已经过去了，想到这一点我多少能释然一些，我知道这位朋友的离世你一定很伤心，希望时间能减轻你的痛苦。"

阿申登微微鞠了一躬，转身朝门外走，却被茱莉亚喊住了。

"稍等一下，"她说，"我还有一件事想问一下。我觉得你不是一个没有心肠的人。"

"只要我能帮忙的，你可以放心，我一定尽力。"

"他们会怎么处理他的东西。"

"不知道啊，怎么了？"

这时候她说了一句让阿申登无论怎么猜都想不到的话，一下呆住了。

"他有一块腕表，是去年圣诞节我送他的。花了我十二英镑。能把它还给我吗？"

叛徒

The Traitor[1]

阿申登最初被派往瑞士，是去领导几个把大本营设在瑞士的间谍。R 希望阿申登能看一看他应该交出怎样的报告，就给了他一捆用打字机打出的文件，这些都是一个情报部门中代号叫"古斯塔夫"的人发来的。

"目前我们手下最好用的就是这个家伙了，"R 说，"他提供的信息从来都非常充分和详尽。我要你仔细研究他的这些报告。当然古斯塔夫是个人精，但其他特工没什么道理给不出这样的报告来。你只需关心怎么把我们想知道的解释清楚就行。"

1　收录于 1928 年出版的故事集《英国特工阿申登》。

古斯塔夫住在巴塞尔[1]，是一家瑞士公司的代理人；这家公司在法兰克福、曼海姆、科隆都有分社，因为生意上的事，他可以毫无风险地出入德国。他就在莱茵河上来来回回，收集军队的动向，弹药的生产情况，国民的心态（R很强调这一点），和其他协约国感兴趣的材料。他三天两头给妻子写的信里藏着精巧的密码，他妻子一收到就会转给在日内瓦的阿申登；阿申登会把其中的重要讯息提取出来，发给该收到这讯息的人。古斯塔夫每两个月会到家编写他那种规格的报告，给情报部门的同种特工做示范。

古斯塔夫的雇主对他很满意，他应该也有理由感谢他的雇主。因为他的贡献实在有用，不仅工资比其他特工高出一筹，如果有大的发现古斯塔夫还能不时收到丰厚的奖金。

这样的工作方式持续了一年。这时R起了一点小疑心；他的敏锐异于常人，而且这种警惕还不是一种思考，而是一种直觉：他突然觉得哪里有猫腻。他没有跟阿申

1　原文Basle，也作Basel，瑞士西北部城市，位于莱茵河畔。

登把话完全挑明（不管 R 推测出了什么，他都习惯先藏在心里），只让他去趟巴塞尔，跟古斯塔夫的妻子聊一聊；这个时候古斯塔夫正在德国。他让阿申登自己拿捏对话的走向。

抵达巴塞尔，阿申登还不知道自己需要停留多久，就把包存在了车站。他搭乘电车到了古斯塔夫家的街角，飞快扫视确认没有被跟踪，走到他要找的地址。这是一幢住宅楼，传递出一种清贫但不失体面的感觉，阿申登判断里面住的应该都是职员和小生意人。进了大门口有一个鞋匠铺，阿申登停下来问他：

"格拉博先生住在这儿吗？"他的德语还不算太流利。

"是的，我看到他几分钟之前刚上去，应该就在家里。"

阿申登大吃一惊，他昨天刚从古斯塔夫的妻子那里收到古斯塔夫从曼海姆发出的信，里面用密码给出了刚刚渡过莱茵河的军团数量。阿申登有个问题已经到嘴边，但觉得问补鞋匠并不合适，就谢了谢他，上到三楼。他早已知道古斯塔夫住在哪间屋子。按了门铃之后，听到里面响起铃声。是一个衣冠楚楚的小个子男人开的门，他戴着眼镜，圆圆的脑袋刮得很干净。脚上的拖鞋是那种地毯织料的式样。

"是格拉博先生吗？"阿申登问。

"有什么能替您效劳的？"古斯塔夫答道。

"我可以进来吗？"

古斯塔夫背光站着，阿申登看不清他的脸。犹豫了片刻之后报了一个名字，他就是用这个名字接收古斯塔夫从德国发来的信件的。

"请进，请进，见到你很高兴。"

古斯塔夫领着阿申登进了那间气闷的小屋子，摆满了雕花橡木家具，一张大桌子上铺着绿色的棉绒桌布，上面摆着一台打字机。古斯塔夫似乎正在撰写他价值连城的报告。有一个女子坐在打开的窗户前补袜子，但古斯塔夫只关照了半句话，她就收拾起东西走了。这幅婚姻美满的动人画面，让阿申登给搅了。

"请坐吧，我正好在巴塞尔真是运气太好了，一直想跟你结识，我是前脚刚从德国回来，"他指着桌上一堆纸，"带回来的消息我觉得你看了会高兴的。我找到一些很有价值的讯息。"他呵呵笑了几声。"能额外拿笔钱总是好的。"

他很热情友善，但阿申登觉得他的热情友善是装出来的。古斯塔夫虽然镜框背后的眼睛一直带着笑意，但其实始终盯着阿申登的一举一动，而这其中或许还流露出一丝紧张。

"你这一路一定走得很快。你寄到这里的信，经你妻子转送，我在日内瓦收到不过几个小时，居然你也已经回家了。"

"这很有可能。有一件事我得告诉你，德国人怀疑有些走漏的信息是靠商业邮件传送的，所以他们会把出境的邮件都扣留四十个小时。"

"我明白了，"阿申登和气地说，"这也是为什么你做了预防吧？把信的寄送日期往后写了四十八小时？"

"信里是这样写的？我真是太蠢了，肯定把日期给搞错了。"

阿申登看着古斯塔夫露出一丝似有若无的微笑。古斯塔夫是个生意人，不可能不知道干他这一行日期精确是多么重要。从德国传递信息必须通过十分迂回的渠道，往往耗时，所以弄清楚哪个事件是在哪个时间发生的更是性命攸关。

"让我看一眼你的护照。"阿申登说。

"你要看我的护照干什么？"

"我想看你是什么时候进德国又是什么时候出来的。"

"可你不会以为我进出德国会记在护照上吧？我有我自己过境的办法。"

这一方面阿申登了解了不少情况，他知道德国人和瑞士人守卫边境都很严苛。

"哦？你为什么不正常过境呢？你被招募就是因为你和瑞士这家公司的关系，他们有德国人要买的商品，让你可以往来穿梭不被怀疑。德国人的岗哨纵容你通过我还可以理解，那瑞士人呢？"

古斯塔夫做出一副愤怒的样子。

"我听不懂你的话了。你是暗示我在替德国人做事吗？我以我的名誉向你保证——我不会允许任何人这样玷污我的名声。"

"两边收钱，但哪家都拿不到什么有价值的信息，这种事也不是你发明的。"

"你是在假装我收集的信息没有用吗？那为什么你们给我发的奖金比其他任何一个特工都多呢？上校好多次

表达过对我工作的赞赏。"

现在轮到阿申登表现热情友好了。

"行了，行了，我的好朋友，不用再摆出这忿忿不平的样子。你不愿意给我看你的护照，我也不会坚持。但你总不会以为我们收到了特工的报告都不去核实吧？或者，你以为我们蠢到连特工的活动地点和路线也不能把握？最好玩的笑话也经不过无限的重复。和平时期我的本职工作就是写一些好笑的东西，这一条可是我从失败中总结出来的经验啊。"阿申登觉得此时正是吓他一下的好时机；他对于扑克那项美妙却又艰深的运动也颇有涉猎。"我们了解，你不但最近没有去过德国，而且我们雇用你之后一直都没有去过；你只是安闲地坐在巴塞尔，报告能写出来全靠你丰沃的想象力。"

古斯塔夫看向阿申登，只看到一脸的宽容和放松。慢慢他的嘴角也露出笑容，微微耸了耸肩膀。

"你觉得我会那么傻吗，为了每个月五十英镑出生入死？我爱我的妻子。"

阿申登直接笑出了声。

"恭喜你。把我们的情报部门耍了一年，这个牛不是随便谁都能吹得起来的。"

"这个轻松赚钱的机会就摆在我面前。战争一开始，公司就不派我去德国了，但我会尽量从其他去德国的旅行者那里收集信息。我会在餐厅和地下啤酒吧里竖起耳朵，我读德文报纸。给你们写报告、写信，我觉得特别好玩。"

"完全可以想见。"阿申登说。

"你们会怎么对付我？"

"不会怎样的。我们又能怎么样呢。不过你总不会以为我们会继续付你工资吧。"

"不会，我自然不会有这样的妄想。"

"如果不是太唐突的话，我想顺便问一句，你是否也跟德国人玩了一样的把戏呢？"

"啊，没有，"古斯塔夫激动地喊道，"你怎么能这么想呢？我绝对是支持协约国的。我的心完全在你们这边。"

"但话又说回来，这事明明可行啊，"阿申登说，"德国人的财力无穷无尽，你没有道理不去赚他们一笔。我们可以时不时地给你提供一些德国人愿意付钱的信息。"

古斯塔夫的手指在桌上敲打着，拿起一页现在已经如同废纸的报告。

"去招惹德国人太危险了。"

"可你也不笨。另外，说到底，虽然你的工资是停了，但要是能给我们送来有用的信息，奖金还是一样拿。但以后这样的信息必须是实实在在的，我们根据收到的东西付钱。"

"我会好好考虑。"

阿申登就等在那里，让古斯塔夫考虑。他点了一支烟，看着吐出的烟雾消失在空中。他也在思考。

"有什么你们特别想知道的事情吗？"古斯塔夫突然问道。

阿申登微笑。

"他们在卢塞恩[1]有个间谍，如果你能告诉我他是怎么替德国人干活的，最起码值两三千瑞士法郎吧。那个间谍是个英国人，叫格兰特利·凯波。"

"这名字我听过，"古斯塔夫说，他停顿了片刻，"你在这边待多久？"

1　Lucerne，瑞士中部城市。

"看需要，待多久都行。我会去酒店住下，把房间号告诉你。如果你有任何话要对我说，每天早上九点，晚上七点，你都一定可以在房间里找到我。"

"我不会冒险去酒店的。但我可以写信。"

"也很好。"

阿申登起身告辞，古斯塔夫送到门口。

"这么说来，我们今天不算是不欢而散吧？"他问道。

"当然，你的报告还会作为模板保存在我们的档案里。"

阿申登在巴塞尔游览了两三天；并不觉得有多少趣味。很多时间他都花在书店里，随手翻着那些只有活一千岁的人才会去读的书。他还在街上看到过一次古斯塔夫。第四天早晨有一封信跟着咖啡一起送进来了。信封属于一家阿申登并不认识的商务公司，里面有张打字机打出的稿纸。没有地址，也没有签名。阿申登怀疑古斯塔夫或许不知道打字机和笔迹一样可以轻易出卖它的主人。把信中所说细细读了两遍，他把那张纸举向窗户看上面的水印（这样做并没有什么缘由，只是他看探案小说里侦探每次都这样），然后划了根火柴，看着信纸燃烧，最后还用手把碳化了纸片完全捏碎。

因为这几日安逸，他是在床上吃早饭的，现在他起床收拾好行李，坐了最早的一班去伯尔尼的火车，到了那里就可以给 R 发一封密码电报。给阿申登的命令是两天之后有人到他酒店房间口头传达的，在那个钟点走廊里已经无人走动了，二十四小时之后，虽然路线迂回，他已经到了卢塞恩。

阿申登住进了命令中指定的酒店，然后就出门了；刚入八月，天气迷人，晴空中阳光耀眼。阿申登上次来卢塞恩还是个少年，只隐约记得一座棚桥、一个巨大的石狮子，还有一个教堂，他坐在里面听人家演奏管风琴，虽然觉得无趣，但显然还是留下了印象。此刻沿着一个阴凉的码头闲逛（湖光潋滟，就跟明信片上一样不真实），他倒也不是努力想要在一个多半已被遗忘的场景里找回曾经的路，更像是在记忆中重塑当时的天空，和曾经就在这里闲逛的那个男孩。当时他对生活是如此迫不及待——他觉得生活不在十几岁的青春里，而在未来成年人的世界中。可似乎最鲜活的记忆不是他自己，而是拥挤；他想起的似乎都是那时的阳光、炎热和人群；火车上就很挤，酒店也是，湖上排满了汽船，不管在码头还是在街上，你都要在摩肩接踵的游客中钻来钻去。他们都很胖、很老、很丑、很怪，而且身上都有难闻的气味。现在是战争时期，卢塞恩之凄凉，大概已经回到世界发现瑞士这个"欧洲的游乐场"之前了。大部分的酒店都已关门，街上是空的，供租赁的划艇在水边寂寥地晃动着，无人问津，湖边的林荫道上只难得见到几个一本正经的瑞士人带着他们的"中立姿态"出来散步，就像是牵着一只腊肠犬在遛狗。坐在面湖的长凳上，这种孤寂让阿申登觉得欣喜，有意地把自己交给这种愉悦摆布。这片湖光确实荒唐，水太蓝了，雪山太白了，这种美感迎面撞上来，其实更让人烦扰而不是沉醉；但这样的景致里确实有让人快乐的地方，像门德尔松的《无词歌》[1]，有种不加修饰的真诚，让阿申登心满意足地微笑起来。卢塞恩让阿申登想起玻璃盖子下的蜡花、布谷鸟自鸣钟和柏林刺绣的花哨纹样[2]。只要天气继续怡人，阿申

---

1 *Songs Without Words*，德国作曲家费利克斯·门德尔松的钢琴小品系列，创作于 1829 至 1845 年间，演奏技法相对简单，在十九世纪极受欢迎。
2 柏林刺绣是十九世纪英国维多利亚时期最具代表性的刺绣风格，源于柏林印刷商的彩色图样；织品十分坚固，常用于家饰和服饰配件。

登也打定主意要继续高兴下去。至少可以试着把自己的快乐和国家利益结合起来，阿申登想不出这有什么好自责的。一本崭新的护照就在口袋里，阿申登想到自己一直在用新的名字到处奔波，有种舒畅的感觉，就好像内里也变成了另外一个人。他时常会微微对自己生出嫌恶之意，所以让自己变成 R 随手造出的一个人物，让他一度觉得有趣极了。他喜欢事物荒诞的一面，最近的这段经历就让他深觉滑稽可喜。不过，话说回来，R 并不觉得这其中有什么好笑之处——他的幽默感真要说有，那也以讽刺见长，基本是没有能力开自己玩笑的。一个能自嘲的人必须能跳出事外审视自身，能在人生这部轻松的喜剧中一面当演员，一面当观众；而 R 是个战士，反思和内省对于他来说是不健康、不英式、不爱国的。

阿申登从长凳站起，朝酒店踱去。这是个二流德国酒店，地方不大，但一尘不染，他房间的视野也很好；油松木的装潢都用清漆刷得亮闪闪的，虽然到了阴冷的雨天会看着非常难受，但在这样温暖、晴朗的日子就有种让人开心的活气。大堂里摆了不少桌子，阿申登坐下来点了一瓶啤酒。女店主很好奇阿申登怎么选了这样冷清的时节来了，而阿申登也很乐意解答。他说自己得了伤寒最近才刚刚病愈，来卢塞恩恢复体能。他在审查部就职，也正好趁这个机会练习一下已经生疏了的德语；问她能否推荐一个德语老师。这位女店主是个金发、红脸蛋、大大咧咧的瑞士女子，好脾气、爱聊天，阿申登认定她会把这些事在合适的人那里散播开的。现在该阿申登提问了，谈到战争女店家也很有话说，本来在这个月份酒店一定会住满的，很多时候还要帮客人在隔壁酒店找房间，但现在却几乎空了。有几个人从外面回来用餐，他们只是把伙食包给酒店，女店主说现在常住的就只有两对夫妇。一对是家在沃韦的爱尔兰人，夏天向来是在卢塞恩度过的，另一对是一个英国人和他的妻子。就因为妻子是德国人，他们只能在中立国生活。阿申登很小心没有对他们流露出多少好奇——在女店主的描述中他已经找到格兰特利·凯波了——不过女店主自己告诉他英国人和他的妻子白天基本都在山里徒步。凯波先生是个植物学家，对这个国家的花草树木都很感兴趣。他的妻子是位很和善的夫人，常因为自己的尴尬身份而伤神。啊，不管怎样，这仗也总有打完的时候。女店主匆匆走开，忙别的去了，阿申登也上了楼。

晚餐时间是七点，阿申登希望自己能第一个到餐厅，这样其他客人进去的时候他就能逐一观察了，所以餐铃一响，他就下了楼。餐厅的装修十分平庸和呆板，用石灰水粉刷过，椅子跟房间里一样用的是亮堂堂的油松木，墙上挂着描绘瑞士湖泊的石印油画。每张小桌子上都摆着一束花。一切都显得那么干净整齐，预示着一顿糟糕的晚餐。阿申登很想为了抵消这种糟糕，点一瓶这个酒店里最好的莱茵河白葡萄酒，但也不敢太铺张引来别人的注意（他在两三张桌子上看到喝了一半的佐餐霍克酒，推断出与他同住的客人喝酒必然节俭），就心平气和点了一大杯淡啤酒。很快就有一两个人进来了，都是在卢塞恩有工作的孤身男子，而且很显然都是瑞士人，他们找到自己的小桌坐下，把中饭之后整齐折好的餐巾打开。他们把报纸架在水壶上，一边略显大声地喝着汤，一边读着报纸。这时进来一个弓着身子的高个老头，白头发，耷拉着的白色倒八字胡，身边是一个白发老妇人，个子很小，一身黑衣。这一定就是女店主口中的爱尔兰上校和他的妻子了。他们坐下，上校倒了一点点红酒给他妻子，倒了一点点给自己，然后就静静坐着，等那个丰腴的女服务生热情地把菜端上来。

阿申登一直在等待的人终于来了。之前他强迫自己读手上的一本德语书，在他们进门之时也是调用了很强的自制力才只把目光抬起片刻又低下了。刚刚那一眼，阿申登看到的是一个大概四十五岁的男子，黑色的短发好像有几处已经白了，中等身高，但身材臃肿，有一张红红的刮得干净的大脸。灰色的西服，宽领衬衫领口敞开着。走在他后面的妻子阿申登没有看清，只留下一个印象，觉得是个谦卑、枯燥的德国妇人。格兰特利·凯波坐下之后就开始向女服务生大声夸耀他们刚才那一通远足是多么了不得。他们爬的那座山的名字阿申登没有听过，但女服务生一听倒满是讶异和兴奋。然后凯波说他们回得太晚，都来不及上楼洗澡，只在门外洗了个手；他这一段依然是流利的德语，不过英国口音还是听得分明。凯波嗓音浑厚，举手投足倒都很轻松。

"快上菜吧，我们都要饿死了，再拿些啤酒，先上三瓶。我的天呐，真是渴得不行了！"

他似乎是个活力四射的人，过于干净的无趣餐厅被他带进了一股生命的气息，所有人都像是被提了提神。他开始用英文跟妻子聊天，每个字餐厅里的人都听得清清楚楚；没过多久，妻子打断他，轻声说了一句什么。凯波停下来，阿申登感到对方的目光正朝自己这桌转过来。凯波夫人注意到新出现了一个陌生人，提醒了丈夫。阿申登翻了一页他假装在读的书，但能感觉到凯波正目不转睛地观察他。等凯波又转过去跟妻子说话的时候，声音小到阿申登都听不出他用了哪种语言。女服务生把汤端上来的时候，凯波又问了她一个问题，声音依然很小，但明显是在打听阿申登是谁。女服务员的回答阿申登只听出了一个词："国家[1]。"

一两个人用完餐，剔着牙往外走。那位爱尔兰老上校和他的夫人也站了起来，先生站到一侧让妻子先通过。他们这一顿饭互相没有说过一句话。她慢慢走到门口，上校看到一个瑞士人，可能是当地的一个律师，停下来寒暄了几句，而他妻子到了门口之后就微微鞠了个躬，满脸温驯地等着丈夫来给自己开门。阿申登意识到

1　原文为德语：länder。

这位夫人可能一辈子没有自己开过门。她都不知道该如何开门吧。过了一会儿，上校迈着老态龙钟的步子，也到了门口，替太太把门打开；她走了出去，他也跟着出去了。这件小事是打开他们整个人生的钥匙，凭借着它阿申登开始重塑这两人的过往、境遇和性格；但他又警醒了，现在不是沉迷于创造的时候。他吃完了自己的晚餐。

走进大堂，阿申登看到一条桌腿上绑着一只斗牛㹴，走过时下意识伸手去摸耷拉着的柔软的狗耳朵。女店主就站在楼梯口。

"这么可爱的小动物是谁的？"阿申登问。

"是凯波先生的，它叫弗里齐；凯波先生说它的血统追溯起来比英格兰的国王还久远呢。"

弗里齐蹭着阿申登的腿，还用鼻子凑上去闻他的掌心。阿申登上楼取帽子，下来时看到凯波在酒店门口跟女店主聊天。从他们突然的沉默和局促之中猜得出，凯波应该是在打听他的事。阿申登从他们身边经过踏上大街时，余光捕捉到了凯波正狐疑地盯着他。那张坦率、欢乐的红脸上也满是狡猾。

阿申登一路闲逛，找到了一家小酒馆，一是可以在露天的座位喝杯咖啡，二是可以给自己点一瓶这个酒馆里最好的白兰地，补偿饭桌上因为责任感而逼自己喝下去的那瓶啤酒。关于那个人阿申登之前听说了很多事，也打算一两天之内跟他结识，能终于打个照面让阿申登很高兴。认识一个养狗的人从来都不是什么难事。但他并不着急；他想要顺其自然；要完成他定下的目标，急躁是不成的。

阿申登审视了一下目前的状况。格兰特利·凯波是个英国人，护照写着出生地是在伯明翰，今年四十二岁。他的妻子出生在德国，父母是德国人，两人结婚十一年。这些是谁都能查到的信息。他的经历则要到一份私密的文件中才能找到了。根据那份文件，他踏入社会是在伯明翰的一家律师事务所，然后又悄然转入了新闻业，分别替开罗和上海的两份英文报纸效过力。之后他伪造了什么借口谋财未遂，被判入狱，虽然刑期不长。出狱之后的两年，没有人知道他的行踪，后来他在马赛的一个航运公司出现了。再后来他又去了汉堡，就是在那结的婚，然后又去了伦敦，一直没有离开过航运业。在伦敦他做起了出口生意，但一段时间之后失败了，被宣布破产。他回到了新闻行业。战争打响，他又出现在了航运业，1914年八月正和妻子平平淡淡生活在南安普顿。可在下一年刚开年的时候，他跟自己的雇主说，因为妻子的国籍，他们已经无法维系这样的生活了。凯波的上司对他并无不满之处，也意识到他此刻的尴尬处境，同意把他调到热那亚[1]。意大利参战之前他一直就待在那里，宣战之后，他申请离职，一切文书都很妥当，离职时间一到就穿过国境线在瑞士住下了。

这些信息塑造出来的人物是一个心性不定、诚信堪忧的男子，既没有背景，也没有经济基础，但这些本都没有人会在意，直到凯波被发现正替德国的情报部门效力，至少是从战争开始，或许还更早。为此他可以拿到每月四十英镑的收入。如果他只是满足于从瑞士传送消息给雇主，纵然狡诈、有害，但也可能不会对他采取什么措施；因为在瑞士他的破坏力极其有限，甚至可以利用他故意让敌方获取某些讯息。凯波一直以为自己做的

1　原文 Genoe，也作 Genoa，意大利西北部港市。

事全都无人知晓。他收发的信件很多，每一封都被严密检视；专业人士始终无法破解的密码是极罕见的，所以通过凯波甚至有望最后摸索出至今仍在英国肆虐的间谍网络。但这时他做了一件事情引起了 R 的注意。要是凯波自己知道被 R 盯上，一定心惊肉跳，这也不能怪他，因为惹恼了 R 非同小可。他在苏黎世结识了一个年轻的西班牙人，叫戈麦斯，刚好最近被英国情报部门招募。凯波作为英国人赢得了他的信任，成功套问出戈麦斯正参与间谍活动。这也是情有可原，或许那个西班牙小伙只是为了证明自己并非无名小卒，说了几句故作神秘的话，但因为凯波的通报，他去德国的时候被监视了，有一天寄信的时候被逮个正着。后来那封信被破译，戈麦斯被审讯、判刑、枪决。丢掉一个未被腐化、派得上用场的特工已经够糟了，何况还要换掉一套安全而简洁的密码。R 很不高兴；但他这样的人是不会让复仇之意妨碍大局的，如果凯波背叛国家不过是为了钱，那或许提高报价，他也会背叛自己的雇主。他已经把一个协约国的间谍交到对方手中，足以证明他的诚意。这个人将来未必不能派上大用场。但 R 完全不知道凯波是怎样一个人，他之前那些寒碜的日子过得偷偷摸摸，唯一一张照片也就是护照上那张。阿申登接到的命令是结识凯波，看他有没有可能真心为英国干活——如果阿申登判断有这样的可能，他有权试探对方，并在凯波有意之时开出适当的方案。这个任务需要审时度势，也要足够了解人性。不过阿申登要是认定凯波无法收买，他则要监视并汇报后者的一举一动。从古斯塔夫那里抓到的情况虽然模糊，却是有意义的；其中只有一点相当关键，就是德国情报部门在伯尔尼的负责人对凯波的无所作为有点不耐烦了。凯波在讨要更高的报酬，但冯·P少校告诉他要多拿钱就得多干活。或许德国人正敦促他回英国去。要是能引诱他穿过英国国境线，阿申登的工作就算完成了。

"你倒是说说，我要怎么说服他把头塞进一个绞索里？"阿申登问。

"不会有绞索的，我们行刑队用枪。"R说。

"凯波是个聪明人。"

"这样啊，那你要更聪明，废什么话。"

阿申登想好了，他不会主动去认识凯波的，第一步必须让凯波来迈。如果凯波的上级正施加压力，要求见到成果，那跟一个在审查部门工作的英国人搭上话一定很有价值。阿申登已经预备好了一堆同盟国即使拿到也占不到半点便宜的信息。用了假名和假护照之后，他基本不用担心凯波会猜出他是个英国特工。

阿申登没有等多久。第二天一顿丰盛的午餐[1]之后，他正昏昏欲睡，坐在酒店门口喝咖啡，这时凯波从餐厅里出来了。凯波夫人上楼去了，凯波解开了狗绳。那只狗蹦蹦跳跳地跑来，很亲热地往阿申登身上跳。

"过来，弗里齐，"凯波喊了一声，然后又跟阿申登说道，"太抱歉了，不过这狗不凶的。"

"哦，没事，它不会伤我的。"

凯波走到门口停下了脚步。

"这是条腊肠犬，在大陆上不是经常看到的。"他说这两句话的时候似乎在掂量阿申登；然后朝女服务生喊道："一杯咖啡，谢谢，小姐[2]。你是刚到，是吧？"

1　原文为德语：Mittagessen。
2　原文为德语：Fräulein。

"对，昨天到这儿的。"

"是吗？昨晚上餐厅里没见着你。你准备长住吗？"

"还不知道，我生病了，来恢复的。"

女服务生把咖啡端来，看见凯波正和阿申登说话，就把托盘放在了阿申登的桌子上。凯波尴尬地笑了笑。

"我并不想这样自说自话叨扰你，不知道为什么女服务生要把我的咖啡放在你的桌上。"

"请坐。"阿申登说。

"谢谢你的好意。我在大陆上住得太久，老是忘记我的同胞一般会把主动攀谈看作是厚颜无耻的行径。顺便问一句，你是英国人还是美国人？"

"英国人。"阿申登说。

阿申登天生就非常腼腆，的确在这个岁数腼腆并不光彩，过去他试着去矫正，但失败了，不过有时候他也知道怎么让自己的腼腆发挥作用。现在他把昨天告诉女店主的情况又欲言又止地复述了一遍，还说他本以为这些话女店主一定都跟凯波先生提过了。

"那你来卢塞恩真是再明智不过，它是疲于战争的世界上一片和平的绿洲。在这里你几乎要忘记此刻正有一场战争发生。这也是为什么我要住到这里来。我的本职工作是记者。"

"我刚刚忍不住在想，你大概是个写东西的人。"阿申登话到一半，微笑中已经全是羞怯。

很显然凯波那句"疲于战争的世界上一片和平的绿洲"不是在船运公司里学的。

"你知道吗，我的妻子是个德国人。"凯波低沉地说。

"哦，真的吗？"

"我觉得不会有谁比我更爱国了，我是彻头彻尾的一个英国人，不瞒你说，我真觉得大英帝国是从古至今最造福人类的一大成就了，可妻子又是德国人，我自然也能看到事情的另一面。不用你说，我很明白德国人有缺点，但我也不准备就接受他们都是魔鬼的化身。战争刚打响的时候，我妻子在英格兰受了很多苦，如果她为此心怀怨恨至少我是不会怪她的。所有人都觉得她是间谍；要是你认识我妻子，你肯定要忍不住笑的。她是典型的德国家庭妇女[1]，在意的只有她的家，她的丈夫，还有我

1　原文为德语：Hausfrau。

们唯一的孩子弗里齐。"凯波抚摸着自己的狗，嗤地笑了一声。"是啊，弗里齐，你可是我们唯一的孩子，对不对啊？这当然让我的处境很尴尬了。我给几家重要的报纸干活，我的编辑觉得我的情况让他们不太舒服。好吧，长话短说，我觉得最不失尊严的办法就是辞职，到一个中立国家等这阵风暴过去。我和我的妻子从来都不聊战争，虽然我必须得说这更多是因为我：她比我宽容多了，更愿意从我的角度去看这段可怕的经历，反过来我就做得没她好。"

"这倒挺奇怪的，"阿申登说，"一般来说，女人的想法比男人激进多了。"

"我妻子是个了不起的人。我很想让你认识一下她。顺便提一句，不知道你是否已经知道我的名字——格兰特利·凯波。"

"我叫萨默维尔。"阿申登说。

阿申登告诉他自己在审查部门做了些什么事，似乎觉察到凯波的眼神中出现了某种急切。马上阿申登又告诉对方自己在找一个德语对话老师，复习一下已经生疏了的德语。说到这里，一个想法闪过他的头脑：他看了凯波一眼，发现凯波也想到了。他们俩同时意识到，让凯波夫人当阿申登的德语老师真是再合适不过。

"我问过女店主能不能找得到，她说应该可以。我得再问问她。找一个人愿意每天跟我用德语聊一个小时，应该不难吧。"

"我是不大信得过女店主的推荐的，"凯波说，"说到底你需要一个能说地道德国北方口音的人，她只会说瑞士德语[1]。我会问问我妻子认不认识什么人。她受过很好的教育，推荐的人你可以放心。"

"你太好心了。"

阿申登好整以暇地观察起格兰特利·凯波来。那张红扑扑的脸蛋上还是一脸没有心机的好脾气，但此刻阿申登才注意到那双灰绿色的小眼睛，和那个面相是矛盾的。它们灵动、狡黠，可一旦某个出乎意料的想法占据了他的头脑，那双眼睛会突然定住，让旁人觉得诡异，仿佛能看见他大脑的运作。这双眼睛让人很难信任他；

---

[1] 大体上，北方德语口音更接近于标准口音；而瑞士德语是一种方言，德国本土的人几乎无法听懂，而瑞士人上学之后需学习"标准瑞士德语"。

而凯波让人放心的是他那种欢快的、善良的微笑，那张沧桑的大脸流露出的坦率，还有他肥胖中展现的自在和浑厚嗓音中的愉悦。现在他正竭尽全力取悦阿申登。那种活泼、热诚的态度，可以让任何人放松下来，阿申登跟他聊着天，虽然依旧有些不好意思，但却也渐渐自在起来，而一旦想起这个人是个劣迹彰彰的间谍，阿申登又多了一层兴致。听凯波聊天有别样的滋味，因为你会想到他是一个愿意为每个月四十英镑出卖自己国家的人。那个凯波出卖的西班牙青年戈麦斯，阿申登是认识的。他是个精力充沛的年轻人，喜欢冒险，他投身这个危险的事业不为了钱，而是他不甘于平淡的生活。能蒙蔽那些粗笨的德国人让他觉得好玩，能在一本廉价的惊险小说里扮演一个角色有种让他着迷的荒诞之感。阿申登不愿去想这样一个人正躺在监狱放风场地下六英尺的土里。戈麦斯还很年轻，而且举止中流露出一种潇洒。阿申登想知道凯波把他推向灭亡的时候良心是否也有一丝不安。

"我猜你懂一点德语吧？"凯波问，对这个陌生人很感兴趣。

"啊，是的，我在德国上过学，以前也说得很流利，只是过了这么久已经记不得了。现在用德语阅读还是毫无问题的。”

“啊，是的，昨天晚上我注意到你在看一本德文书。”

真蠢！就在刚才，他还说昨天晚上没有见过阿申登。阿申登琢磨着凯波是否已经注意到自己的失言了。要一直滴水不漏实在太难！阿申登必须小心；他最担心的是别人喊他的化名萨默维尔的时候，他会反应不及。另一种可能当然不是没有：凯波刚刚是故意说错，为了从阿申登的表情上判断后者是否注意到什么。凯波站了起来。

“我太太来了。每天下午我们都要找座山去远足。有几条路线我可以指点给你，真是迷人，即使这个季节花还依然开得很美。”

“恐怕我得等到身体再好一些了。”阿申登说着叹了一口气。

他脸上天生就没有什么血色，所以看上去总比他实际状况要虚弱一些。凯波太太从楼梯上下来，丈夫迎了过去，两人一起沿着马路往前走，弗里齐在他们前后蹦蹦跳跳的；阿申登看到凯波没走多远就开始滔滔不绝说起来，显然是把方才对话中的收获转达给妻子。阿申登看到落在湖面的阳光是那么轻快，绿叶间扰动着微风的影子，一切都在邀请他去散步：他站起来，回到房间，一头栽倒在床上，美美地睡了一觉。

那天他忧伤地在卢塞恩到处闲逛，期望能在哪里喝上一杯鸡尾酒，让他能够面对晚餐时那碗预料之中的土豆沙拉；才到餐厅，凯波夫妇已经快吃完了。他们往外走的时候，凯波停下来，问阿申登是否愿意待会儿和他们一起喝杯咖啡。等阿申登在大堂中找到他们，凯波起身引见了他的妻子。凯波夫人僵硬地欠了欠身，阿申登恭敬的寒暄并没有换来她的微笑。不难看出她的态度里全是敌意。这让阿申登放松了下来。这是个相貌平平的女子，接近四十岁了，皮肤暗淡，五官模糊；头发没有什么光泽，像拿破仑的普鲁士王后[1]一样结了辫子绕在头上。她身材也很粗壮，说不上胖，但有些丰满，还很结实。不过她看上去并不愚钝；相反，却像是位很有个性

---

1 Queen of Prussia，普鲁士王后路易莎深受百姓爱戴，倡议联合抵抗拿破仑；在一次著名的会面中，她当面向拿破仑委屈求和，尽管拿破仑被她的魅力打动，但也没有更改自己的条件。

的女子。阿申登在德国住得够久，这个类型的德国女人他是认得出来的，凯波太太可以料理家务，买菜做饭，陪丈夫登山远足，但阿申登也相信她很可能是个卓有见识的人。她穿白色衬衫，露出晒黑了的脖子，下半身是一条黑裙和厚重的登山靴。凯波用英文跟妻子介绍，把阿申登之前告诉他的关于自己的事情，又兴高采烈地说了一遍，就像妻子之前并未听过一样。凯波夫人表情一直都很严肃。

"你好像跟我说过你听得懂德语。"凯波说，他那张大红脸蛋已经被客气的笑意缠绕了起来，不过还看得到那双不安分的小眼睛在到处打量。

"是的，我有一段时间在海德堡读书。"

"真的吗？"凯波夫人用英文问道，感兴趣的表情虽不明显，却片刻间把脸上那股愠怒全赶走了。"海德堡我很熟悉，在那里上过一年的学。"

她的英文都是对的，但喉音太明显，而且强调那些字词常带上夸张的嘴型，让人有些不舒服。阿申登对那个古老的大学城和当地的胜景满是溢美之词，凯波夫人听着并不激动，更多的是默认这些评价，大概是骨子里觉得日耳曼人的优越是顺理成章的。

"众所周知，内卡[1]河谷是全世界最美的景致之一了。"她说。

"我还没有告诉你，亲爱的，"这时凯波说道，"萨默维尔先生在此地休养期间，想找个德语老师练习对话。我跟他说或许你能想到老师的人选。"

"想不到，认识的人中间，推荐任何一个我良心上都过不去，"她答道，"瑞士人口音之可恨，简直难以形容。跟一个瑞士人聊天对萨默维尔先生只有害处。"

"如果我是你，萨默维尔先生，我一定尽力说服我的妻子给你上课。请原谅我这样说，她是一位受过高等教育、很有教养的女士。"

"啊[2]，格兰特利，我没有这个时间。我有自己的事情要做。"

阿申登知道这就是他们给的机会。陷阱已经设好，他需要做的就是捧进去。他转过来对着凯波夫人说道，

---

1 Neckar，德国西南部河流，发源于多瑙河源头附近的黑林山，经过海德堡后，在曼海姆汇入莱茵河。
2 原文 ach，德语中主要表示遗憾的感叹词。

态度尽量羞怯、自贬、谦恭：

"当然，如果你愿意给我上课的话那就太棒了，这会是我莫大的荣幸。我自然不想打搅你自己的工作；我来这里是养病的，完全是闲人一个，只要是你觉得方便的时间我都可以。"

他可以感到一股成功的喜悦在他们夫妇之间穿梭，就连凯波夫人蓝色的眼睛里也好像暗暗地在闪光。

"当然这完全只是生意，"凯波说，"我的好太太没什么道理不能挣点外快，你觉得十法郎一小时会太高了吗？"

"一点不高，"阿申登说，"我觉得这个价格能找到一流的老师真是我的运气。"

"你觉得如何，亲爱的？每天匀出一小时应该可以吧，这算是帮了这位先生一个大忙了。他会知道不是所有的德国人都像他们在英国国内所想象的那样，都是恶魔。"

凯波夫人皱着眉头，一脸为难，阿申登只是担心每天那一小时他们能聊些什么。面对这个深沉又阴郁的女人，天知道他每天要如何绞尽脑汁才能不让对话断绝。此时她摆出一副横下心的样子：

“我很乐意给萨默维尔先生上对话课。”

“恭喜你了，萨默维尔先生，”凯波嚷嚷着说，“这个课你一定觉得物超所值。什么时候开始呢，明天十一点？”

“如果凯波夫人方便的话，我完全没有问题。”

“可以，这个钟点也不比其他钟点更糟。”她答道。

阿申登告辞，留下这对夫妇去回味他们社交手腕的大获成功。可第二天十一点整敲门声响起（他们商量的结果是凯波夫人会到阿申登的房间授课），他去开门时还是不无胆怯的。他要表现出的人物性格是坦诚、有一点口无遮拦、显然害怕德国女人、足够聪敏、行事冲动。凯波夫人一脸阴沉和不悦，毫不掩饰她根本不想和阿申登有任何来往。坐下之后，她多少有些专横地直接问起了阿申登对德语文学的了解。她会严谨地纠正阿申登的错误，当阿申登把某些德语句法中的难点摆在她面前时，她的解释清晰、精确。很明显，她虽然憎恶给阿申登上课，但既然上了就打算认真尽责。她似乎不但有传授语言的才干，对此还十分有热情，随着时间推移说起话来也越来越诚恳；她需要提醒自己才不至于忘记面前是一个残忍野蛮的英国人。阿申登注意到了她潜意识里这种挣扎，发现自己从中能得到极大的乐趣；当天晚些时候凯波问他课上得如何，他发自内心地回答，这堂课让他大喜过望；凯波夫人是个一流的老师，更是一个很有意思的人。

"我早跟你说了，她是我认识的最了不起的女人。"

凯波说的时候虽然和往常一样热烈、欢快，但阿申登有种感觉：这是他第一次完全说了真心话。

一两天之后，阿申登揣测凯波夫人上课只是为了让丈夫能更接近他，因为她从来没有让对话离开过文学、音乐和绘画这些主题；当阿申登作为试探把话题引向战争时，凯波夫人打断了他。

"我觉得这个话题我们还是避开为好，萨默维尔先生。"她说。

她上课还是那么不遗余力，阿申登的钱确实没有白花，可她每天进来依然是一脸怒容，只在教书兴致起来的时候会暂时忘却自己对阿申登本能的反感。而阿申登反过来则是使劲浑身解数——迎合、坦率、谦逊、感激、恭维、单纯、怯懦——都无济于事，她始终都是那么冷冰冰地如临大敌。这是个狂热分子，她的爱国不牵涉个人利益，却是带着攻击性的，另外，她有一个执念，相信德国的一切都是最好的，于是对英格兰切齿痛恨，因为她把这个国家视作散播德国文明的最大障碍。她的理想是一个德国化的世界，其他国家会臣服于一个比罗马更强大的霸权，从而享受德国科学、德国艺术、德国文化的好处。这个构想中的无耻和放肆堪称壮阔，让阿申登甚至都觉得有些好玩了。但凯波夫人绝不是笨蛋。她读了很多书，而且是好几种语言的书，而且聊起它们都显出不错的鉴赏力。她对当代绘画和音乐的了解让阿申登刮目相看。有次听她在午餐前弹奏德彪西一个水银泻地般的小段是很有意思的：一方面她是带着鄙夷在弹，因为这是法国音乐，太轻巧了，可另一方面她又恨恨地展现着其中的优雅和喜悦。阿申登表达赞赏时她耸了耸肩。

"堕落国家的堕落音乐。"她说。这时她用有力的手指敲出贝多芬一首奏鸣曲最初几个激荡心灵的和弦，但又停了下来。"我弹不了，手太生疏了，还有，你们英国人懂什么音乐。普赛尔[1]之后英国就没有出过作曲家！"

"对这个说法，你怎么看？"阿申登微笑着问站在旁边的凯波。

"我得承认这句话说得没错。我对音乐的肤浅认识都是我妻子教我的。真希望她还时常练琴那会儿你听过她演奏。"他把自己的胖手搁在妻子肩头，圆滚滚的手指，方方的指尖。"那种纯粹的美能把你的心弦都纠在一起。"

"傻瓜[2]。"她用柔和的声音说道，这时阿申登看到她嘴唇微微颤动了一下，但又立刻恢复了。"你们英国人，不会画画，不会雕塑，不会作曲。"

"我们英国人有时候写几句诗倒是听着还不错，"因为对面骂的并非是自己的行当，阿申登轻松地反驳道，而且也不知道为什么，两行诗句出现在他脑海中，他就引了出来：

---

1 Purcell（1659—1695），英国作曲家，作品种类繁多，最著名的是歌剧《狄朵与埃涅阿斯》（1689），也写了很多配乐、歌曲、圣歌和赞美诗；被很多人认为是二十世纪之前最伟大的英国作曲家。
2 原文为德文：Dummer Kerl。

往何处去，啊，壮美的船？西方正催促

你倚在她胸膛上，白帆何其饱满。[1]

"的确，"凯波夫人说，做了个怪异的手势，"你们会写诗。我也不知道为什么。"

让阿申登意想不到的是，凯波夫人用她喉音浓重的英文，背诵了他所引诗句的下面两行[2]。

"来吧，格兰特利，午饭已经预备好了，我们去餐厅吧。"

他们走了之后，阿申登梳理了不少想法。

阿申登能欣赏、感叹人类的好，但人类的坏也不会让他惊慌失措。有时候别人会觉得他无情，因为他很少真正关心别人，更多的只是感兴趣；对于少数几个他关心的人，阿申登也把他们的优点、缺陷清清楚楚看在眼里。他喜欢谁并不是因为他看不见对方的缺点——他只

1　引自罗伯特·西默·布里奇斯（Robert Seymour Bridges，1844—1930）的《过路船》（*A Passer By*）。布里奇斯1913年被封为桂冠诗人，之前是医生。这首诗写他在寒冬的岸上看到一艘陌生的船，在想象中跟着它到了一个温暖的地方。

2　"不惧海水上升，乌云堆积／你去哪里，美好的浪游者，你在追逐什么。"

是没有那么在意，放宽心、耸耸肩也就接受了——也不是因为强行加给了他们并不具备的过人之处。而且，因为他评判朋友都很率直，所以那些人到头来从不会让他失望，他也很少会失去朋友。自己给不了的，他也从不向别人奢求。研究凯波夫妇他并不会带入什么偏见和情绪。在他看来，凯波夫人的性格是一以贯之的，所以也更好理解，明显她非常憎恶阿申登，虽然当下必须对他有些表面的客套，但这种反感实在太强烈，偶然还是会逼她吐露几句无礼的言辞；要是不用承担风险，她把阿申登杀了都不会有丝毫不忍。但从凯波按在她肩头的胖手，和她偷偷颤动的嘴唇，阿申登判断出，纵然这个女子毫无魅力，纵然这个胖子也是个坏蛋，但联系他们的爱却真挚而深沉。这很感人。阿申登把过去几天观察到的点滴归拢在一起，之前注意到但没明白含义的细节又重新浮现。凯波夫人之所以爱她丈夫，在阿申登看来，似乎是因为她的性格更强，且感受到了丈夫对她的依赖；她爱凯波，爱的是后者对她的仰慕，这个相貌平平的矮胖女子，头脑清晰，但性情枯燥，有一个推断恐怕并不过分，那就是在遇到丈夫之前，她应该并不受男性的青睐；她喜欢他的热烈和聒噪的说笑，而他高昂的兴致也扰动着她慵懒的血液；这是个蹦蹦跳跳的大男孩，大概今后也都不会变了，感觉她更像是一个母亲；她让凯波成为了现在的他，他是她的男人，她是他的女人，尽管凯波有他的缺陷（她如此清醒，自然时时知晓这一点），她还是爱他；她的爱，啊[1]，就像是伊索尔德对特里斯坦那样[2]。但这其中还牵涉到谍报活动。纵然阿申登对人类的脆弱如此宽容，还是觉得为了金钱背叛国家总不是很光彩。她自然是知情的，要说的话最初情报部门接触凯波应该是通过她；而如果没有她的怂恿，凯波也绝不会接受这样的工作。她爱自己的丈夫，又是个诚实、正直的女子，到底她是用何等歪曲的道理说服了自己，再逼迫丈夫承担起如此低劣又无耻的事业？他试图拼凑凯波夫人的想法，却只觉得自己已经迷失在各种揣测的迷宫

1　原文为德语：ach。

2　特里斯坦（Tristan）和伊索尔德（Isolde）的故事源于凯尔特传说，后世发展出的各种演绎大致是骑士特里斯坦杀死了伊索尔德的未婚夫，伊索尔德发现后欲杀之，不忍；后来特里斯坦护送伊索尔德去嫁给康沃尔国王，两人阴差阳错地相爱了。

之中了。

而格兰特利·凯波又是另外一回事。他这个人找不出什么可以倾慕的地方，但此时此刻阿申登要找的也不是用来倾慕的人；只是在这个粗鄙不堪的家伙身上，有那么多的不同寻常和那么多的出乎意料。当这个间谍试图诱导阿申登与他并肩作战时，那套娴熟雅致的说辞让阿申登听得兴味盎然。第一堂德语课之后没几天，吃完晚饭之后妻子上楼，凯波重重地瘫坐进了阿申登旁边的椅子。忠诚的弗里齐跑到他跟前，把它长长的嘴巴和黑色的鼻子搁在主人的膝盖上。

"这家伙没有脑子，"凯波说，"但它那颗心却是金子一般的。你看它这双粉红色的小眼睛，还见过比这更蠢的眼睛吗？而且这张脸也太丑，却真是让人喜欢死了。"

"你养了它很久吗？"阿申登说。

"那是1914年，就在战争打响前一年我得到它的。顺口问一句，今天传来的新闻你有什么感想吗？当然了，我和我妻子是从来不会聊战争的。那天我终于发现有个同胞可以对他敞开心扉了，你真不知道我松了多大一口气。"

他给阿申登递了一支廉价的瑞士雪茄，阿申登职责所在，只能忍痛牺牲，接受了它。

"当然这些德国人是一点机会也没有的，"凯波说，"压根不可能。我们一参战，我就知道他们必败无疑。"

他的态度很真挚、很诚恳，而且像是在吐露什么秘密。阿申登无关痛痒地应了一句。

"因为我妻子的国籍，我没法为国征战，这是我一辈子最难过的事情了。战争爆发当天，我就主动从军了，但因为岁数太大他们没有要我，但我可以坦白告诉你，要是这场战争再这么一直打下去，不管有没有这个妻子，我都要干点什么。因为我懂这么些个语言，去审查部门应该能发挥些作用吧。你好像就在审查部门，是不是？"

这就是他一直瞄着的目标了，阿申登早已准备好了所有讯息，一一答复了那些精心设计的问题。凯波把椅子挪近了一点点，压低嗓子说：

"你当然是不会把不能说的事情告诉我了，可这些瑞士人个个都是一心向着德国的，随便什么消息都不能让他们偷听了去。"

然后他又启用了另一套战术，告诉了阿申登几件似乎应该保密的事情。

"这些事除了你之外我谁都不会说的，知道吧；我有几个朋友还挺位高权重的，他们知道我很靠谱。"

受到这样的鼓励，阿申登也刻意表现得更轻率了一些，结束对话时，双方都有理由觉得收获颇丰。阿申登猜想明天早上凯波的打字机应该会很辛苦，而那位在伯尔尼精力过人的少校很快就会收到一份十分精彩的报告了。

有天晚上，阿申登吃完饭上楼，经过一间开着门的盥洗室，看到凯波夫妇正在里面。

"进来吧，"凯波还是那么兴高采烈地说，"我们在给弗里齐洗澡。"

这只腊肠犬整天就知道把自己弄得肮脏不堪，而凯波最得意的就是见到它又白又干净的样子。阿申登走进去，看到凯波夫人卷起袖子，穿了一条巨大的白色围裙，正站在澡盆的一头，而凯波穿了一条裤子和一件汗衫，正光着两条都是雀斑的胖手臂，给那只可怜的小狗抹肥皂。

"这件事我们只能晚上做，"他说，"菲茨杰拉德夫妇也用这个澡盆，要是他们知道我们在里面洗小狗，肯定要气疯了。我们就等到他们睡觉之后。来吧，弗里齐，你给这位先生看看，按摩小脸的时候你变得多么乖巧。"

这只可怜的畜生站在浴盆六英寸的水中，一脸愁眉苦脸，但微微摇着尾巴，似乎在说不管是哪路神仙如此粗暴地虐待它，它也不会记恨的。此时小狗全身都是肥皂沫，而凯波一边聊着天，一边用那两只胖胖的大手给它洗涤毛发。

"啊，等到它白得像风中的雪花，你就知道它有多好看了。带着它走出去的主人该多有面子，而所有那些小母狗都会说：天呐，那只英俊的尊贵的腊肠犬是谁，怎么走起路来好像整个瑞士都归它一样？接下来洗耳朵，给我站好了。上街的时候总不能两只耳朵是脏的吧，你说是不是？就跟个邋遢的瑞士小男孩一样。贵族理应高尚。现在我们洗你的黑鼻子。啊，肥皂都洗到他粉色的小眼睛里去了，疼死了吧。"

凯波夫人和气地听着这些胡言乱语，并不悦目的大脸上是一个懒怠的笑容，接着她郑重地拿起一块毛巾。

"现在他可要跳水了哦，当心当心！"

凯波握着狗的前腿，把他飞快地浸到水里，提起来，然后又重复了一次。澡盆里好一场挣扎和闹腾，水花四溅。凯波把狗拎出了澡盆。

"去你妈妈那儿吧，她帮你擦干。"

凯波夫人坐下来，把狗夹在她两条强壮的大腿中间，擦得她自己额头都滴下汗来。弗里齐擦完站在那里还有点惊魂未定，气喘吁吁的，但很高兴一切终于结束，那张脸又蠢又可爱，全身白得发亮。

"血统是藏不住的，"凯波神采飞扬地喊起来，"这狗听得懂不下六十四个他祖先的名字，每一个都是贵族。"

阿申登上楼的时候略微有些发抖，心里说不出的古怪。

有一个星期天，凯波告诉阿申登他和妻子要去远足，午饭会在山里的一家小餐馆吃；他提议阿申登跟他们一起去，反正费用都均摊好了。在卢塞恩养了三周，阿申登觉得自己的身体应该可以负担这场辛苦了。他们出门很早，凯波夫人穿的都很实用：登山靴、蒂罗尔帽、铁头登山杖，而她丈夫灯笼裤外套着长袜，看上去很有英国人的派头。这情形又让阿申登觉得十分好玩，也准备享受这次远足；不过他明白警惕之心是不能丢掉的，凯波夫妇发现了他的真实身份也并非全无可能，太靠近悬崖的地方就不要去了；凯波夫人要推他坠崖一定都不会犹豫，而凯波虽然一派欢天喜地的样子，其实绝非善类。但一整个上午都很迷人，阿申登享受着毫无瑕疵的愉悦。空气是香甜的。凯波一直在聊天，讲好玩的故事，很是热闹。红扑扑的大脸上汗水都淌了下来，他也笑话自己实在太胖了。阿申登大为震惊的是他对山上的野花如此了解，有次他看到离山路有一小段距离的地方开了花，就特地跑去把花折来送给妻子。他温柔地欣赏着那朵花。

"真的很漂亮，是不是？"他喊道，那双狡猾的灰绿色的眼睛在片刻间如孩童般无邪，"这简直就像沃尔特·萨维奇·兰多的诗[1]。"

"植物学是我丈夫最热衷的一门科学，"凯波夫人说，"我偶尔会笑他太热爱花卉了。很多时候我们连肉铺的欠

1　Walter Savage Landor（1775—1864），英国诗人、散文家，精通古希腊、罗马文学，他的抒情诗形式精悍、讲究格律，一般写个人情感与传统思想的关系。

账都还不上，他却把口袋里所有的钱全花在一束送给我的玫瑰上。"

"在屋子里摆上花的人，心里也有花朵盛开。[1]"格兰特利·凯波说。

阿申登还见过一两回凯波散步回来，献了一小束野花给菲茨杰拉德夫人，那种笨拙而恭敬的姿态确实有一点动人之处；而阿申登从这次远足中了解到的情况又给那些可爱的小殷勤添了几分涵义。凯波对花的热情是真诚的，当他送花给那位爱尔兰老太太的时候，他是送出了一样他很珍重的东西。这的确是从内心流露出的友善。阿申登一直觉得植物学是一门无趣的学科，但一路上凯波聊得那么兴致盎然，似乎让植物学也变得生动、有趣起来。他一定下过很多功夫。

"我从来没有写过书，"他说，"世上的书已经太多了，而且我有的那一点点写作的欲望都满足在了给日报写的文章里，来钱快，当然被忘掉也快。可要是还得在这儿待很久的话，我有点想写一写瑞士的野花。啊，真希望

1　原文是一句法文谚语：Qui fleurit sa maison fleurit son coeur。

你能再早一些来，那时候真是太美了。可写那样的东西可能需要一个诗人，我只是个可怜的报纸撰稿人。"

看他如何将真情实感融合在谎言中，的确会给人一种异样的感受。

到了小旅店，眼前是群山，是湖水，看凯波把一瓶冰啤酒咕咕往喉咙里灌下，那种沉浸于感官享受的快乐能感染人。对于一个如此热爱生活小事的人，很难不对他生出一些好意。午餐时，他们一起享用着美味的炒蛋和高山鲑鱼。甚至凯波夫人都在这样的气氛中难得地柔和起来；旅店开在一片怡人的乡村景致间，看上去就像十九世纪早期异域风光书里那种瑞士农舍的图片；凯波夫人对阿申登的敌意似乎也比平时减轻了一些。到达的时候，她就用德语大声赞叹风光之秀美，此时美食美酒下肚，心思就更温柔了，她目光不离面前的美景，眼眶里已经全是泪水。她向前伸出手，说道：

"我太差劲了，自己也觉得羞耻，可虽然有这场可怕的、不正义的战争，我心里此时此刻却只感到幸福和感激。"

凯波握住她的手，捏了一下，用他平时不说的德语安慰着妻子，喊她的昵称。场面虽然滑稽，却也感人。阿申登留他们夫妇互诉衷肠，自己走开了，逛到花园里，在一张给游客休息的长椅上坐下。从此处望去的风光自然是壮观的，但它是要把你俘虏了；这就像一段花哨又煽情的音乐，乍听之下的确能击溃你的自制。

　　阿申登无所事事在长椅边消磨时间，思考着格兰特利·凯波这个人作恶的种种难解之处。要说阿申登喜欢怪人，那凯波真是怪到不可思议。硬要否认他有让人亲近的优点那就太糊涂了。他的欢乐不是一种伪装，他的热情也是发自内心的，而且他的确很善良，总随时愿意帮助别人。阿申登经常观察他是如何跟那个爱尔兰老上校和他的妻子相处的——酒店里除了他们，也没有别的住户了——他会津津有味地听着老头讲那些埃及战争的冗长故事；对老太太他一直表现得风度翩翩。现在阿申登或多或少算是熟悉了凯波，他觉得自己对这个人感到的更多是好奇而不是厌恶。他觉得凯波成为间谍不只是为了钱；他的爱好很朴素，之前在航运公司赚的钱一定够用了，更何况是凯波夫人这么好的管理者在替他打点。英国宣战之后，过了从军年纪的男人也不缺能挣钱的工作。或许凯波就属于某一种人，相比于光明正大地做事，他们就喜欢歪门邪道，会从中得到愚弄他人的微妙乐趣；他变成间谍，也不是因为憎恶那个囚禁了他的国家，甚至不是因为爱他的妻子，而只是想让那些甚至根本不知道他存在的大人物尝尝他的厉害。或许正是虚荣驱动着他，一种才华未受到足够重视的不甘，又或许那只是孩童般的顽皮，只想捣乱一番。他无疑是个骗子。的确，凯波行骗只被抓到两次，但既然如此，应该可以推断他经常有为非作歹但没被抓到的时候。对此凯波夫人是什么态度呢？他们关系如此密切，她不可能对这些事一无所知。因为她自身的端正品行没有人会质疑，那她是否会为丈夫觉得羞耻，还是把这当成自己所爱之人无奈的小怪癖？她有没有尽己所能阻止丈夫，还是觉得无可挽回，就选择睁一只眼闭一只眼？

要是所有人都非黑即白，那跟他们打交道会变得多么简单，生活也会轻松多少！凯波是个喜欢作恶的好人，还是一个心存善意的坏蛋？还有，一颗头脑中像这样无法和解的元素是如何融洽相处的？至少有一件事很明了，那就是并没有什么不安在咬啮着凯波的良心；这些狠辣、无耻的行径他都是兴致勃勃完成的。他是一个享受作恶的叛国者。虽然阿申登几乎一辈子都算是致力于探究人性，但只觉得到了中年，他对人性还是像孩童时那样一无所知。当然，R 肯定会对他说：见了鬼的你浪费时间在胡思乱想些什么？这家伙是个危险的间谍，你要做的就是将他绳之以法。

这两句话也的确不好反驳。阿申登下了结论：尝试去跟凯波商讨任何形式的合作都不会有结果。虽然他一定不会介意背叛自己现在的雇主，但你也无法信任他；妻子的想法对他太重要。另外，不管他平时跟阿申登说了什么，在他内心深处相信最后胜出的必定是同盟国，他得站在获胜的一方。那好吧，凯波必须得绳之以法了，但如何实现它，阿申登一点思路都没有。这时他听到有人跟他说话。

"你在这儿啊，我们一直都在想你躲哪儿去了。"

阿申登转头看到凯波夫妇朝他走来；两人手牵着手。

"怪不得你不声不响这么久，"凯波看到此处的风景时说道，"真是选的好地方！"

凯波夫人的双手紧握在一起。

"上帝啊，太美了，"她说，"太美了。[1] 当我看到这片蓝色的湖和那些雪山，真想跟歌德笔下的浮士德一样，对着逝去的瞬间喊道：请等一等。"

"这比在英格兰的兵荒马乱要强些吧？"凯波问道。

"强多了。"阿申登说。

"顺便问一句，你出国的时候没遇到什么阻碍吗？"

"没有啊，一点都没有。"

"我听说，现在国境线上那帮人都很讨厌。"

"我出来的时候一点麻烦也没有。大概是对英国人就比较随便吧。当时觉得他们检查护照也就是例行公事。"

凯波和妻子之间飞快递了一个眼色，阿申登猜不透是什么意思。难道阿申登在掂量能否让凯波回国的时候，凯波他们自己也在盘算这件事吗？没过多久，凯波夫人建议他们应该回酒店了，于是三人就一起在山道的树荫中往回走。

阿申登一直没有放松，但除了睁大眼睛等待机会，他什么也做不了（无事可做让他有些烦躁）。几天之后的

1　凯波夫人的这两句感叹原文为德语：Ach Gott, wie schön。

一点小异样让他确定很快就会有事发生。那天早上德语课上到一半，凯波夫人说道：

"我丈夫今天去日内瓦了，有些事情要处理。"

"哦，"阿申登说，"会在那边待很久吗？"

"不会，两天就回来了。"

说谎这件事不是每个人都会的，阿申登也说不上什么具体的原因，就感觉凯波夫人刚才撒了谎。如果她只是提到一件对阿申登毫无利害的事，照理应该神色更冷淡一些才是。阿申登脑中闪过一个念头：凯波是被召去伯尔尼了，去面见那位可怕的德国情报部门主管。后来他逮到一个机会，随口跟女服务生说道：

"你又少了一点活儿要干，姑娘[1]。我听说凯波先生去了伯尔尼。"

"是啊，不过他明天就回来了。"

这也不能证明什么，但总算是有事可查了。阿申登知道紧迫时在卢塞恩有个瑞士人肯帮些小忙，就让他送了一封信到伯尔尼。要在那里发现凯波并掌握他的行踪

---

1 原文为德语：Fräulein。

并非不可能。第二天凯波就又和妻子出现在了餐桌边，但只跟阿申登点了点头，之后又直接上了楼。他们像是有烦心事。凯波向来都很活跃，但那天含着胸，眼睛只顾看着前方。第二天一早阿申登收到了回信：凯波的确见了冯·P少校。他对凯波说了什么或许可以猜得出来。阿申登很清楚这位少校可以变得如何粗暴——他是一个强硬、残忍的人，很聪明，做事不择手段，说话不留情面。他们一定受够了凯波在卢塞恩领着工资却游手好闲；他回英格兰的日子已经到了。这些全是揣测吗？当然是揣测，但在情报工作中大多要靠揣测；你得从一根颌骨中推断出整头野兽来。通过古斯塔夫，阿申登知道德方希望派一个人去英格兰。他深吸一口气；要是凯波去了，那自己可有不少要紧事要处理。

凯波夫人来上课的时候，显得迟钝、无精打采；她看上去很疲惫，嘴唇常常抿着，一副坚毅的样子。阿申登想到，凯波夫妇昨天大概讨论了一晚上。他很想知道他们说了些什么。她是敦促他快走呢，还是劝他不要去？午饭时，阿申登继续观察。他们夫妇俩显然是有事的，平时总有那么多话可聊，今天却几乎没有开口。他们很早出了餐厅，不过，阿申登出去的时候看到凯波一个人坐在大堂。

"你好啊，"他高高兴兴地喊道，不过那种强颜欢笑实在是很明显，"你怎么样啊？我刚去了趟日内瓦。"

"我听说了。"阿申登说。

"你喝咖啡跟我一起吧。我那个可怜的妻子头疼。我就让她还是先去躺一会儿。"在他那双狡猾的绿眼睛里，出现了一个阿申登不知道该如何解读的神色。"说实话，她是有点担心，这个小可怜；我在考虑回英格兰。"

阿申登的心砰地撞了一下胸膛，但脸上毫无表情：

"哦？会去很久吗？我们会想你的。"

"实话跟你说吧，我是受够了无所事事。看上去战争还得打上好几年，我也不能无期限地在这等下去。另外，我也负担不起，生活的开销总得挣出来吧。我确实娶了一个德国妻子，但该死的，我可是个英国人，我要尽自己的一份力。要是我只在瑞士优哉游哉等到战争结束，却没有想办法帮助我的祖国，以后我怎么面对自己的朋友？我妻子当然是站在德国人的角度看这个问题，我可以实话告诉你她有点生气。你也知道女人怎么一回事。"

现在阿申登知道凯波之前的眼神是怎么一回事了。那是恐惧。恐惧让他变得有些恶狠狠的。他不想去英国，他想安安稳稳地留在瑞士；阿申登现在也知道了他去伯尔尼见少校的时候，后者对他说了些什么。要么去英国，要么工资就没了。后来凯波告诉了妻子之后，她说了什么呢？他希望妻子能逼他留在这里，但显而易见她没有这样做；或许他并没有勇气承认自己有多害怕；在她眼里，丈夫一直是热闹、大胆、喜欢冒险、无忧无虑的人；现在，凯波是被自己的伪装困住了，他没有办法袒露心里那个卑鄙却又畏缩的懦夫。

"你会带着妻子一起去吗？"阿申登问。

"不会，她留在这里。"

这样安排多方便：凯波夫人收到丈夫的信，就可以把其中包含的信息转达给伯尔尼了。

"我离开英格兰太久，已经不知道怎么去找跟战争有关的工作了。要是换了你会怎么办？"

"不知道啊，你考虑的是什么样的工作？"

"真要说的话，我猜应该跟你做的事情差不多吧。我在想，审查部门里有没有人你可以帮我写封介绍信给他的？"

阿申登此时的震惊没有显露简直就是个奇迹，他差一点就要发出一声惊呼，或做些乱七八糟的手势；他的震惊不是因为凯波的请求，而是他突然明白了一些事情。之前他是多么愚蠢啊！在卢塞恩，他一直以为自己在浪费时间，因为自己的无所事事而焦躁，而现在看出来了，凯波去英格兰实际上根本不用阿申登动什么脑子，这个结果他也根本就邀不到什么功劳。阿申登终于明白，他被放到卢塞恩，被告知要如何形容自己，手上有合适的讯息，就是为了事情像这样一步步发生。对于德国的情报部门来说，要是能安插一个特工进入英国审查部门那是天大的好事，这样的人选已经现成有了，就是格兰特利·凯波，而机缘巧合他又和一个曾经在那里工作的同胞交上了朋友。运气真不错！冯·P少校是个很有文化的人，他一定兴奋地搓起双手时，低声念道："命运之神想要毁灭一个人，必先使其愚昧。"[1] 这是那个妖怪R设下的

1　拉丁作家普布里利亚·西鲁斯（Publius Syrus，活动于约公元前一世纪）《箴言集》中的句子，原文为拉丁语：stultum facit fortuna quem vult perdere。

圈套，而伯尔尼那位阴森的少校果然上当了。阿申登已经完成了自己的工作；而他的工作就是坐在那儿什么都不用干。想到 R 是如何把他当成傻子戏耍的，阿申登不禁要笑出声。

"我跟我部门的负责人关系很好，如果你愿意，我可以给他写个条子。"

"这正是我所需要的。"

"当然，我必须实话实说；我得告诉他，我是在这里遇到你的，认识你不过半个月的时间。"

"当然当然。可是你也会尽力给我说两句好话的，对不对？"

"那是自然。"

"不知道我能不能拿到签证，听说他们现在规矩多得很。"

"我想不出为什么他们会不让你回去。要是我回国的时候他们不给我签证，我得气个半死。"

"我现在去看看我妻子怎么样了，"凯波突然说道，站了起来，"你什么时候能把那封信给我？"

"你什么时候想要都可以。你立刻就要走吗？"

"越快越好。"

凯波上了楼。阿申登又在大堂里等了一刻钟，显示他一点也不着急。然后他也上楼撰写各种信件。其中一封是通知R，凯波就要回英格兰了；另一封是通过伯尔尼的同事做好安排，不管凯波什么时候申请签证，都不该出现任何问题。这些信件他也马上就发送了出去。下楼吃饭的时候他递给凯波那封言辞炽热的推荐信。

凯波等了一天，第三天就离开了卢塞恩。

阿申登等待着。每天一小时的课还在继续，在凯波夫人的悉心教导下，他现在说起德语已经很轻松了。他们聊起歌德和温克尔曼[1]，聊起艺术、生活和旅行。弗里齐静静坐在女主人的椅子边上。

"它想自己的主人了，"凯波夫人说着扯了扯狗耳朵，"这狗其实喜欢的只是凯波先生，它以为我跟它一样也属于凯波先生才容忍我的。"

阿申登把收信地址放在了库克旅行社，每天早上下

1　Johann Winckelmann（1717—1768），德国考古学家、艺术史家，艺术上新古典主义的奠基者。

课之后就去那里收信。接到指示之前，他无法行动，虽然 R 肯定不会让阿申登休闲太久，但目前他确实只有耐心等待，其他什么都不用做。很快日内瓦的领事来了一封信，说凯波在那里申请了护照，已经出发去法国了。阿申登把信读完，去湖边散了散步，回来的时候正好看到凯波夫人也从库克那里出来，想必她的信也都是寄到那里了。阿申登走上前。

"有没有凯波先生的消息啊？"他问道。

"没有，"她说，"大概我也不该期望会这么快有消息。"

阿申登陪着她走了一段。凯波夫人颇为失望，但还说不上焦心；她也知道这个时候邮件会很不规律。可第二天上课的时候，他自然看得出凯波夫人等不及要把课上完。邮件会在正午送到，离十二点还差五分钟的时候她看了看手表，又看了看他。虽然阿申登很清楚库克那里不会有她的信，但还是不忍心看她这样如坐针毡。

"你觉不觉得今天课也上得差不多了？我想你一定很想到库克那里去一趟吧。"他说。

"谢谢，你非常体贴。"

没过多久阿申登自己也去了，看到凯波夫人就站在那间办事处中间，一脸的心烦意乱。见到阿申登她情绪失控，喊道：

"我丈夫答应过要在巴黎写信的，肯定有我的信，可这些笨蛋说什么都没有。他们也太不小心了，真是丢人。"

阿申登不知道该说什么。职员翻找邮包看有没有阿申登的信，凯波夫人又走到他们柜台边。

"下次从法国来的信什么时候到？"她问。

"有时候五点也会有的。"

"我到时再来。"

她转身快步走了，弗里齐夹着尾巴跟在女主人身后。毫无疑问，她心里已经全然让位给了恐惧，怕丈夫已经出了事。第二天早上她的状态很糟，一定整晚都没有合眼；课上到一半她从椅子里站了起来。

"我只能请你谅解，萨默维尔先生，今天我没有办法继续上课了，我不太舒服。"

阿申登还没来得及说什么，她已经手足无措地冲了出去。晚上，阿申登收到她一张便条，说她很遗憾，他们的对话课无法再继续下去了。凯波夫人并没有给出原因。之后阿申登再也没怎么见过她。她再没有在餐厅出现过；除了上午、下午各去一回库克旅行社，她似乎从来不出自己的房间。阿申登想象她一连好几个小时坐在屋里，任由那可怖的感觉咬啮着自己的心。谁又能不对她生出一点同情心呢？阿申登自己的时间也过得很慢。他读了很多书，但写得很少，他租了一条独木舟，在湖上一荡就是很久。终于，一天早上库克旅行社的职员把一封信交给了他。是 R 寄来的。乍一读完全就是商务交流，但字里行间他读出了很多讯息。

> 亲爱的先生（信是这样开始的），你从卢塞恩发出的商品和附上的信函准时抵达了。非常感谢你能如此及时地满足了我们提出的要求。

往下的文字也全是这样的风格。R 难掩他的兴奋。阿申登推断，凯波早就被逮捕，已经为他的罪行付出了代价。他一阵颤栗，想起记忆里可怕的一幕。凌晨。又冷又灰暗的凌晨，飘着细雨。一个蒙了眼的男子靠墙站着，一个面色异常苍白的军官下令，子弹齐发，枪队里一个年轻的士兵转过来用枪撑着，呕吐。军官的脸色更苍白了，而他，阿申登，只觉一股可怕的眩晕之感。当时凯波会是何等的惊恐啊！这种时候，他们脸上淌下的泪水是最不堪的画面。阿申登振作了一下。他听从安排，去售票处买了一张去日内瓦的票。

正等着找钱的时候，凯波夫人进来了。她的样子吓了阿申登一跳。头发是蓬乱的，全身上下都很邋遢，眼睛周围全是黑眼圈，面色死一般的惨白。她艰难走到柜台边，要她的信。职员摇摇头。

"我很抱歉，夫人，目前还没有。"

"可是，不会啊，你确定吗？请再查一遍吧。"

她声音中的苦痛让人心绞。职员耸了耸肩，把一个格子中的信件拿了出来，又理了一遍。

"没有，夫人。"

她绝望地喊了一声，嗓音嘶哑，表情因为痛苦而扭曲。

"上帝啊，上帝啊。"她呻吟道。

她转过脸去，疲惫的双眼中泪水不住地往外涌，有一瞬间她像个盲人一样摸索着，像是不知该往哪里去。

这时一件恐怖的事情发生了。那只腊肠犬弗里齐蹲坐下来，仰头发出长长的一声哀嚎。凯波夫人带着惊恐看着它，她的两只眼睛几乎就要从眼眶里蹦出来。那个怀疑，好多天来折磨她的那个可怕的未知，在她心里落下了。她有了结果。她慌不择路地走出门去，几乎要跌倒。

大使阁下

His Excellency[1]

阿申登被派到 X 的时候，只略加估量，就知道此番任务是很不好拿捏的。X 是一个重要参战国的首都；但这个国家又内部分裂，其中一个大党反对参战，革命纵然不是迫在眉睫，但确实有可能发生。阿申登拿到的指示是在实际情况之中找到最佳应对方略，且一旦派遣他的显贵要人首肯，他还要实施那个方略。英美两国的大使都接到命令，要力所能及地给他提供一切便利，但阿申登还被私下告知，凡事不要声张，两大国家的官方代表有些事知道了不方便，他就不要去给他们添这样的麻

1 　收录于 1928 年出版的故事集《英国特工阿申登》。

烦了；还有，阿申登可能需要暗中支持那个和当权者针锋相对的党派，而当权政党又和英美两国关系极为融洽，所以阿申登遇事还是自己拿主意比较好。大使们若发现某个无名特工被派来做了不少跟他们背道而驰的工作，一定难堪，显贵要人们不希望两位大使受到这样的羞辱。另一方面，他们认为在敌对阵营也应该安插一个代表，要是突发变故，那他不但拥有了这个国家新领袖的信任，也带着足够的资金可以立马展开工作。

但大使们最不容自己面子有失，对那些侵犯自己权威的人，他们的嗅觉极其敏锐。抵达 X 之后，阿申登就正式拜访了英国大使赫伯特·威瑟斯彭；受到的接待周到至极，挑不出半点毛病，但里面透露出的那种淡漠，却能让北极熊都背脊发凉。赫伯特爵士是个职业外交家，他对自己职业风范的训练已经到了让观者赞叹的地步。他丝毫没有问及阿申登此次的任务，因为他知道阿申登一定不会坦诚相告；不过他也给了足够暗示。让阿申登明白自己的任务一定荒唐可笑。提起那位派遣阿申登来 X 的显贵要人，他语气里全是尖刻的宽容。大使还告诉阿申登，他已经收到命令，只要阿申登求助，他都要照办，另外，如果阿申登想要见他，任何时候只要开口就行。

"我还接到了一个似乎有些怪异的请求，要帮你发送换成了密码的电报，那套密码应该已经给你了，还有就是要把收到的密码电报直接转交给你。"

"我也希望这样的电报能少收发几封，爵士，"阿申登回答，"没有什么比编码解码更无聊的事了。"

赫伯特爵士停了一下。或许他期待的不是这样的回答。他站了起来。

"如果你不介意，请跟我来办公处，我介绍参赞和秘书给你认识，以后你可以把电报交给那位秘书。"

阿申登跟着他出了房间，被移交给了参赞之后，大使无精打采地伸手要跟阿申登握手告别。

"希望之后还能有幸跟你见面。"他说，简单地点了下头就走了。

在英国大使馆受到的接待并没有让阿申登慌乱。他本就不该引人注目，任何官方照顾都会让别人对他多加留意。不过就在那一天下午，他拜访了美国大使馆，发现了为什么赫伯特·威瑟斯彭爵士对他那么冷淡。美国大使名叫威尔伯·谢弗，他是堪萨斯城来的，这个职位是对他在政坛某些贡献的奖励，任命时几乎没有人料到这场战争紧跟着便爆发了。谢弗先生高大魁梧，头发都白了，年纪肯定不小，但保养得很好，格外有活力。一张红红的方脸，小小的鹰钩鼻，下巴坚毅，胡须剃得很干净。他表情丰富，总不停地做出怪异的滑稽表情。这个人看上去就跟热水袋一样，是用天然橡胶做的。谢弗大使为人诚挚，见到阿申登的时候热情地打招呼。

"我想你应该见过赫伯特爵士了。要我说，你这回过来还真把他惹恼了。华盛顿和伦敦那帮人怎么想的，要我们帮你收发密码电报，却不能知道里面写了些什么？你想想看，他们根本就没权利这么做。"

"啊，大使阁下，我觉得这么做只是为了节省时间和麻烦吧。"阿申登说。

"行吧，你这次来到底执行什么任务？"

这个问题阿申登当然没准备回答，但一味回避他觉得也不明智，决定给一个大使听完了也不能收获多少的答复。只从谢弗先生的外貌他就已经下了判断，这个人既然能以某种方式左右总统大选，一定有他的才能，但一个大使所需要的那种敏锐，他是没有的，至少大家肉眼看不出来。谢弗先生让你感觉像是一个胸无城府的老好人，喜欢热闹。要是跟他打牌阿申登大概会多留个心眼，但在目前的局面中阿申登并不太担心。他开始笼统地聊起了世界大势，还没聊多少，就很巧妙地问了大使一句，怎么看目前的总体局势。谢弗先生如同是战马听到了号角：一连二十五分钟不设间歇的高谈阔论，最终精疲力竭不得不停下时，阿申登已经可以热情感谢他的款待，起身告辞了。

他已经打定主意要避开这两位大使，很快就制定了计划，展开了工作。不过凑巧他正好可以帮赫伯特·威瑟斯彭爵士一个忙，所以不得已又要和爵士有来往。据说，谢弗先生其实算是个政客，不是外交官，他的意见有分量也不是因为他这个人，而是他的职位。谢弗先生把自己的飞黄腾达看作是享受世间美好的机会，但他的好兴致又是他的身体所不能承受的。去参加协约国大使的会议，他对国际事务的无知让他的见解本就价值成疑，但他开会时往往还困倦到接近昏迷，连表达出个成形的想法都不太容易。大家都知道他失魂落魄地迷上了一位瑞典女子，她的容貌之美毋庸置疑，但她的身世至少在一个特工看来是值得调查的。她跟德国的关系太密切了，让她对协约国的支持显得那么可疑。谢弗先生每天都跟她见面，毫无疑问受她影响不小。大家这时注意到隔三差五就有特别机密的信息被泄露，自然有人就猜想谢弗先生在那些日常相聚之中无意间说的话大概立马就给转呈到了敌军总部。没人会质疑谢弗先生的诚实与爱国，可担心他不够谨慎还是说得过去的。这个问题处理起来还很尴尬，但不仅是在华盛顿，伦敦和巴黎的官员也一样焦虑，于是阿申登接到命令，嘱他尽快解决此事。当然他被派到 X 来，要完成预期工作一定不是单枪匹马，他助手中有一个波兰的加利西亚人[1]，叫赫巴托斯。两人正商议对策，碰巧遇到了特工行动中偶尔会有的好运气：那位瑞典女士的一位女佣生病了，于是伯爵夫人（她确实是伯爵夫人）很幸运地从克拉科夫[2]的郊区雇到了一个无比体面的女佣。战前她是给一个著名科学家当秘书的，

---

1 Galicia，欧洲中部地区，包括波兰东南部和乌克兰西北部的部分地区。
2 Cracow，波兰南部城市。

女仆的工作她毫无疑问可以胜任。

这次顶替的结果就是，阿申登每隔两三天都可以收到一份干干净净的报告，陈述那位迷人女子的公寓中发生了什么。虽然尚无材料可以证实之前的朦胧揣测，但阿申登还是知道了另外一个非同小可的情况。大使来伯爵夫人家里用餐，都是温馨的二人世界，从他们亲密的谈话中，似乎大使阁下对他的英国同事一直深恶痛绝。他抱怨与赫伯特爵士之间的关系被刻意地保持在纯粹的官方层面上。他言语直率，说他受不了混蛋英国人那种装腔作势；他是个男子汉，地地道道的美国人，这些章程和礼仪对他来说就跟往地狱里拿雪球一样——完全没用。为什么他们不能像两个普通男人那样，痛痛快快地聊个天？要他说，血浓于水[1]啊，要想赢下战争，他们就该西服脱掉，穿衬衫，喝黑麦威士忌，看怎么把问题解决，比所有那些外交辞令和白色鞋罩都管用多了。两位大使之间心存丝毫的芥蒂显然都是很要不得的，事已至

1　英文谚语，本意与中文几乎相同，指亲缘关系大于非亲属情谊。此处只能理解为谢弗先生口不择言。

此，阿申登觉得自己应该求见赫伯特爵士。

他被领进了赫伯特爵士的书房。

"啊，阿申登先生，我能替你做些什么？希望你对一切都还满意。据我了解，电报机你用得还颇为频繁。"

阿申登坐下的时候瞄了大使一眼。他的穿着是如此精致，一件剪裁完美的燕尾服就像手套一样贴合他苗条的身材，黑色的领带上镶着一颗漂亮的珍珠，灰色的裤子条纹清晰又不张扬，熨出一条完美的折痕，还有他那双干净的尖头皮鞋很像是今天第一回穿。你几乎无法想象他只穿衬衫端着一个威士忌高杯酒会是什么样。他身材高挑，最能把当代的服饰穿出样子来，现在他坐在椅子里背脊挺直，就好像有人在给他画一幅正式的肖像。他是个冷漠而无趣的人，但实际上的确有种冷漠而无趣的英俊。利落的灰发在一侧分开头路，灰色的眉毛之下是灰色的眼睛；年轻时嘴型或许好看而性感，现在只看得出带着讥讽的坚定，而且唇色苍白。这种脸体现的是好几百年的优良血统，但你难以相信它能表达情绪。你从来不会期待它能因为真心的笑容而扭曲，最多就是瞬间亮起一个带着戏谑的僵硬微笑。

阿申登异乎寻常的紧张。

"我怕您会觉得我是在掺和一些跟我无关的事情，先生，如果您告诉我不要多管闲事，我完全可以接受。"

"我先听听看，请讲。"

阿申登把事情说了，大使听得很仔细。那双冷冷的灰色眼睛没有离开过阿申登的脸；阿申登知道自己的尴尬全在脸上。

"这些你都是怎么发现的？"

"我有渠道可以时而获得一些有用的零碎讯息。"阿申登说。

"明白。"

赫伯特爵士目光依旧没有偏移，但阿申登意外地在那双坚毅的眼睛里发现了一点点笑意。那张冷峻、高傲的面孔有一瞬间变得格外迷人。

"或许还要麻烦你再给我提供一点零碎的讯息：要做些什么才能成为一个'普通男人'？"

"恐怕什么也做不了，大使阁下，"阿申登郑重地答道，"这是一种老天的赏赐。"

赫伯特爵士眼睛里的光芒消失了，但他的神态比阿申登进门的时候要更客气一些。他站起来伸出了手。

"你来告诉我这些事很明智，阿申登先生。我的确太疏忽了。冒犯了这么随和的一位先生。不过我会尽力弥补自己的过错的。我今天下午就去美国大使馆拜访。"

"如果允许我冒昧提一点小建议的话，爵士，排场不要太隆重。"

大使的目光一个闪动，阿申登都要开始以为他是个有血有肉的人了。

"我现在做任何事都已经只能隆重了，阿申登先生，是我这种脾气的悲哀。"就在阿申登离去的时候他补了一句："哦，顺便问一句，你是否愿意明天晚上和我共进晚餐？黑领结。八点十五分。"

他没有等阿申登接受邀请，认定那是理所当然的事。微微点头表示送客，又端正坐回到自己的大写字桌前。

阿申登想到赫伯特·威瑟斯彭爵士的那个宴请就很忐忑。"黑领结"意味着宾客不会多，可能只有大使的妻子安妮夫人（阿申登还没见过），或者再加一两个年轻的秘书。它预示的不是一个欢声笑语的夜晚。有可能吃完饭他们会打一打桥牌，但阿申登知道职业的外交家从来都牌技堪忧：或许是因为他们很难将自己的大智慧屈尊用到桌上游戏这么无关紧要的事情上。不过话说回来，他也很想多看两眼不在官方场合的赫伯特爵士是什么样的。很显然他不是一个普通人，论容貌论举止都是他那个阶层一个完美的样本，而碰到一个人能生动展现某种耳熟能详的类型，总是很有意思的。他完全就是你心目中一个大使的样子。他身上的各种特质，只要再添那么一分，就像是个夸张的漫画人物了。赫伯特爵士离荒诞的确只差毫厘，你观察他的时候，那种紧张简直像看一个踩着钢索的舞者在让人晕眩的高度完成各种危险动作。赫伯特爵士的品格高贵自不待言。虽然婚姻让他和许多有权势的家庭联系在了一起，无疑对他在外交界获得今日之地位有所助益，但他的成功主要还是靠自己。需要强硬的时候，他知道该如何强硬，适宜安抚时，他也懂得如何安抚。他的风度是无可挑剔的；他可以轻松而准确地用五六种语言对话；他思路清晰、逻辑严密。任何问题他都不惮于在脑中穷根究底，却又能睿智地根据临时状况采取行动。获得在 X 的职位时，他才五十三岁，面对战争和党派斗争造成的无比艰难的局面，他应对自如，不但从未失去信心，而且至少有一次展现了极大的勇气。当时暴乱发生，一群革命者强行冲进了英国大使馆，赫伯特爵士站在楼梯顶不顾众多挥舞着的左轮手枪，呵斥闯入者，并把他们劝回了家。他会在巴黎退休，这点应该是显而易见的。他这样的人你不由自主会钦佩，但却不太容易喜欢。他这样的外交官有维多利亚时代那一派大使的风范，你可以放心地把国家大事托付给他，而他对自己的信赖虽然不得不承认有傲慢的成分，但做出的成绩却足以证明那种自信不是盲目的。

阿申登的车刚到大使馆，大门就轰的一声打开了，迎接他的有一个气派的英国胖管家和三个男仆。他被领着走上了一段极其华美的楼梯，前面说的那个惊心动魄的场面就是在这里发生的，然后阿申登进了一个大房间，因为灯罩的关系，里面很昏暗，他看了一眼只辨认出周围有些威严的大家具，和壁炉台上方巨大的一幅乔治四世国王登基时的画像。不过壁炉里的火倒烧得很旺，听到客人的名字被喊起，主人从壁炉边一个深深的沙发里站了起来。赫伯特爵士朝阿申登走来时非常优雅；餐服是男人最难驾驭的服装，而赫伯特爵士穿着一看就气度不凡。

"我太太去音乐会了，稍晚一些就回来，她很想认识你。我没有邀请其他人，想款待一下自己，享受跟你亲密交谈[1]的乐趣。"

阿申登有礼貌地应了一声，但他的心沉了下去。他无法想象自己如何跟面前这个人独处至少两三个小时——他不得不承认，自己在赫伯特爵士面前一向觉得极其拘束。

门又开了，管家和一个男仆拿着一个非常沉重的银托盘走了进来。

"我吃饭之前总要喝一杯雪利酒，"大使说，"可万一你已经染上了喝鸡尾酒的野蛮习气，我也可以给你一杯他们好像叫作干马提尼的东西。"

阿申登纵然拘束，但在这种事情上，也不能完全逆来顺受。

"我是个跟随时代的人，"他回答，"要是有干马提尼

1　原文为法语：tête-à-tête。

喝，却选择雪利酒，这就跟明明能坐'东方快车'[1]却选择了驿站马车一样。"

这样有一搭没一搭的对话还没说得几句，两扇宏伟的门被打开，听到有人宣布大使阁下的晚餐已经准备好了。他们走进餐厅。这个房间很大，六十个人吃饭都不嫌拥挤，今天只放了一张小小的圆桌，让赫伯特爵士可以和阿申登坐得近些。餐厅里有一个巨大的红木餐具柜，上面摆了好几个硕大的金盘子，柜子上方，正对阿申登挂了几幅卡纳莱托[2]的精美画作。壁炉台上方是维多利亚女王的肖像，看得到膝盖以上的那种，画上女王还是个小姑娘，小小的端庄的脑袋上戴着小小的王冠。侍餐的是那个胖管家和三个身材极为高大的男仆。阿申登有这样的感觉：像大使这样出身高贵的人，很享受那种对自己的奢华生活熟视无睹之感。说他们此刻是在英格兰的一幢乡间大宅子里用餐也无不可；饭前有这样一场仪式，华贵但并不招摇，不过也正因为它是一种传统，才不显

---

1 Orient Express，从巴黎到君士坦丁堡行驶了九十多年（1883—1977）的豪华列车；欧洲第一列横贯大陆的快车，是奢华生活的象征。

2 Canaletto（1697—1768），意大利风景画家，以画威尼斯、英国的风景著称。

得无聊而荒唐。可身在其中的阿申登却体会到了一种久久不散的滋味，那就是他会想到墙的另一侧还是成千上万躁动不安的百姓，随时可能陷入一场血腥的革命，而不足两百英里之外，战壕和掩体中还有人在躲避酷寒和无情的轰炸。

阿申登害怕谈话难以为继是多虑了；他之前还设想赫伯特爵士请他来是为了审问他的那个秘密任务，这种担心也一并打消。大使对待他的方式就如同阿申登是一个带着介绍信前来的英国旅客，而且还是主人很乐意招待的嘉宾。你几乎都快想不起此刻正有一场战争打得如火如荼，但赫伯特爵士也会偶尔提到它，显示自己并没有刻意回避一个沉重的话题。大使会聊起文学和艺术，看得出不但是个勤奋的读者，而且口味博杂；如果阿申登谈起自己认识的作家，而大使只是通过作品了解这个人，那他会像大人物面对艺术家时常常摆出的姿态一样——屈尊示好。（不过有些时候大人物画了幅画或写了本书，艺术家就可以小小地报一下仇了。）他顺口提到过阿申登小说里的一个角色，但除此之外再没有论及客人的作家身份。阿申登对爵士的社交功夫佩服极了。他不喜欢别人聊起他的书，说实在的，他对自己已经写完的书根本不太关心，而且当面接受赞誉和批评都很不好应付。赫伯特·威瑟斯彭爵士一方面展示自己读过阿申登，给足面子，另一方面又闭口不谈对那些书的看法，毫不唐突。他还提到自己职业生涯中被派遣去过的几个国家，也谈起他和阿申登都认识的一些人，不管是在伦敦还是在别的地方。赫伯特爵士很会聊天，言语间带着一点舒服的反讽，说是幽默也不为过，而且也显露出他的聪明。阿申登并不觉得这一餐吃得无趣，但他也没有为之兴奋不已。要是大使不是遇到任何话题都毫无例外地说出那个正确、睿智、合情合理的话来，他或许会更感兴趣一些。阿申登发现要一直跟上这颗卓越的头脑还挺疲劳，他希望对话也能把西服脱掉——只是打个比方——还想把脚放桌上。但这都是不可能发生的，阿申登偶然发现自己在琢磨，晚餐结束之后过多久告辞才不算失礼。十一点钟他还跟赫巴托斯约在"巴黎大酒店"碰面。

晚餐结束，咖啡送了进来。赫伯特爵士懂美食和好酒，阿申登不得不承认这位主人今天表现上佳。酒是和咖啡一起上来的，阿申登喝了一杯白兰地。

"我藏了些很有年份的本尼迪克特甜酒，"大使说，"要不要试试？"

"跟您说实话，我觉得除了白兰地就没有值得喝的酒了。"

"其实我觉得你说的也有几分道理，那既然如此，我一定让你尝尝更好的。"

他吩咐了管家一声，后者很快拿进来一个缠着蜘蛛网的酒瓶，和两个大玻璃杯。

"我也不想说大话，"大使看着管家把金色的液体倒入阿申登的杯中，说道，"但我斗胆揣测，如果你喜欢白兰地的话，一定会喜欢这个。它是我在巴黎做了一小段参赞时弄到的。"

"那我最近跟你的继任者打了不少交道。"

"拜林？"

"对。"

"你觉得这白兰地怎么样？"

"我觉得这酒真是好极了。"

"那你觉得拜林呢？"

这个问题紧跟着前面那个是如此怪异，听上去都微微有些好笑了。

"啊，我觉得他蠢到家了。"

赫伯特爵士靠在椅背上，双手捧着酒杯，好让酒的香气更能散发出来；他缓缓地转头看了看这个宽敞而气派的餐厅。桌上多余的东西都被清空了，阿申登和主人之间只放了一盆玫瑰。仆人们终于离开餐厅时把电灯都关了，此时房间里的光亮只有桌上的蜡烛和壁炉中的炉火。虽然周围依旧空荡荡的，但有一种清淡的温馨。大使的目光落在壁炉上方那幅高贵之极的维多利亚女王的画像上。

"或许吧。"他终于应了一句。

"他以后肯定无法从事外交了。"

"恐怕是这样的。"

阿申登飞快地审视了一番赫伯特爵士，他本以为这是最不会对拜林报以同情的人。

"是啊，照目前的情况，"他接着说道，"我想他离开外交事业是不可避免了。我挺遗憾的。他是个有能力的同行，所有人都会觉得惋惜。我原以为他会很有前途。"

"我也是这样听说的；外交部的人对他评价很高。"

"在这个乏味透顶的行当里，"大使露出了半抹笑容，但气度依然是冷漠、威严的，"他有很多天赋都很有用，他很英俊，是个举止文雅的绅士，法语讲得一流，头脑也很聪明。本来是可以有一番作为的。"

"把这样光明的前程给毁了看来真是可惜。"

"据我所知，他战后准备投身红酒行业。说来也巧，我这瓶白兰地就是从他即将加入的那家公司拿来的。"

赫伯特爵士举杯到鼻子跟前，深深吸了吸酒的香气。然后他看着阿申登。或许赫伯特爵士心里并不是这样想的，但他看人总让你觉得，在他眼里你是一只奇特而恶心的昆虫。

"你见过那个女人吗？"他问。

"我跟她和拜林一起在拉鲁[1]吃过一顿饭。"

"好有意思。她是怎样一个人？"

"很有魅力。"

阿申登嘴上在跟主人形容着那个女子，心里另一部

1　Larue，十九世纪末期、二十世纪上半叶巴黎最有名的餐厅之一，被称为"美食殿堂"。

分却在回想着当初在餐厅拜林引见时，她给自己留下的到底是什么印象。关于这个女人他好几年来听到了太多故事，确实有些好奇。她说自己叫罗兹·奥本，本名是什么几乎没有人知道。一开始到巴黎她是舞团的成员，她们在红磨坊[1]演出，叫"欢乐女郎"。但她非比寻常的美貌很快就让人注意到了，一个有钱的法国制造商爱上了她，给了她一栋房子，送她数不尽的珠宝，但没过多久就再也无法满足她的要求，于是她飞快地更换着情人，一下成了法国最有名的交际花。她挥霍无度，一个个追求者被毁掉也丝毫不放在心上；再如何阔绰的人都难以应付她的开销。阿申登战前见过她一回，看她在蒙特卡洛一口气输了十八万法郎，这在当时可不是小数目。罗兹·奥本那天坐在一张大赌桌旁边，周围全是好奇的看客；如果她扔下的那一沓沓千元法郎都是她自己的钞票，那种镇定自若可真叫人欣赏。

阿申登见到她时，她已经不年轻了，每晚跳舞、赌

---

1 Moulin Rouge，始建于1889年的夜总会，因屋顶仿造的红色风车而闻名，从一开始就是能代表巴黎的演艺场所。

钱，一周基本每个下午都在跑马场，这种放纵的生活她已经过了十二三年；但水灵灵的眼睛周围找不到一丝皱纹，好看的额头上皮肤也是一样光滑紧致，完全看不出岁数。她最让人惊叹的一点，就是在这忘我的纵情声色中日复一日、不知停歇，却依然保有一种清纯的气质。当然这也是她刻意经营的。她身材纤细优雅如同一件艺术品，而不可计数的长裙总是简单到极致，棕色的头发也做成最普通的式样，再配上她椭圆的脸蛋、娇小的鼻子、巨大的蓝眼睛，她无一处不像安东尼·特罗洛普笔下迷人的女主角。她把"留念风格"[1]做到如此出类拔萃，简直能让欣赏者忘了呼吸。她白里透红的肤色也很美好，化妆往往不是出于需要，而是任性。她洋溢着一种带着露珠的天真，有多叫人意外，也就多惹人痴迷。

阿申登当然之前也听说了过去一年拜林成了她的情人，或许还不止一年。罗兹·奥本的名声太恶劣了，所以和她有过情缘的男子都难免受到些不怀好意的关注，但

---

1 The keepsake style，被当时评论者用来指摘女性艺术家那种娇柔的、造作的、多愁善感的风格。

说三道四者这一回显然更有话题了，因为拜林完全说不上有什么钱，而之前能换来罗兹·奥本垂青的，只有真金白银，或者某种能置换它的东西。难道她爱上了拜林？可能吗？虽然听上去难以置信，但还能找出其他的解释吗？当然，拜林这样的年轻人任何女子爱上都不足为奇；他大概三十几岁，人长得很高，英俊之外，有种不同寻常的气度，走在街上时那种潇洒会让路人转过头去看他；不过和大多数英俊的男子不同，他似乎全然不知道自己给别人留下了怎样的印象。自从拜林成了名妓的心上人（比我们英国人说的"情夫"要好听一些）传开之后，他赢得了女性的仰慕和男性的嫉妒；但等到他要娶她的消息传来，拜林的朋友都惊愕不已，而其他人则都是一肚子的坏笑。后来大家知道，拜林的上司问过他这个传闻是不是真的，他承认了。各方都给他施压，让他放弃这个注定结局凄凉的想法。有人指出，一个外交家的妻子有不少社交的义务，罗兹·奥本是无法完成的。拜林的回应是，只要不给他人造成麻烦，他可以随时辞职。所有的劝诫和反对他都随手扫到一边；这个女人他非娶不可。

阿申登初识拜林的时候并无多少好感，他觉得这个人有些冷漠。但工作中机缘巧合，两个人一次次打了不少交道，阿申登发现拜林的距离感只是因为他害羞，相熟之后，阿申登被他性情中的那种少见的温和体贴所打动。不过，他们一直都只是纯粹的工作往来，所以有天拜林提出引见奥本小姐给他认识的时候，阿申登略感意外，不自觉地猜想是不是大家已经开始在避开他了。去了之后他才发现自己收到邀请居然是因为奥本小姐的好奇，他没想到奥本小姐居然有时间读了两三本他的小说（似乎还非常喜欢），但那一晚带给他的惊讶还不止于此。阿申登过的大致是一种宁静、勤勉的生活，所以对于高级妓女的世界还未涉足，那个时期的名妓他也都是只闻其名。因为写了几本书，梅费尔[1]有一些高雅的贵妇他或多或少还是相识的，所以见到罗兹·奥本之后，阿申登感到震惊的是她与那些女士不论在气质和举止之间，都看不出什么差别。或许和那些夫人们相比，她略微更想取悦他人（而实际上她最讨人喜欢的一点也就是会真的关心她的谈话对象），但她的妆容绝对没有更浓艳，而她的

1　Mayfair，伦敦西区高级住宅区；也代指伦敦上流社会。

谈吐也绝不比她们愚钝半分。在她的言语中，唯一缺乏的恐怕只有上流社会最近流行的故作粗俗。或许她本能地不想让那些污言秽语扭曲了自己可爱的嘴唇，或许只有她在内心深处还是个古板的英国女子。显而易见，她和拜林疯狂地相爱着，见了他们的两情相悦你会着实感动的。阿申登跟他们道别的时候和奥本小姐握手；奥本小姐握着他的手，用那双闪亮的蓝眼睛和他对视，说道：

"我们去伦敦住下来之后你会来看我们的吧，对不对？你知道我们就要结婚了。"

"我发自内心地恭喜你。"阿申登说。

"那你要恭喜他吗？"她的微笑是天使的微笑，有黎明的清新和南方春日里那种无法抑制的温柔欣喜。

"你是从来没照过镜子吗？"

阿申登描述那次饭局时（他觉得自己的描述还是颇带着几分幽默的），赫伯特·威瑟斯彭爵士注视着他，冷冷的眼神里自始至终没有闪过一丝笑意。

"你觉得这段婚姻会幸福吗？"他问道。

"不会。"

"为什么不会？"

这个问题让阿申登很惊讶。

"男人结婚的时候娶的不只是他的妻子，还有他妻子的朋友。你有没有想到拜林之后会和什么样的人为伍？浓妆艳抹、坏了名声的妇人，身败名裂的男子，寄生虫，投机者。当然拜林夫妇钱是不缺的，她那些珍珠都值十万英镑，在伦敦某些不容于社会的艺术家中间会是炫目的一对璧人。你听说过'社会的金穗边'这一说吗？一个品行不佳的女子如果嫁了人，她会赢得自己圈子的钦佩，因为她的计谋成功了，她逮住了一个男人，变得体面了，但他——那个男人——却只能赢得嘲笑。甚至她的那些朋友，那些养着舞女的老婆娘，那些都着小商贩当托儿，拿百分之十回扣的朝不保夕的烂人，甚至这些人都会看不起他。他是那个上当的笨蛋。相信我，要在这样的生活中不显得狼狈，要么性格极其高贵，要么就脸皮厚得无与伦比。除此之外，你觉得他们能坚持多久？一个女人带着那么放荡不羁的过往能安心过居家的日子吗？过不了多久她就会觉得无聊，想要些变化了。另外，爱情能持续多久？等拜林不再喜欢她，把到时候拥有的人生和本可以拥有的人生相比照，他心里会多么苦涩。"

威瑟斯彭又抿了一口他的陈年白兰地，抬头看阿申登的时候表情很有趣。

"我倒觉得更有智慧的男人或许就该心里想做什么就不计后果去做。"

"那大使的工作一定让你乐在其中了。"阿申登说。

赫伯特爵士微微一笑。

"拜林其实让我想到了我在外交部当小职员的时候认识的一个家伙。名字我就不说了，他现在已经非常知名，而且备受尊敬。他的事业大大地成功了。成功这件事总有一点荒唐的成分。"

这句断语似乎不像是从赫伯特·威瑟斯彭爵士嘴里说出的话，让阿申登抬了抬眉毛，但他没有开口。

"他是跟我同级别的职员，聪明极了，我想当时没有谁会否认他的聪明，而且所有人也都预测他会前程似锦的。我敢说他具备一个外交家的所有资质。他来自一个军人和海员的家庭，一点也谈不上显赫，但是个极其正派、体面的人家，他也知道如何在上流社会里既不冒失，也不畏缩。他看了很多书，对绘画感兴趣。我敢说当时大家看他还是有点滑稽的，因为他想跟上潮流，特别怕自己不'当代'，那时大家还不太知道高更和塞尚，他就对他们的作品赞不绝口。或许这种做派里是有些自命不凡，迫切想让古板的人手足无措一番，但他对艺术的尊崇是真诚的。他热爱巴黎，只要一有机会就跑去住在拉丁区的一家小旅店里，这样他就可以和画家、作家混在一起了。这些个有文化的人照例是对他有些居高临下的，因为他只不过是个外交官，还难免拿他藏不住的绅士做派开他玩笑。但那些人也很喜欢他，因为他永远乐意听他们的长篇大论，他们也很愿意承认，虽然他称赞这些人的作品时依然是个门外汉，但他直觉不错，能喜欢'正确的玩意儿'。"

这其中的嘲讽阿申登听出来了，听到大使顺带攻击了他的整个行当，阿申登还微微笑了笑。他在琢磨大使这一段冗长的描述是在铺垫什么。赫伯特爵士越说越细致，一方面是似乎他很喜欢这段故事，但另一方面是因为他不知为何犹豫着不肯说到重点。

"但我的这位朋友，他没有太把自己当回事。那些年轻的画家和无名的写作者会把大牌贬得一文不值，而他们热烈推崇的名字是唐宁街那些一本正经却也喜好文艺的秘书们从来都没有听过的，这时他就张大嘴巴听得很高兴。其实他心底也知道这些人大致是些无甚可观的二流货色，每次回伦敦上班时都没有什么不舍，就感觉自己是看完了一场古怪但又好玩的舞台剧，现在幕布落下，他就该回家了。我还没告诉你他是个很有雄心的年轻人。他知道朋友们都期待他干出了不起的事情来，他也没想过要让他们失望。对自己的能力他一清二楚，成功在他的计划之中。可惜他没有钱，一年只有几百英镑的收入，不过父母都过世了，也没有兄弟姐妹，他明白没有亲属的牵绊也可以成为他的优势，日后经营起对自己有利的人脉就没有限制了。你听上去觉得他是个讨厌的年轻人吗？"

"不会，"阿申登回答这个突如其来的问题，"大多数聪明的年轻人都知道自己聪明，他们在盘算未来的时候也一般都会有些犬儒。年轻人有野心总没有什么错。"

"这就说到我这位朋友有一回跑去巴黎的时候认识了一个年轻的爱尔兰画家，叫奥马利，很有才华。他现在已经是英国皇家艺术院的会员了，给大法官和内阁成员画肖像，开价不菲。不知道你记不记得他给我太太画的一幅，几年前展览过。"

"画我不记得了，但这个名字我听说过。"

"我太太特别喜欢这幅画，他的画技在我看来是很高超的，作品都很悦目。他几个姐妹在他的画布上都栩栩如生，让人赞叹。他画大家闺秀，你一眼就能看出她的出身和教养，知道那不是一个下三滥的女子。"

"这种才华一定很受欢迎，"阿申登说，"他能不能画一个荡妇也让人一眼看出来呢？"

"他可以。当然，他内心自然是不希望画那样的画了。他那时住在夏榭米迪街一间又小又脏的工作室里，跟他同居的就是你刚刚提到的那样一个娇小的法国女子，他画了几幅她的肖像，惟妙惟肖。"

在阿申登听来，似乎赫伯特先生在描绘许多不必要的细节，听到现在，这个关于他朋友的故事似乎根本就没有重点，阿申登开始琢磨是否那个所谓的朋友就是大使自己。他开始听得更仔细了。

"我那位朋友挺喜欢奥马利，他是那种啰嗦但不烦人的类型，有爱尔兰人瞎扯的天赋，相处起来很愉快。他可以不停地说话，而且在我那位朋友听来，说得才华横溢。奥马利作画的时候，我朋友喜欢在工作室里坐着，就听他一刻不停地聊着自己的绘画技巧。奥马利一直说要给我朋友画一幅肖像，他的虚荣心就被勾起来了；奥马利觉得我那位朋友长得仪表堂堂，画了之后展出会对画家有帮助，别人看到会认为至少画出了一个绅士的样子。"

"顺便问一句，这都是什么时候的事？"阿申登问。

"哦，三十年前……他们那时也会聊起未来，奥马利说他给我这位朋友画的肖像很适合放到国家肖像艺术馆[1]，不管我那位朋友当时是如何谦虚的，其实在他心里也认为自己的肖像一定会出现在那里。一天傍晚我那位朋友——我们叫他布朗好吗？——坐在工作室里，奥马利拼了命地想借着最后的日光完成一幅他情人的画像，当时要送到沙龙去，现在这幅画挂在泰特美术馆[2]里。这

1　National Portrait Gallery，位于伦敦特拉法加广场边，自1856年面向公众开放，以收藏众多世界名人的画像、照片、素描和雕塑作品著称。

2　Tate Gallery，位于伦敦的艺术博物馆，约从1870年开始收藏英国绘画和雕像，以及现代英国和欧洲艺术的国家级藏品。

时奥马利问布朗是否愿意跟他和他的情人一起吃饭。他情人——哦，他情人名叫伊冯——伊冯有个朋友也会一起来，就希望布朗能加入，凑足四个人。伊冯的这位朋友是个杂技演员，奥马利很希望她能给自己当一回裸体模特。伊冯说这位朋友身材好极了。她看过奥马利的作品，可以答应当这个模特，这次聚餐就是来定这件事的。她很快会在喜乐剧场[1]表演，但当时正好空闲，能帮朋友一个忙，再挣点小钱，何乐不为。布朗从来没有和杂技演员打过交道，觉得挺有意思，就答应了。伊冯暗示，布朗可能会觉得那个姑娘合他的口味，还担保说，如果布朗喜欢她，一定会发现那姑娘是很好说动的。凭着布朗的气派和英式装束，她会觉得是遇到了一个英国贵族。我那位朋友笑了笑；这种话他不会当真的；就回了一句：'这种事可说不准。'伊冯调皮地跟他使了个眼色。布朗继续坐着。当时是复活节前后，春寒料峭，但工作室里却有一股让人自在的暖意。虽然这里很小，到处乱糟糟的，窗棂积了厚厚一层灰，却能让你感到亲切和温馨。

1　Gaietés Montparnasses，蒙帕纳斯喜乐剧场，1868 年开始营业。

布朗在伦敦的韦弗顿街有一个小公寓，墙上挂着一流的"美柔汀"版画[1]，不同地方还摆着好几件久远的中国陶器，但在他那个品位不差的客厅里，为什么完全没有家的舒服，也没有在这个混乱的工作室里能找到的那种浪漫？

"这时门铃响了，伊冯把她那位朋友领了进来。听介绍，她的名字叫'艾丽克丝'，她跟布朗握了握手，用的那句寒暄有种虚假的客套，让人想到烟草亭里面的胖女人。她披着一条仿制的貂皮长披风，头上戴着一顶巨大的鲜红色的帽子。这个女子看上去粗俗到难以想象。她甚至长得也不好看。脸又宽又扁，嘴巴太大，鼻孔是翻起的；一双灰蓝色的大眼睛。她头发又多又密，但那金色显然是后天染的；脸上的妆也很浓。"

阿申登再不怀疑威瑟斯彭在讲述自己的经历，否则过了三十年他绝不可能记住那个年轻女子的帽子和外套，大使未免太过天真，以为这么一层薄薄的掩饰就能遮蔽

---

1 Mezzotint，铜版画的一种制版法，可以表现出很多柔和的明暗层次，历史上一直被用于复制油画和肖像。

真相，阿申登不由得觉得好玩。他又不自觉地猜测故事的结尾，想到这样一个冷漠、卓越又精致的人或许有段激动人心的过去，一下来了兴致。

"她开始跟伊冯聊天，奇怪的是我的这位朋友发现她有一个特质非常迷人：她的声音粗哑、低沉，就像刚从一次重感冒中恢复，可听在耳中却格外舒服。他问奥马利她本来嗓音就如此吗？奥马利说自打他认识艾丽克丝起，她说话就是这样的；他称之为'威士忌嗓'。然后奥马利又把布朗的话告诉了艾丽克丝，她的大嘴绽开一个笑容，说这嗓音不是因为喝酒，而是经常倒立的缘故——这是她们这个行当的害处之一。然后他们四个人去了圣米歇尔大街一个糟糕透顶的小餐厅，包括红酒在内只花了两块五法郎，但我的这位朋友吃得比在萨沃伊¹或凯莱奇²的哪一顿都要香。艾丽克丝是个话很多的年轻人，用她那浑厚的喉音聊起当时五花八门的新闻轶事，布朗听

1　Savoy，位于伦敦西区，可欣赏泰晤士河景，自1889年开业一直是伦敦最著名的酒店之一。

2　Claridge's，伦敦梅费尔区的五星级酒店，长年来受王室眷顾，被称为"白金汉官"的附属建筑。

得津津有味，甚至有种不可思议的感觉。她熟练运用俚语、俗语，虽然有一半听不懂，但布朗还是能被它们那种鲜活的粗鄙逗乐。那是种柏油被晒烫之后的刺鼻气味，是廉价酒馆里的锌皮吧台，是巴黎穷人区喧闹的广场。那些贴切、生动的比喻都带着一股能量，如同香槟带着那股酒劲冲进他贫弱的大脑。她是个街头流浪儿没错，事实如此，但她有种生命力像熊熊的大火一样温暖着你。他意识到了伊冯已经告诉她，自己是个没有家室又很有钱的英国人；他看到艾丽克丝在打量自己，还听到半句话：'他还不错'，但假装什么都不知道。那半句评论让他隐隐地觉得好玩：他的确也同意自己不那么糟糕。有些话她们说的比这还直白一些。艾丽克丝并不怎样理睬他，实际上，他们在聊的事情布朗都知之甚少，最多只能当个聪明的听众；但时不时她的目光会在布朗身上停下，很快地舔一圈嘴唇，似乎在说布朗想要什么，只需开口便可。他在心里耸了耸肩。艾丽克丝看上去很健康，又年轻，有种让人愉悦的活力，但除了那沙哑的嗓音似乎没有什么格外吸引人之处。但能在巴黎留下一小段情史的确不是让他嫌恶的想法，生活本该如此，而且她是个歌舞厅的演员也多少让他觉得颇为有趣：等他到了中年回忆起曾和一个杂技演员交好，无疑能排遣片刻的无聊吧。是拉罗什富科[1]还是王尔德说的：年轻时要犯些错，老了才有东西去后悔？晚餐结束（他们喝着咖啡和白兰地一直坐到很晚），大家走到街上，伊冯提议他应该送艾丽克丝回家。他说他很乐意。艾丽克丝说她住得很近，两人就走去了。她告诉布朗，她自己有个小小的公寓，虽然大部分时间自然都在巡演，但她喜欢有个自己的住处，女人嘛，你也知道，总得能置办起一个家，否则没人会高看她一眼；很快在一条破败的街上他们到了一幢简陋的房子前。她按铃让门房来开门。她没有劝他进去。布朗吃不准她是不是觉得这是顺理成章的事。他羞怯得不知该怎么办，绞尽脑汁也想不出能说什么话。两人都沉默着。那场面太荒唐了。咔嚓一声，门开了；她期待地看着布朗，不明白现在是怎么回事；而害羞如同海浪一般掩过他。这时她伸出手，感谢他送她到家，跟他道

---

1 La Rochefoucald（1613—1680），法国作家，贵族出身；他以警句形式写成的《箴言录》是法国文学的经典。

别。布朗紧张极了，心怦怦跳着。要是她请他进去，他会答应的。他在寻找她希望他进门的信号。他跟她握了手，道了别，抬了抬帽子，走了。他觉得自己蠢到家了。他睡不着，辗转反侧，想到在她心里，自己一定是怎样一个笨蛋；他好盼着天快亮，就可以一点点去消除他给艾丽克丝留下的可悲印象。他的自尊遭了重创。刻不容缓，他十一点就去邀请她共进午餐，但艾丽克丝不在家；他送了一些花过去，晚些时候又去拜访了一次。艾丽克丝回来过，可是又出门了。他去找奥马利，寄希望能碰巧遇到她，但她也不在画室。奥马利逗他，问昨晚怎样。为了面子，他说自己最后认定实在对这个女子无甚好感，就绅士派头十足地道别了。但他又感到不安，觉得自己这套说辞一下就被奥马利看透了。他给艾丽克丝发了一封气流信[1]，请她第二天一起吃饭；她没有回。他想不明白了，问了十几次自己酒店的门房，有没有收到寄给他的东西，最后，快到晚餐时间，几乎是在绝望的挣扎中，

---

1 Pneumatique，在巴黎地下的轨道中靠气流推送的邮递系统，正常情况下任意两点之间的通信都可在两小时内收到。

他去了艾丽克丝的住处。门房说她在家，他就上了楼。他很紧张，很想摆出一副怒气冲冲的架势，因为她实在太不把自己的邀请当回事了，但同时他又很想表现出无所谓的样子。到门房指点的房间要爬四层楼梯，楼道又暗又臭，到了地方他按响门铃。很快门就开了。他百分之百确定艾丽克丝根本没认出他是谁。这一下着实意外，把他所有的自傲都摧毁了；但他还是兴高采烈地假笑着：

"'我来是想问问你是否晚上愿意跟我一起吃饭。之前给你寄了一封气流信。'

"这时艾丽克丝认出他来了。但她站在门口，并没有请他进去。

"'啊，不行，今天晚上没法和你一起吃饭。我头疼得厉害，就要睡觉了。我把你的气流信弄丢了，也忘了你叫什么名字，所以没有办法回你。谢谢你送的花。你真的很客气。'

"'那明天晚上行不行？'

"'正好不巧，我明天晚上约了人。很抱歉。'

"话已至此就没有什么可说的了。他没有勇气再问她其他的问题，只好道别、离开。他总觉得艾丽克丝并不是生他的气，而是完全忘记了他是谁。真是丢脸至极。之后他没有再见过她，回到了伦敦，心里奇怪地好像缺了什么一样。他完全没有爱上那个女子，对她多半只是恼怒，但他就是没法忘了她。他足够坦诚地意识到自己的痛苦只是自尊心受伤罢了。

"在米歇尔街的小餐馆吃饭的时候，她提到过她的舞团春天会来伦敦；于是在给奥马利的信中，他有一次就漫不经心地多加了一句话，大意是，如果奥马利那位年轻的朋友艾丽克丝到了伦敦，他（奥马利）不妨知会他一声，他可以去看看她。他希望从她那张伶俐的嘴里听到她怎么评价奥马利给她画的裸体像。画家隔了一段时间之后回信，告诉他一周之后艾丽克丝会在埃奇韦尔路的'大都市剧场'[1]表演；布朗感到脑袋里一阵血气上涌。他去看了艾丽克丝的表演。还好那天早些时间去那里看了一眼节目表，否则可能就错过她了，因为艾丽克丝被

1　The Metropolitan Theatre，这个地址十六世纪开始是一家旅店，十八世纪用作表演场馆，经过多次更名和改建，1897 年成为了"大都市剧场"。

排在第一个出场。和她一起表演的有两个男人，一胖一瘦，都留着大大的八字须。他们穿着不合身的粉色紧身衣，外面套着绿色丝绸短裤，在两张并列的弹跳床上做着一些动作，艾丽克丝则轻快地绕着舞台蹦蹦跳跳，给两个男演员递擦手的毛巾，偶尔还会自己来个空翻。当那个胖演员把瘦演员举到肩膀上之后，艾丽克丝爬到瘦演员肩膀上，朝观众飞吻。他们还骑着低座自行车做了一些表演。好的杂技经常让人觉得优雅，甚至觉得美，但这个表演是如此粗糙和俗套，我那位朋友实实在在地替演员们尴尬。看到成年人在公共场合出丑连观众也会觉得有些羞耻。可怜的艾丽克丝穿着粉色的紧身衣和绿绸短裤，一脸僵硬、虚假的笑容，看上去是如此怪异，布朗想不通当初在她公寓门口没被认出来的时候，自己怎会感到半分的不悦？但结束之后他还是在心里带着恩赏的姿态耸了耸肩，去剧场后门给了看门人一先令，让他把自己名片递给艾丽克丝。过了几分钟，艾丽克丝出来了。她见到布朗似乎很高兴。

　　"'啊，在这个凄惨的城市能见到一张熟人的脸真是太棒了，'她说，'啊，现在你可以兑现那一顿在巴黎想请我吃的饭了。我就要被饿死了。演出之前我从来不吃东西。他们居然给了节目表上这么差的位置，你想得到吗？这是对我们的侮辱。不过明天我们就要见经纪人了。要是他们还想这么欺负我们那可就大错特错了。啊，不行，不行，就是不行！还有，这观众也是见鬼了，一点热情也没有，一点掌声也没有，完全没反应。'

"'我那位朋友哑口无言。难道她是真心地热爱自己的那个表演吗？布朗几乎要放声大笑了。可艾丽克丝那个粗嘎的嗓音还是让他心里生出一种怪怪的回应。她通身都穿着红色，帽子就是当初第一回见到戴的那一顶。这身打扮太招摇了，布朗可不想带她去哪个会碰到熟人的地方，就提议去苏荷区。那时候还得到双轮双座马车，要我说，这种车比现在的出租车更方便谈情说爱。我那个朋友伸手搂住艾丽克丝的腰，吻了她。艾丽克丝很平静，不过他也没有因此心情激荡。到了餐桌上，我的这位朋友很是殷勤，艾丽克丝也善解人意地配合着；但等到起身要走，他提议艾丽克丝应该去他在韦弗顿街的公寓转转时，她说有个朋友跟她一起从巴黎过来，十一点一定要碰面——她能和布朗一起吃饭也是因为她那个同伴有生意上的事必须赴约。布朗很气恼，又不想显露出来。沿沃德街[1]往前走的时候（因为她说要去莫尼克咖啡馆），她看到当铺的珠宝橱窗里一个手镯兴奋异常，那个首饰是用蓝宝石和钻石做的，布朗觉得粗俗不堪，问她想不想要。

"'可上面标价是十五英镑啊。'她说。

"他走进店铺，把手镯替她买下了。她很高兴。还没走到皮卡迪利广场的时候，她让布朗不要再跟她同行了。

"'我跟你说，亲爱的，'她说，'我在伦敦不能跟你见面，因为我那个朋友，他的嫉妒心比狼还可怕，这也是为什么你现在先走更保险一些。不过我下周会在布伦演出，你能来吗？我到时是一个人。我那个朋友住在荷兰，他一定得回去的。'

"'行吧，'布朗说，'我会来。'

"去布伦的时候——他有两天的假期——布朗心里只有一个念头，就是修复自己尊严所受的创伤。他会如此在意这件事也很奇怪，我敢说在你眼里这根本难以解释。

1　Wardour Street，伦敦专营真假古董的一条街道。

可他只是无法忍受艾丽克丝把他当成傻瓜，他觉得只要把她的这个印象消除，以后他就可以再不理会这个女子了。他还想到了奥马利，想到了伊冯。艾丽克丝肯定把事情都告诉了他们，布朗想到自己打心眼里鄙视的人却在背后笑话他。你觉得他可怜吗？"

"天呐，不可怜啊，"阿申登说，"折磨灵魂的激情中最凶残、最普遍、也最难以根除的就是虚荣了，只要是不糊涂的人都知道这一点，也正是因为虚荣，大家才不肯承认它的可怕。虚荣比爱更能让人忘我。马齿渐长至少一点仁慈，就是你可以打响指赶走爱的可怕和奴性，但年岁无法让你摆脱虚荣的桎梏。时间可以减轻爱的刺痛，但尊严受伤的煎熬只有死亡才能平息。爱很单纯，它不会去搜寻花招和诡计，但虚荣能用一百种伪装来欺骗你。它是所有美德的基本成分：它是勇气的源泉，是雄心的支撑；它让恋人忠贞，让苦行者忍耐；它让艺术家成名的渴望更炽热，对于正直的人它又同时成为支持和回报；甚至在圣人的谦卑中，你也能看到它目空一切的奸笑。你逃不掉的，如果你费尽心机想要提防它，它就借用那些'心机'让你栽跟头。对于它的冲击，你根本就无法防御，因为你根本就不知道它会从哪一侧攻来。真诚不能让你避开它的陷阱，幽默也不会帮你抵御它的嘲笑。"

阿申登停了下来，不是因为他把话都说完了，而是因为他已经有些气喘吁吁。他还注意到大使现在更想表达而不是听讲，虽然表面客气，但耐心就快要耗尽了。不过他这番长篇大论更多是为了自娱，而不是启迪、教化这位主人。

"还得说，是虚荣让一个人可以支持他可鄙的同类。"

赫伯特爵士沉默了一会儿。他怔怔看着前方，就像有些痛苦的思绪正徘徊在记忆中一条遥远的地平线上。

"我那个朋友从布伦回来的时候，他知道自己已经疯狂地爱上了艾丽克丝，而且两人约好两周之后在敦刻尔克见面，因为她会在那里表演。这两周布朗的脑海中再没有别的事，出发前一晚，想到这一回见艾丽克丝不过三十六个小时，他没有睡着，那股吞噬他的激情竟强到这种程度。之后他还去巴黎找她，只过了一夜，而艾丽克丝要放假一周的时候，布朗说服了她来伦敦。布朗知道这个女人不爱他，自己只是千百个男人中的一个而已，她也没有隐瞒除了布朗她还有别的情人。他因为嫉妒而饱受煎熬，但知道自己一旦表露，只会引来她的奚落和不快。她对布朗一点爱意都没有。她不讨厌这个男人只是因为他是绅士，而且衣服穿得考究。她挺愿意当他的情妇，前提是布朗不要提一些烦人的要求。但也仅此而已。布朗的经济状况不足以让他开出什么了不起的条件，可就算布朗有了钱，艾丽克丝也会拒绝的，因为她很看重那份自由。"

"不是还有那个荷兰人吗？"阿申登说。

"那个荷兰人？纯粹就是子虚乌有。当时她大概出于某种原因不想被布朗打搅，就随口编造出这么一个人来。谎言多说一个少说一个对她来说有什么两样呢？不要以为他不曾反抗自己的激情。他知道这是疯狂的；也知道长此以往对他而言一定是灾难。对艾丽克丝他也没有幻觉，明白她是一个平庸、粗鄙、庸俗的人。布朗感兴趣的事没有一样可以跟她交流，而艾丽克丝也不会勉强去聊那些事，她认定自己的任何遭遇布朗一定会关心的，没完没了地谈起她和同行的口角，和经理的分歧，和旅店管理员的争执。她说的这些都让他觉得无聊至极，但艾丽克丝的粗哑嗓音还是让他心跳不已，有时甚至觉得都快要窒息了。"

阿申登坐在椅子里有些不自在。这是一张谢拉顿椅子[1]，看着漂亮，但太硬太直，他在期望赫伯特爵士能想起去另一间屋子，那里的沙发舒服多了。现在已经再明显不过，那个故事里的主人公是大使自己，阿申登只觉得如此袒露灵魂有一种不得体。这份强加给他的人生秘密他并不想要。烛光虽然半遮半掩，还是看到大使惨白的面色，狂热的眼神，在这个冷漠、沉静的人身上有种说不出的吓人。大使给自己倒了一杯水；他的嗓子已经干到几乎说不出话来，但还是毫不留情地继续道：

"最后我的那位朋友还是振作起来了。这场污秽的地下恋情让他自己也恶心起来，这其中没有丝毫的美，只有羞耻，而且根本不会有结果。他对那个女子的渴望和那个女子一样粗鄙。正巧艾丽克丝要跟着她的舞团去北非半年，至少在这半年里，布朗是肯定见不到她了。他下定决心一定要就此了结，不过想到艾丽克丝对此一定

1　谢拉顿（Sheraton）家具式样的特点是线条平直、简朴雅致。

毫不在意，他心里还是苦涩的；或许三周之后她就忘了有自己这样一个人。

"这时又出现了另外一个情况。他跟一对夫妻走得很近，他们在社交和政治圈的人脉对他至关重要。他们有个独生女，也不知为何，就爱上了他。她完全是艾丽克丝的反面，真正的英国姑娘的那种美，蓝色的眼睛，白里透粉的脸颊，金发，身材高挑；她简直像是从杜莫里哀[1]给《笨拙》画的漫画中走出来的。她很聪明，读了很多书，而且从小在政客间长大，所以聊得来很多布朗感兴趣的话题。他也有理由相信，要是求婚的话，那个姑娘是会答应的。我跟你说过，我这位朋友很有抱负。他知道自己是有些才干的，只需要一个施展的机会。那个姑娘联系着英格兰几个最有声望的家族，布朗不笨，当然清楚这样一段婚姻会让他的仕途畅通百倍。这个机会太宝贵了。而想到可以把那段丑恶的故事抛下，可以不用再被欲望驱使一次次无济于事地以头撞墙——一堵表

1　George du Maurier（1843—1896），英国漫画家和小说家，经常在《笨拙》等杂志发表素描作品，以漫画式的手法刻画维多利亚时代。

面愉悦但内心冷漠的墙，一堵并无坏心但也毫无情趣的墙——而是面对一个真正在意自己的人，这是何等的幸福！每次布朗进门，见到那个姑娘的脸孔突然有了光彩，他怎能不得意，不感动呢？那的确还称不上爱，但他觉得那个姑娘很有魅力，而且他也想忘了艾丽克丝和因为她而过上的这种粗鄙生活。终于他下定了决心。他求婚了，那个姑娘也接受了。女方的家庭十分欣喜。不过她父亲为了些政事要去趟南美，整个夏天都跟妻女一起在那边度过，所以婚礼就放在秋天。我的朋友布朗要从外交部调去国外，说里斯本有个职位空出来了，要他即日赴任。

"他把自己的未婚妻送走之后，也不知是哪里出了差池，本要他去里斯本接任的同事还要在岗位上多待三个月，于是他就突然有了三个月无所事事的假期。正当他在做打算的时候，收到艾丽克丝一封信。她就要回法国，已经定好了巡回表演的行程；她把长长的一串地点告诉了布朗，还用她那友好却也随意的腔调写道：如果他能跑来找她，他们可以高高兴兴玩个一两天。这时一个疯狂的、罪恶的念头占据了他。如果她急切地盼望着他去，或许他能拒绝，可那种轻描淡写、就事说事的不在乎把他击中了。突然他很渴望见到她。她的粗俗低劣已经不重要，这个女人已经在他骨子里，这是他的最后一次机会了。再过不了多久，他就要结婚。错过了这次，就没有下回。他去了马赛，艾丽克丝从突尼斯坐船来，一下船他就在那里等她。艾丽克丝见到他时那种喜悦让布朗兴奋不已。他知道自己依旧爱她爱得发疯。他告诉艾丽克丝三个月之后他就要结婚了，恳求在他最后的自由时光里，能拥有艾丽克丝的陪伴。她拒绝放弃自己的巡演。不顾自己同伴的死活怎么可以？他提出给她的同伴一些补偿，她听都不要听；他们一时间肯定找不到可以替代她的人，好的表演机会抓住了，说不定就会有别的邀约，所以他们哪个也放弃不得；他们都是些正经人，不喜欢爽约，对经理们要负责，对公众也要负责。他很气恼，自己的幸福快乐就毁在这破巡演上，太可笑了。三个月之后呢？她到时会如何？啊，这样不行，他所提的要求已经不讲道理了。他把自己对艾丽克丝的喜爱统统说了出来；直到此时他才明白自己爱她爱得是如此疯狂。那好吧，她说，你干吗不跟着我们一起去巡演呢？她挺喜欢有布朗陪着；他们可以高高兴兴地过上三个月，然后他就可以娶他那位千金小姐，大家谁都不欠谁的。他确实迟疑了一下，但重新见到了艾丽克丝，他无法忍受这么快就分离。他同意了。这时她说道：

"'但你听我说，亲爱的，到时你可不能头脑发热，知道吗？要是我太"藏着掖着"经理不会高兴的，我也得替自己的事业着想，要是剧院的老主顾我都得罪了他们就不会再请我回去了。也不会太频繁，但我如果看得上哪个人要去陪陪他，你可不能跟我闹。那都是工作，没有意义的，你才是我的"心上人"。'

"他心头一阵难以名状的剧痛，我想他一定脸色苍白到艾丽克丝以为他要昏过去了。她用一种古怪的目光打量着他。

"'条件就是这样，'她说，'你要么接受，要么就算了。'

"他接受了。"

赫伯特·威瑟斯彭爵士坐在那里，身子往前探，脸上白得连阿申登也觉得他要昏厥。他的皮肤全绷紧在面部的骨骼上，看上去像个骷髅，可额头的血管却又一根根凸起像麻绳。他已经把所有顾虑都抛开了。阿申登又期望他能收住，因为眼睁睁看一个人袒露灵魂让他羞怯、紧张：把自己如此不堪的状态呈现给另一个人看——谁也没有这样的权利。他几乎想喊出来：

"别说了，别说了，你不能再说下去了。你会觉得太羞耻的。"

但这个人已经不知何为羞耻了。

"接下去三个月，他们一个接一个小镇赶着去表演，在肮脏的旅店里同住在一间恶心的卧房；艾丽克丝不让布朗带她去好的酒店，说她自己没有合适的衣服，还是这样的旅馆她更习惯和自在些；她也不想让同行说她摆谱。布朗在破落的咖啡馆里一坐就不知要等到何时。舞团里的人把他当兄弟看待，直呼其名，拍他的背，跟他开粗俗的玩笑。他们太忙的时候，布朗还会替他们跑腿。他在经理的眼神中读出了善意的鄙夷，也不得不忍受场工对他的轻慢。他们总是买三等座，他就要帮忙搬行李。他热爱阅读，但那时就没有碰过书，因为艾丽克丝觉得看书无聊，看书的人只是在装腔作势。每天晚上他都要去剧场看那几段让人害臊的诡异表演。艾丽克丝一直觉得自己的表演是艺术，这个可怜的误会布朗也得一直配合着，演得成功他得祝贺，某个展现身轻如燕的动作出了差错，他还得安慰。演出结束，她换衣服的时候布朗就去咖啡馆等着，有时候她会匆匆忙忙进来告诉他：

"'今天晚上别等我了，我的心肝。我有事。'

"然后他就会被嫉妒折磨；他从来不知道一个人竟能痛苦成那样。艾丽克丝回旅店一般都三四点，问他怎么还不睡觉。睡觉？那样的痛苦啃噬着他的心，怎么睡得着？之前他答应过不干涉她，他没有做到。那些闹脾气的场面实在可怕，有时候他还会动手。艾丽克丝也会失去耐心，说她已经受够了布朗，收拾东西要走，这时布朗会连滚带爬地求饶，说自己什么都答应，怎样都愿意，宣誓只要艾丽克丝不抛弃他，任何羞辱他都接受。那种丢人的场面真是惨不忍睹。他太痛苦了——痛苦吗？不是的，他还从来没有像那样快活过。他的确是在阴沟里打滚，但他乐在其中。啊，在那之前的人生是如此无趣，而此时的活法充满了惊喜和浪漫。这才活得真切。那个嗓音嘶哑、肮脏丑陋的女子，她的活力散发着那样的光芒，她对生活的热情是如此炙热，连布朗的生命都随之生动起来。在他看来，这确实就是用一种纯粹的、如宝石一般的火焰在燃烧[1]。现在大家还读佩特吗？"

"不知道，"阿申登说，"我不知道。"

"那样的日子只有三个月。啊，那是多么的短暂，一周一周的是那样飞快地过去了！有时候他的心思狂野起来，想过抛弃一切，把自己的人生就交给这些杂技演员算了。他们也挺喜欢他，说只需要稍微练一练，他就也能上台了。布朗知道这些话多半是玩笑，不能当真，但那个想法的确让他动过心。当然，他还是明白，这终究是幻念，不会成真的，三个月之后他自然要回归自己的生活，履行自己的职责，这一点他从来没有真正动摇过。他的头脑一直都还是冷静、理性的头脑，深知为一个像是艾丽克丝那样的女人放弃一切是荒唐的；他有抱负，他想要权力；另外，那个爱他、信任他的可怜姑娘，他也没法就这样让她心碎。未婚妻每周都给他写信，她想

1　沃尔特·佩特（Walter Pater, 1839—1894）在《文艺复兴史研究》"结语"中的名句："永远以这样坚硬的、如宝石般的火焰燃烧，维持那样的狂喜，是生命的成功。"该作品对唯美主义运动和后世相关文艺流派有深远影响。

赶快回来，这种等待让她觉得漫无尽头，而他呢，他私心里只希望那边有什么变化能推迟她返程。要是再给他哪怕一点点时间也好！或许再这样过三个月，他就能从这段痴恋中醒来了。现在他已经时不时会讨厌起艾丽克丝。

"最后一天到来了。他们彼此之间似乎也没有什么话要说。两个人都是忧伤的；但他知道艾丽克丝只是遗憾一种愉快的习惯要终止了，但二十四小时之后，她又会在另一个偶然结识的同伴身边喜笑颜开，就像布朗从未出现过一样。他只能想到，明天他就会去巴黎见到他的未婚妻和她的父母。最后一晚，两人抱着哭泣。要是艾丽克丝要他留下来，有可能他就会答应的；但艾丽克丝没有，这种要求她压根没有想到过，布朗要走对她来说是无法更改之事。她哭也不是因为她爱布朗，而只是因为布朗很难过。

"第二天一早，她睡得太沉了，他不忍心叫醒她道别，拎着包，悄声出了房间，坐火车去了巴黎。"

阿申登把目光转开了，因为他看到有两颗泪水出现在威瑟斯彭的眼眶里，接着又从他脸颊上滚落。他甚至丝毫未加遮掩。阿申登又点了一支雪茄。

"他们在巴黎见到布朗的时候都不禁惊呼起来，说他看上去像个鬼魂。布朗告诉他们自己病了，之所以一点都没透露是怕他们担心。他们对布朗关怀备至。一个月之后，婚礼就举行了。布朗确实过得很好。他获得不少出人头地的机会，这些机会他也的确没有错过。在仕途上，他的一帆风顺是让人赞叹的。他一直想要的成家立业——井然有序的家庭和非同凡响的事业——都有了。他也获得了自己一直渴望的权力。他确实有无数荣誉加身。他的成功人生确实有成百上千的人在羡慕。但这些都不过是尘土。他心里只觉得无聊，无聊到要发狂；他那个高贵、美丽的妻子让他觉得无聊，那些他不得不一同生活的人让他觉得无聊；他演的是喜剧，但无休无止地戴着面具似乎是任何人都难以承受的，有时候他的确觉得再也无法坚持。但他还是在承受着。有时候他对艾丽克丝的想念是如此猛烈，会觉得与其承受这样的痛苦，还不如一枪了结自己。他后来再也没有见过艾丽克丝。一次也没有。从奥马利那里听说，她结婚了，离开了舞团。现在她想必是个肥胖的老女人了，不过这些也无关紧要。只是他浪费了自己的生命。他从来没让那个嫁给他的可怜人高兴过。这么多年了，他其实除了可怜什么也给不了妻子，我不知道这一点他是如何掩饰的。有一次在煎熬之中，他把艾丽克丝的事情告诉了她，后来妻子因为妒忌常常用这件事来折磨布朗。他知道自己不该娶她的；当时坦白自己无法承受这段婚姻，她一开始纵然伤心，六个月之后也就释怀了，最后会高兴地成为别人的妻子。对她来说，布朗的牺牲一点意义也没有。人生只有一次，这个念头时常纠缠着他，而想到他已经把生命虚掷，又叫人何其忧伤。这种无从估量的遗憾，他是永远走不出来了。他常被称作一个'强人'，每次听了他都觉得好笑：这是一个软弱如水、不定如风的人啊。这也是为什么我要说拜林做对了。即使那段感情只能持续五年，即使他毁了自己的事业，即使他的婚姻最后以灾难告终，这也是值得的。他会感到满足。他会感谢自己做了该做的事。"

这时候门开了，一位贵妇人走了进来。大使瞥了她一眼，一股冷冷的恨意扫过他的脸，稍纵即逝；这时他从桌边站起身，收拾起自己的一脸狼狈，又成了一副彬彬有礼的样子。他对着进来的人沧桑地一笑。

"这是我的太太。这位是阿申登先生。"

"我刚刚完全想不出来你们能去了哪里。为什么不坐到你的书房去？阿申登先生一定坐得难受极了。"

她看上去大概五十岁，高挑、消瘦，露出些憔悴的老态，不过从她的容貌中推断大概曾经有过好看的模样。很明显这是个出身高贵的女子，隐约让你想到某种异域的珍稀花卉，一直养在温室里，慢慢要开始凋落了。她全身上下的衣着都是黑色的。

"音乐会怎么样？"赫伯特爵士问。

"哦，还不错。演奏了一个勃拉姆斯的协奏曲，《英魂传唤使》[1]火焰起来那段音乐，还有德沃夏克几个匈牙利舞曲。我觉得这些曲目都太花哨了，"她转过来对阿申登说，"跟我丈夫独处希望你不会觉得太无聊。你们聊了什么，文学和艺术吗？"

"没有，是它们的素材。"阿申登说。

他与主人道别，离开了。

1　*Walküre*，又译作《女武神》，瓦格纳《尼伯龙根之环》第二部。全剧结尾布伦希尔德与沃坦道别，山顶火焰将布伦希尔德逐渐包围，音乐效果极为感人。

哈灵顿先生的送洗衣物

Mr Harrington's Washing[1]

　　到了甲板上，阿申登看到眼前低低的海岸线和一座白色小城，心里一阵兴奋和畅快。时候尚早，太阳才刚升起来，天是湛蓝的，海面倒是一片水光；此刻就已经觉得有些暖和，怕又是酷热难耐的一天。符拉迪沃斯托克。到了这里真有世界尽头之感。阿申登这一程的确走得够远的：从纽约到旧金山，坐一艘日本船穿过太平洋到了横滨，然后在鹤见[2]乘一艘俄国人的船在日本海上一路向北（他是船上唯一的英国人）；到了符拉迪沃斯托克，他就要上火车横穿西伯利亚大铁路去彼得格勒。这一回的任务前所未有的重大，而他也喜欢这种肩负重责的感觉。出来之后就没有人再发号施令了，而且资金是无限的（贴身的腰带里汇票数目太大，每每想到他都有些眩晕），虽然他要完成的事没有人类可以做到，但当时他还不知道，决意要满怀信心地试一试。他相信自己随机应变的能力。尽管他能欣赏也很钦佩人类同胞的多愁善感，但并不太看得起他们的智力：牺牲自我一向都比背诵乘法表更容易。

在俄国火车上一住十天，他并不怎么期待，而且在横滨听到传言，有好几座桥被炸毁了，铁轨也断了好几处。他还听说，军人已经完全失控，会把乘客的东西抢光，把人丢到草原上自生自灭。听了真叫人心生向往。但那班火车一定会发车，不管后事如何（阿申登一直有这种感觉，就是事情从来都没有你想象的那么糟），他都决意先坐上去再说。目前的打算是一上岸就去英国领事馆，问他们替自己做了哪些安排。船快靠岸的时候，他可以看清前方是如何一个脏乱的小镇子，心下又不免怅然。俄语他只知道几个单词。船上会说英语的只有那个事务长，虽然后者拍胸脯说会竭尽所能帮助阿申登，但他总觉得这人应该靠不住。不过船一靠岸，一个年轻人上来问他是不是叫阿申登，让他大为释然；这小个子一团蓬乱的脏头发，明显是个犹太人。

"我叫本尼迪克特，是英国领事馆的翻译。他们让我来照看你。你今晚的火车票我们已经买好了。"

阿申登心情大佳。两人上岸。小个子犹太人帮他拿好行李，过关检查护照，然后一起进了来接他们的车，朝领事馆开去。

"给我的指示是对你有求必应，"领事说，"需要什么只要开口就行。今晚的火车票我完全帮你打点好了，不过能不能到彼得格勒全凭天意。哦，说起来，我还给你找了个旅伴，是个美国人，叫哈灵顿。他去彼得格勒是去帮一家费城的公司和这里的临时政府敲定一笔交易。"

"他是怎么样一个人？"阿申登问。

"啊，这人还不错吧。我本来约他和美国领事一起来用午餐，但他们去乡下游山玩水了。晚上你得提前几个小时去火车站，这班火车每次都乱得一塌糊涂，不多提前一些，座位一定被人抢去。"

火车是午夜出发。阿申登和本尼迪克特在车站的餐厅吃饭；似乎在这个破败的镇子里，也只有这地方能吃上一顿像样的晚餐。餐厅里挤满了人。服务慢到难以忍受。吃完饭他们到了站台上，虽然离开车还有两个小时，已经人声鼎沸。有些一家子老老小小坐在成堆的行李上，就如同已经在这里住了好几天了。大家来回奔忙着，或者三三两两站在那里激烈地争辩。女人有的在尖叫，有的在默默地流泪。不远处有两个男人在吵着什么，眼看要动手。火车站里暗淡的灯光冷冷地洒下来，一张张白色的脸，不管耐心还是焦虑，烦乱还是悔恨，都像是死人的脸，在等末日的审判。火车已经做好了发车准备，每节车厢里乘客都多到像要把人从门口挤出来。本尼迪克特终于找到了阿申登的座位，一个人从位子上激动地跳起来。

　　"快进来坐，"他说，"帮你占这个座真是太不容易了。刚刚有个家伙过来，他还带着他的老婆和两个孩子。我的领事刚跟着他找站长去了。"

　　"这位就是哈灵顿先生。"本尼迪克特说。

　　阿申登进了车厢，里面是两条长排座椅。行李工存好了他的行李。阿申登跟他的旅伴握手。

约翰·昆西·哈灵顿先生极其消瘦，比起所谓中等身高好像还略矮一些。一张泛黄的脸瘦骨嶙峋，一双浅蓝色的大眼睛；之前担惊受怕，额头上都是汗，摘帽子擦汗的时候露出硕大一个秃头。他整个脑袋都皮包骨，凸起的棱角看着让人害怕。哈灵顿戴圆顶礼帽，穿黑色的外套和西装背心，条纹裤子；衬衫的白领很高，领带挺括却不张扬。坐十天火车穿越西伯利亚该如何着装阿申登也吃不准，但不免觉得哈灵顿先生的这套一定算是怪异的。他说话音调很高，用词讲究，阿申登听得出来是新英格兰的口音。

没过一会儿站长就来了，身边是一个留了大胡子的俄国人，一脸悲怆，显然有满腔的情绪要发泄，他后面还跟着一位女子，一手抱着一个孩子。那个俄国人在跟站长说着什么，嘴唇颤抖，脸上有泪水不住淌落；而他的妻子在抽泣间歇似乎在把自己的生平遭遇讲述给站长听。他们到车厢门口时，大家愈吵愈烈，本尼迪克特操着流利的俄语也加入了进去。哈灵顿先生对这门语言一窍不通，但明显是急性子，也强行插话，用大段啰嗦的英文跟他们解释，这两个位子分别已经被英国和美国的领事预订了。他说虽然自己没有接触过大英帝国的国王，但可以明确无误摆上这么一句话，他们绝对不用怀疑：美国总统不可能会坐视自己的公民明明付了钱却坐不到位子。除非他们强行把他挪开，否则他是不会让的；可只要他们敢真的动手，他会立刻向领事投诉。除了这些，他还跟站长说了不少；站长当然完全听不懂他说的是什么，但作为回应也慷慨激昂地演说了一番，配了大量的手势。这让哈灵顿先生的怒火燃到了顶点，脸色煞白举起拳头在站长的面前挥舞，大喊道：

"告诉这个人他说的话我一个字都听不懂，而且我也压根不想懂。如果这些俄国人想要被看作一个文明的种族，为什么他们不能用文明的语言交流呢？告诉他，我是约翰·昆西·哈灵顿先生，代表费城的克鲁和亚当斯先生来这里出差，我还有一封要交给克伦斯基先生[1]的介绍信，如果你们不让我安安心心地占有这个车厢，克鲁先

1　Kerensky（1881—1970），俄国社会革命党人、第四届国家杜马中劳动派领袖，曾在临时政府（1917）中先后任司法部长、陆海军部长、最高总司令，十月革命后组织反苏维埃的叛乱，逃亡国外。

生一定会去华盛顿向政府部门要个说法。"

哈灵顿先生的姿态实在凶恶，双手的动作像是随时要伤人，站长只得认输，一言不发转身气呼呼地走了。那个大胡子俄国人和他的妻子还一路激动地在跟站长申辩，那两个孩子懵懵懂懂地跟在后面。哈灵顿先生立马回到车厢里。

"不给一位带着两个孩子的女士让座，我也满心遗憾，"他说，"我比谁都懂，一位女士、一个母亲，应该获得怎样的尊重，但那个订单太重要，我不能丢，只能坐这班火车去彼得格勒，不管有多少俄国母亲来我也不能在走廊里待十天。"

"这的确不能怪你。"阿申登说。

"我自己也结了婚，有两个孩子，我知道跟家人一起旅行很不容易，但我想不出为什么他们就不能在家里好好待着。"

跟任何人在同一个火车车厢里被关上十天，你很难不对这个人的事情不知道个十之八九。整整十天（细算的话有十一天）阿申登就二十四小时都和哈灵顿先生待在一起。的确，每天有三个饭点他们会去餐厅，但吃饭也就是面对面坐着；的确，上午、下午各有一次火车会停一个小时，他们可以去站台上散步，但也是肩并肩地走。阿申登认识了几个同行的乘客，这些人有时也会进车厢聊天，可要是他们只说法语或德语，哈灵顿先生会用尖刻的目光瞪着他们，以示反对，要是他们说英文，哈灵顿先生又会让他们一个字都插不进。哈灵顿先生是个话痨。对他来说，聊天似乎是个人类无需意识掌控的自然功能，就跟呼吸和消化食物一样；这不是因为他有什么要表达，而是他没法不说话。哈灵顿先生说话带鼻音，音调很高，但没有起伏，语气总是一成不变的。他遣词造句很准确，词汇量大，句式讲究，能用大词的时候绝对不选小词，也从不停顿。他只是不停地在说。听他聊天不觉得像是洪流，因为丝毫没有那种奔腾的气势，它更像是沿着火山的山坡淌下来的岩浆，虽然声响不大，但有种源源不断、无法阻挡的力量，吞没一切障碍。

阿申登觉得自己还从来没有这么了解过一个人；他不但了解了哈灵顿先生，了解了他的看法、习惯、生活状况，也了解了他的妻子和妻子的家庭，了解了他的孩子和孩子的同学，还了解了他的雇主和雇主过去三四代人在费城累积的光辉人脉。哈灵顿先生自己的祖辈是十八世纪从德文郡走出来的，他还去老家看过先人的坟茔，就在那个村子的教堂墓园里。他对自己的英国血脉很是骄傲，但也很自豪他本人出生在美国。不过在他眼里，恐怕只有大西洋沿岸的一小片土地才能算美国，而他口中的美国人也只是少数英国人与荷兰人的后裔，而且这些人的血统还不能被外来的血统玷污。过去几百年来造访美利坚的德国人、瑞典人、爱尔兰人，以及本住在中欧和东欧的公民，对他来说，都是不速之客。他对这些人只能不加理会，就像一个住在僻远庄园的老姑娘，发现有工厂烟囱侵犯了她的隐居生活，也只能把眼睛转开一样。

阿申登提到一个很有钱的人，收藏的一些画作在全美国都算是最上乘的藏品，这时哈灵顿先生说道：

"这人我自己是还没见过。我有个舅婆叫玛利亚·佩恩·沃明顿，一直念叨她奶奶做菜的手艺很好。我舅婆离开她嫁人的时候心里真是非常不舍得。她说她奶奶的那一手苹果松饼真是谁都做不出来。"

哈灵顿先生很爱自己的妻子，用一种不可思议的详尽程度介绍他妻子是多么高雅，又是一个多么完美的母亲。她身体欠佳，做了不少手术，每一个他都事无巨细地描述给阿申登听。他自己也动过两个手术，一个动在扁桃体上，还有一次割了阑尾，他把当时的体验逐日呈现给阿申登。他的朋友没有一个不曾动过手术，所以他在这方面可谓无所不知。他生了两个儿子，都读书了。哈灵顿先生一直在慎重考虑要不要也给他们动动手术。说来也怪，一个儿子的扁桃体有点偏大，而另一个的阑尾也让这个做父亲的很不满意。哈灵顿先生说他还没见过感情这么好的一对兄弟；费城最高明的一个外科医师是他很好的哥们儿，提出他们兄弟的手术可以一起做，这样两人就不用分开了。他给阿申登看了两兄弟和他们母亲的相片。这次来俄国是哈灵顿先生第一次离开他们母子三人，每天早上他都要写长信给妻子，告诉她过去一天自己的所有经历，还记了很多他那一天说过的话。阿申登就看着一页页的白纸被他清晰、整齐的字迹盖满。

哈灵顿先生读过所有关于对话的书，其中的窍门没有他不知道的。他有个小笔记本，里面记着很多他听来的故事，他告诉阿申登，出门吃饭之前，他会挑五六个复习一下，这样就不会没话说了。老少咸宜的故事旁边会标一个代表"普遍适用"的"G"，如果只适合阳刚而粗鄙的听众，他就标一个"M"，表示"男性"。他最擅长的是某类形式独特的轶闻：先要讲一大段很正经的故事，不断累积细节，直到最后揭示一个好笑的结局。哈灵顿先生的嘴里从来没有长话短说的，而阿申登其实早就猜到包袱是什么，却要握紧双拳、锁紧眉头，费力掩盖自己的不耐烦，末了还得从不情愿的嘴唇间逼出一声空洞而冷漠的笑声。要是故事讲到一半有谁进了车厢，哈灵顿先生会和气相迎。

"快进来，坐一会儿。我正跟我这位朋友讲故事呢，你一辈子也听不到这么好笑的故事，不听绝对后悔。"

然后他会从头开始，一字不落地重讲那个故事，那些贴切的形容词也绝对和之前用得一模一样。阿申登有次建议他们在火车上再找两个人打桥牌消磨点时间，但哈灵顿先生说他纸牌是从来不碰的，后来阿申登实在没办法玩起了接龙，只见哈灵顿先生满脸的厌恶。

"我是想不通一个聪明人怎么会浪费时间在纸牌上，在所有这些不需要智识的兴趣之中，我就觉得接龙恐怕是最糟糕的一种了。跟一个在玩接龙的人聊天聊不起来。人类是社交的动物，他天性之中最高贵的部分就用在互相交流的时候。"

"浪费时间总有种优雅在里面，"阿申登说，"浪费钱财随便哪个笨蛋都会，可一旦浪费的是时间，那就是在浪费一些无价的东西，再说了，"他带着愤懑加了一句，"你还是可以聊啊。"

"可你的注意力都放在下面会不会出一张黑七，好去接上那张红八，我怎么聊？聊天要动用心智中最宝贵的力量，如果你在上面花了这么多心血，那期待听你说话的人要全神贯注并不过分吧。"

他说这句话的时候并不尖刻，反而像是一个历经磨难却依然平和、乐观之人。他只不过实事求是这么一说，阿申登认不认同都没关系；就如同艺术家只不过希望自己的作品被严肃对待。

哈灵顿先生是个勤奋的读者。铅笔不离手，看到出挑的句子就在下面画线，还会在页边用他干净的书法写上阅读感想。有了感想他很喜欢讨论，阿申登自己也在看书的时候，有时突然觉得一手拿书、一手握铅笔的哈灵顿先生正用那双淡蓝色的大眼睛注视着他，让他心悸不已。他不敢抬头，甚至不敢翻页，因为他知道在哈灵顿先生看来，翻页为展开对话提供了充足的理由；所以他拼命将目光锁死在某个单词上，就如同小鸡把喙对准了白粉笔画的线[1]。只有等哈灵顿先生放弃，重新读起书来，他才会松一口气。当时哈灵顿先生正耽读两卷美国宪法史，为了调剂还会拿出另一本巨著研习，这后一本书号称囊括了古往今来的所有伟大演说。因为哈灵顿先生经常需要发表餐后演讲，关于公开演讲的好书他全都读过。对于如何赢得观众好感，哪里加两句深沉的句子打动人心，哪里引两个恰到好处的故事抓住大家的注意力，他都一清二楚，当然最后他也会根据场中情势，拿捏在结语中动用多华丽的辞藻。

哈灵顿先生酷爱看书的时候读出声。在这之前阿申登就频繁注意到美国人对这种消遣方式青睐有加，叫人困扰。晚餐之后在酒店的会客厅里，阿申登时常见到某

1　把鸡的头按在地上，从喙朝前方画一条直线，鸡会因此进入被催眠的状态，一动不动。

位父亲坐在偏僻的角落中，他的妻子、两个儿子、一个女儿围绕着他，听他朗读。在穿越大西洋的轮船上，有时候他能看见一个高挑、瘦削的体面男子，神态威严地立在十五位韶华不再的女士中间，用洪亮的嗓音给她们读艺术史。上层甲板上来回散步的时候，他经过蜜月期靠在躺椅上的夫妻，就听得妻子不紧不慢地给丈夫一页页读着畅销小说。阿申登一向觉得这种表达爱意的方式很是奇特。他也有朋友提出要给他念书，或者认识某些女士说喜欢别人念书给她们听，但他无一例外地礼貌拒绝此类邀请，或者毫不留情地忽略那些暗示。他既不喜欢看书的时候念出来，也讨厌别人给他念书。在他内心深处，觉得完美的美国性情之中，能找到的缺憾也只有对此项娱乐的全民热爱了。但永生的诸神最爱捉弄人，现在把无处可逃、不知所措的他送到了大祭司的刀俎之下。哈灵顿先生当仁不让地说他自己很会朗读，然后把这一门艺术的理论和实践都细细讲解给阿申登听。阿申登学到了朗读还分两派：戏剧派和自然派。戏剧派要模仿书中人物（如果是本小说的话）的语调，女主人公噙呜，你也噙呜，如果她因为情绪激动而哽咽，你喉咙也得堵起来；但自然派的就要读得一点感情都没有，就如眼前永远是芝加哥邮购公司的价目表。哈灵顿先生属于后一门派。结婚十七年，他一直给自己的妻子读书，等两个儿子一到有能力欣赏的岁数，他也会给儿子读；读过的小说家包括沃尔特·司各特爵士、简·奥斯丁、狄更斯、勃朗特姐妹、萨克雷、乔治·艾略特、纳撒尼尔·霍桑、W．D．豪威尔斯。阿申登得出结论，看书要出声已经是哈灵顿先生的第二天性，要是你不让他读，他会难受得就像断了烟草的大烟鬼一样。而且他念书突如其来，不会给你心理准备。

"听听这段，"他会说，"你一定得听听这段，"就好像他突然被一个睿智的警句或者巧妙的措辞所打动。"我只要你评判一下，这句是不是写得不同凡响。就三行。"

他读了起来，阿申登是不介意专心听他读几句话的，但读完了三行之后，哈灵顿先生连气都不用换，一路读了下去。他不停地读啊读啊。他高高的声调还是那么稳定，既没有轻重也没有起伏，只是一页接着一页往下读。阿申登坐不住了，把腿跷起来又放下去，点了一支又一支的烟，还换了几种坐法。哈灵顿先生不停地读啊读啊。

在西伯利亚无边无际的原野上，火车悠闲地前行着。他们经过村庄，跨过河流。哈灵顿先生不停地读啊读啊。读完了埃德蒙·伯克一个了不起的演讲之后，他志得意满地把书放下了。

"刚刚这段，要我说，算是最精美的英语演讲了。这绝对算得上是我们共同的遗产，可以一起真心为它感到自豪。"

"你会不会觉得有点不祥，就是听了埃德蒙·伯克这个演讲的人全都死了？"阿申登阴森地说。

哈灵顿先生正要回答，这有什么奇怪的，伯克做这个演讲是在十八世纪，却突然灵光一现，明白阿申登（只要不昧着良心，谁都得认可他在苦难之中的不屈可歌可泣）刚才是在讲笑话。他拍打自己的膝盖，笑得很开心。

"哎呦喂，太好笑了，"他说，"我得把这个记在小本子里，我完全可以想见在我们那个午餐俱乐部我可以怎么把它用起来。"

哈灵顿先生是个"高眉"。这个称呼本来是粗鄙之辈发明出来骂人的，但哈灵顿先生像是见了圣徒殉难的刑具一样（比如圣劳伦斯¹的火刑架、圣凯瑟琳²的棘轮）乐于接受它。对他来说，这是个敬语，是荣耀，让他深感自豪。

"爱默生是个'高眉'，"他说，"朗费罗³是个'高眉'。奥利弗·温德尔·霍姆斯⁴是个'高眉'，詹姆斯·拉塞尔·洛威尔⁵是个'高眉'。"

哈灵顿先生对美国文学的研究只到爱默生和朗费罗的时代为止，当时这几位作家声望的确卓著，但读来却难说有多么激动人心。

哈灵顿先生很烦人。阿申登时常被他惹恼、被他激

---

1 Saint Laurence（225—258），早期罗马教会七位执事之一，皇帝瓦莱里安要他交出教会的财产，圣劳伦斯指向穷苦的基督徒说，他们就是教会的财产，被处以火刑。

2 Saint Catherine of Alexandria，基督教圣徒，据说在罗马皇帝马克森提统治期间（公元四世纪初），她劝皇帝的妻子改信基督教，并在辩论中胜出，被判处以棘轮绞死。

3 Henry Wadsworth Longfellow（1807—1882），美国诗人、翻译家。

4 Oliver Wendell Holmes（1809—1894），美国医师、诗人、幽默作家，以"早餐桌上"系列短文而闻名，曾任哈佛大学医学院院长。

5 James Russell Lowell（1819—1891），美国诗人、文学评论家、外交家，早期留下了不少很有影响力的诗作，后期转向讨论文学、历史和政治的论说性文章，后来到哈佛大学任教，并主编《大西洋月刊》《北美评论》等。

怒，因为他而心烦，而狂躁，但阿申登并不讨厌他。哈灵顿的自得虽然夸张，但又那么天真，让你憎恨不起来；他的骄傲完全是孩童般的骄傲，让你只能摇头微笑。他是那么好心，那么周到，那么恭敬，那么多礼，虽然阿申登还是很乐意亲手了结他的性命，但相处短短几日，却又不得不承认他对哈灵顿先生的感情已经颇接近"喜爱"了。他的一举一动都很正式，从来没有不雅的举止，或许是有些做作（这也没什么，礼仪本来就是人在社交中生造出来的，带一点男子假发或蕾丝褶边的意味也不必苛责），但因为发自内心，所以虽然多半是好家教之下成了习惯，也显得格外可贵。他随时准备伸出援手，对他来说，只要他人需要，就没有"麻烦"这一说。他不折不扣就是法国人所谓的"乐于效劳"，这个词英文中没有好的对应，或许是因为它所指涉的美好品质在我们这个实用为上的种族中并不常见。阿申登病过两天，哈灵顿先生全心照料，那种关怀备至让阿申登都有些尴尬了。哈灵顿先生测他的体温，从摆放齐整的旅行箱里取出一整套的药片，不容违逆地给他吃药；阿申登虽然全身酸痛，但哈灵顿先生做这些事的时候那种一丝不苟还是惹得他发笑；而且哈灵顿先生还费心费力从餐车取来他觉得阿申登可以吃的东西，让后者很是感动。阿申登需要的，哈灵顿先生什么都替他做了，除了停止说话。

哈灵顿只有换衣服的时候是不说话的，因为在阿申登面前换衣服而避免不雅是个难题，让他羞涩的思想无暇他顾。哈灵顿先生的腼腆真是到了极致。他每天都换衬衣裤，利落地从行李箱中取出新的，又利落地把换下的那套脏的整整齐齐放回行李箱；但在这个过程中，他凭借一种不可思议的灵巧可以不让旁人看到一寸不该看到的肌肤。火车上很不干净，每节车厢只有一个洗手间，只待了一两天，阿申登就放弃抵抗，不再顾及个人卫生，很快变得和其他乘客一样邋遢；但哈灵顿先生拒绝向困难低头。厕所外面再有人猛摇把手，他还是会细致地梳洗打扮，每天早上回来的时候都干干净净、容光焕发，散发一股香皂的味道。一旦哈灵顿先生把他那身行头——黑色的外套、条纹的裤子、锃亮的皮鞋——穿戴整齐，那份气派很像是刚从费城他的那幢红砖小屋走出来，等着有轨电车接他去办公室。火车行至某处，突然宣称前方有人试图把桥梁炸毁，还说沿河的那个火车站不太平，可能火车会被拦下来，而乘客会被赶下车，要么自生自灭，要么送进监牢。阿申登怕再也拿不到自己的行李，就把最厚的衣服全部换在身上，心想着即使要在西伯利亚过冬，至少也尽力让自己少受些寒冻之苦。但哈灵顿先生根本不听劝，完全不为可能到来的局面做任何准备，而阿申登坚信，就算哈灵顿先生要在俄国的监狱里住上三个月，一定还可以保持他那种光鲜的样子。一队哥萨克士兵上了火车，荷枪实弹站在各个车厢进门的地方。火车哐唧作响，颤颤巍巍驶过那座被损坏的大桥；开到预警过危险的那个站头，火车一个加速，直接就通过了。阿申登换回轻便夏装的时候，哈灵顿先生还不痛不痒地奚落了他几句。

哈灵顿先生在自己生意上很精明，不是特别机敏的对手显然很难让他吃亏，而且阿申登也确信他的雇主派他出差是很明智的。哈灵顿先生会尽全力保护雇主的利益，而且他要是真和俄国人谈成了生意，那也一定是寸土不让的划算协议。作为公司的忠心员工，这些是起码的。聊起公司的合伙人，他言语间都是敬慕。他喜欢那些人，觉得很自豪，并不因为他们的财富而心生不平。

他觉得领工资挺好的，并没有觉得被亏待：只要孩子的学费能付得起，到时自己走了爱人还能把日子过得下去，就够了。钱对他来说有什么用呢？哈灵顿先生总觉得发财或多或少有些太粗俗；他认为文化比金钱更重要。但他对钱又很细心，每顿饭吃完都会在笔记本里记下具体的金额，他的公司应该可以放心，哈灵顿先生报销的时候是不会多贪公司一分钱的。火车停站的时候，很多人会上月台乞讨，看到战争能把百姓逼得穷苦至此，他会用心地在每次停车之前储备好足够的零钱，到时满脸羞愧地把口袋里所有钞票都散给伸手的人，一边还嘲笑自己居然也会被这样的假乞丐蒙蔽。

"当然我知道这钱不该给，"他说，"我给钱不是为了他们。完全是让我心里能过得去。要是想到里面真有穷人，我却连一顿饭钱都不肯出，会觉得很难受的。"

哈灵顿先生很荒谬，但也很可爱。很难想象有人能对他发狠，那种可怕就跟打小孩是一个道理。哈灵顿先生的好意陪伴不容你推辞，阿申登虽然内心着恼，但面子上始终保持和善，以一种真正的基督教的情怀承受着这份磨难。从符拉迪沃斯托克到彼得格勒要十一天，阿申登感到再加一天他也绝对受不了。如果是十二天的车程，他绝对会亲手杀了哈灵顿先生。

他们终于到了彼得格勒的市郊（阿申登疲惫、污秽，哈灵顿先生干净、活泼、满嘴的大道理），看到彼得格勒的建筑密密麻麻立在车窗外，哈灵顿先生转过来对阿申登说：

"你看，我可从来没想到火车上的十一天可以过得这么快。这几天真是开心得不得了。我喜欢你的陪伴，我也知道你喜欢我的陪伴。我不会假惺惺地怕你觉得无聊，也不会假惺惺假装不知道自己是个聊天的高手。既然有这样的缘分，我们一定努力不要疏远。我还在彼得格勒期间，我们一定要想方设法多多相聚。"

"我事还不少，"阿申登说，"恐怕时间都不是我自己能掌控的。"

"我懂我懂，"哈灵顿先生高高兴兴地回道，"我估计我也会挺忙，但至少早饭可以一起吃，然后晚上再碰面交流。要是我们以后渐行渐远，那就太糟了。"

"太糟了。"阿申登叹气道。

阿申登到了自己房间，终于一个人了，他坐下，环顾四周。真是好不容易啊。他还没有力气马上打开行李。自从战争一打响，他进了多少个这样的酒店房间？有的气派，有的破陋，今天在这个镇子，明天又到了另一片大陆！他好像一辈子都活在自己的这个旅行箱里，再往前的日子都有些朦胧了。他好累。他问自己接下来的事情要如何着手去做。俄国太大了，他觉得孤零零的，好像不知道要往哪里去。命令下达的时候，他推辞过，说自己恐怕能力还不够，但这些抗议上面并没有理睬。选了他不是领导觉得他特别适合，而是比他更适合的一时还找不到。这时有人敲门，阿申登用刚学到的俄语应了一声，有些得意。门开了。阿申登立马站了起来。

"请进，请进，"他大声说道，"见到你们真是特别高兴。"

进来的有三个人，阿申登都记得面孔，因为从旧金山到横滨他们坐的是同一条船，但指示上说他们之间不能交流。这三位都是捷克人，因为革命活动被流放，在美国生活了很长时间，这次被派到俄国来是协助阿申登完成任务的。他们还要帮他和一个Z教授牵线，这位教授对身在俄国的捷克人有说一不二的权威。他们中领头的叫埃贡·奥思博士，高高瘦瘦的，脑袋也偏小，一头灰白色的头发。他是美国中西部某个教堂的牧师，他的博士是神学博士；但奥思博士为了解放祖国抛弃了自己的神职。阿申登觉得这是个聪明人，而且不会太拘泥于道义之类的考量。一个牧师如果拿定了主意，就已经比寻常人胜了一筹，因为不管怎么干他都可以说服自己上帝在为他撑腰。奥思博士还会点冷面幽默，眼神里常闪动着快乐的光芒。

阿申登在横滨跟他秘密接触过两次，了解到 Z 教授虽然万分急切想让自己的国家摆脱奥匈帝国的统治，也明白要实现这一目标只能让同盟国垮台，并诚心诚意投向协约国一方，但他还是有顾虑：他不愿做良心过不去的事情，一切行动都必须光明正大，所以，有些必须要做的事就只能背着他完成了。他的影响力太大，所以也不能全然不顾及他的想法，但有时候大家还是觉得不要让他知道太多为好。

奥思博士比阿申登早到彼得格勒一个星期，陈述了一下他所了解的当下局势。在阿申登听来，似乎局势相当危急，要是能做什么的话，得立即行动才行。军队有不满情绪，要造反，克伦斯基的领导很无力，政府摇摇欲坠，权力尚未易手是因为其他派别都还没有勇气去接。整个国家眼见着饥荒向自己扑来，而且大家开始担心德国会向彼得格勒进军。阿申登这次到来，英美两国的大使都是知情的，但具体任务对他们都保密，而阿申登不能向他们申请援助也有特别的原因。他跟奥思博士商量要跟Z教授见一回，一方面听取Z教授的想法，一方面跟他说明：协约国预见到俄国可能会求自保，私自订立和平协定，只要能阻止这样灾难性的局面，任何可行的方案都会得到足够的资金支持。但阿申登也必须要在各个阶层与有影响力的人物建立联系。哈灵顿先生有生意上的提案，他带着给几位部长的信，必然会见到政府里的人；不过他还缺一个翻译。奥思博士俄语的流利程度不亚于母语，阿申登突然想到他是替哈灵顿先生翻译的最佳人选。他把情况给奥思博士讲解了一番，两人约定，阿申登和哈灵顿先生吃饭的时候，奥思博士会进来打招呼，要像他们还没有见过这一面，然后阿申登就能让他和哈灵顿先生结识了。阿申登会引导谈话，找机会向哈灵顿先生暗示，他正缺奥思博士这样一个人，简直是老天让他心想事成。

不过阿申登还认定了另外有一个人可能会派得上用场，他问道：

"你有没有听过一个叫阿纳斯塔西娅·亚历山德罗芙娜·莱奥尼多夫的人？她的父亲是亚历山大·德尼谢夫。"

"这人我自然一清二楚了。"

"我有理由相信她此时正在彼得格勒。你能不能调查一下她住在哪里，最近在做什么？"

"当然可以。"

奥思博士用捷克语对跟着他来的其中一人说了些什么。那两人都一副干练的样子，一个高些，皮肤偏白，一个矮些，皮肤偏黑，但他们都比奥思博士要年轻。在阿申登看来，他们就是听奥思博士发号施令的。那个人点点头，站起来，跟阿申登握了握手就出去了。

"今天下午你就可以拿到所有可能收集到的讯息。"

"好吧，看起来现在也没其他事情好做了，"阿申登说，"实不相瞒，我在火车上待了十一天，真是迫切需要洗个澡。"

想事情到底是在火车上还是在浴缸里更愉快，阿申登一直在摇摆。如果只谈创意，他大概会更喜欢一列开得顺畅而舒缓的火车，他很多好点子就是那样横穿法兰西的平原时想到的；但如果说的是品咂回忆，或者雕饰已然存于脑中的想法，他毫不怀疑没有什么地方比得过一个放满热水的浴缸。此刻，就像一只在泥坑里打滚的水牛，他在盖满肥皂泡的热水里享受极了，心里回想着他和阿纳斯塔西娅·亚历山德罗芙娜·莱奥尼多夫之间让人黯然的美好过往。

这些故事之中几乎从来不曾透露阿申登有时也会生出一种叫作"柔情"的东西（"柔"和"情"这两个字放在一起本来就是矛盾的）。情爱之事，哲学家都知道不过是消遣，但熟谙此道的那些风流人物，认定作家、画家、音乐家（说白了，就是一切跟艺术沾边的人士）在情场中都无足轻重。雷声大，雨点小。他们嗟叹，他们咏歌，他们造出动人的句子、摆出深情的样子，但终究热爱艺术和自己（对他们来说，这两样东西是一回事）胜过热爱对方，而对方因为性别的关系，饱识生活常理，往往要求实际的东西，而那些人只能提供幻影。或许他们说的的确有些道理；或许这也是为什么（从来还没有人想到过）女性的灵魂深处都对艺术深恶痛绝。但不管如何，阿申登的心还是在过去二十年间因为一个又一个的可人儿而怦怦直跳。他有过很多开心的时光，也为此付出了不少惨痛的代价，但即使是单相思最苦不堪言的时候，他也可以对自己说，没事，都是日后的材料——尽管这样说的时候，表情有点狰狞。

阿纳斯塔西娅·亚历山德罗芙娜·莱奥尼多夫的父亲是个革命者，曾被关在西伯利亚服终身劳役之刑，但他逃了出来，最后定居在英格兰。他是个有能耐的人，靠笔耕不辍养活了自己，甚至在英国文坛赢得了一席之地。他女儿阿纳斯塔西娅·亚历山德罗芙娜到了合适的岁数，嫁给了另一位从祖国流亡而来的男子，叫弗拉基米尔·塞米诺维奇·莱奥尼多夫。阿申登是在她婚后好几年才认识她的。那个时候正值欧洲人发现了俄国。所有人都在读俄国小说，整个文明世界为俄国舞者所倾倒，而每个希望在瓦格纳之外也听些其他音乐的人，为俄国作曲家而颤栗。俄国艺术像流感病毒一般在欧洲肆虐。新的语汇流行开来，新的色彩、新的情绪四处散播，高眉的人会不假思索地把自己形容为"知识分子"：这个俄语词不太好拼，但特别顺口。阿申登跟所有人一样中招了，换了客厅里的靠枕，在墙上挂东正教的圣像，读契诃夫，看芭蕾舞。

　　不管是出身还是后天教养，阿纳斯塔西娅·亚历山德罗芙娜都不折不扣属于知识分子阶层。她和丈夫在摄政公园边上的房子面积不大，而整个伦敦的文艺界人士都可以到这里瞻仰一些面色苍白的巨人，他们通常留着大胡子，斜靠在墙上，就像是"人像柱"[1]今天刚好放假。这些人没有一个不是革命者，他们能出现在这里而不是在西伯利亚挖矿本身就是奇迹。女作家们来这里喝伏特加时嘴唇都会颤抖。如果你运气好，又格外受到垂青，或许可以跟佳吉列夫[2]握个手，而时不时地你会看到巴甫洛娃[3]像风中的桃花一样飘进飘出。阿申登年轻的时候也

1　原文此处为 caryatids，指代替柱子用作建筑支撑物的女性雕像；同样功能的男性雕像有其他称法。

2　Diaghilev（1872—1929），俄罗斯戏剧和艺术活动家，在巴黎创建俄罗斯芭蕾舞团，在欧美巡回演出。

3　Pavlova（1881—1931），二十世纪初俄国最伟大的芭蕾舞蹈家。

是个"高眉"，当时他的受欢迎程度还没有惹恼那个圈子里的人。虽然有些"高眉"人士看他的时候眼神中已经有些不以为然，但另一些（一些对人性很有信心的乐天派）还是对他抱有希望的。阿纳斯塔西娅·亚历山德罗芙娜当面告诉过阿申登，他属于知识分子阶层，后者很乐于相信这句话。当时他的心境让他乐于相信一切。那时的他是如此容易兴奋和满足，就感觉浪漫的精灵躲了他那么久，终于要被捕获了。阿纳斯塔西娅·亚历山德罗芙娜有一双漂亮的眼睛，身材很好（可能今天看来是有些过于诱人了），高颧骨，塌鼻子（这一点很有鞑靼人的风味），大嘴巴，牙齿又大又方正，皮肤白皙。她的衣着总显得有些过于奢华。在她忧伤的黑眼睛里，阿申登看到了俄国无边的草原、钟声里的克里姆林宫、圣以撒教堂[1]庄严的复活节庆礼、连绵的银桦林和涅夫斯基大街[2]；从两只眼睛里能看到这么多东西的确很不可思议。这双圆眼睛微微还有些凸出，那么有神，让人想起哈巴狗。她

1　St Isaac，圣彼得堡最大的教堂，建于 1818 年，耗时四十年建成。

2　Nevsky Prospekt，又译作涅瓦大街，由彼得大帝设计，东西横贯圣彼得堡市中心的主街。

和阿申登会聊起《卡拉马左夫兄弟》里的阿辽沙，《战争与和平》里的娜塔莎，还有安娜·卡列尼娜和《父与子》。

　　阿申登很快就发现了阿纳斯塔西娅·亚历山德罗芙娜的丈夫配不上她，也很快知道阿纳斯塔西娅·亚历山德罗芙娜持相同看法。弗拉基米尔·塞米诺维奇个头很小，但脑袋又大又长，看上去就像是被扯开的甘草糖。他长着一头俄国人特有的蓬乱头发。这个人性情温和，从没有什么惹人注目的举动，很难相信他参与的革命活动会让沙皇政府忌惮。他教俄语，也给莫斯科的报纸写点东西。他存心仁厚，态度随和，这些品质作为阿纳斯塔西娅·亚历山德罗芙娜的丈夫是很有必要的——因为他的妻子是一位个性激烈的人。如果妻子牙疼，弗拉基米尔·塞米诺维奇就好像是在地狱的烈火中炙烤一般，如果妻子因为祖国的苦难而心如刀绞，弗拉基米尔·塞米诺维奇几乎是要后悔自己来到这个人世。阿申登不得不承认，弗拉基米尔·塞米诺维奇是个不值一提的可怜虫，但他又那么无害，让阿申登忍不住有些好感。后来阿申登终于把自己的深情透露给了阿纳斯塔西娅·亚历山德罗芙娜，而且欣喜地发现自己不是单相思的时候，他有些想不好该怎么对待弗拉基米尔·塞米诺维奇。他和阿纳斯塔西娅·亚历山德罗芙娜都觉得分开片刻都活不下去，而他又担心阿纳斯塔西娅·亚历山德罗芙娜因为她那些革命想法，永远不会愿意嫁给他；可不知怎的，她爽快地接受了这项提议，让他喜出望外。

"弗拉基米尔·塞米诺维奇会愿意离婚吗，在你看来？"他问道。阿申登坐在沙发里，握着情人的手，背后靠垫的颜色总让他想起刚刚坏掉的生肉。

"弗拉基米尔那么爱我，"她回答，"他会伤心死的。"

"他是个好人，我也不想他那么痛苦，就指望伤心终究会愈合的吧。"

"他不会的。我们俄国人的心性就是这样。我知道的，一旦我离开他，他会觉得活下去再也没有什么意义。我还从来没见过有哪个男人在爱情中像他对我这样倾心的。当然了，我追求幸福他是不会横加阻挠的。他太好了，做不出那样的事，他会明白，我这是在追求个人的进步，由不得我犹豫不决。弗拉基米尔肯定会给我自由。"

那时候英国的离婚法律比现在更复杂和荒唐，阿申登怕她不了解其中的古怪，开始讲解他们这段关系的麻烦之处。阿纳斯塔西娅·亚历山德罗芙娜温柔地把手放在阿申登的手上。

"弗拉基米尔绝不会让我经受离婚法庭那么粗俗、那么难听的事情，等我告诉他决定嫁给你的时候，他会自杀的。"

"那太可怕了。"阿申登说。

他感到震惊，却又兴奋不已。这真的很像一本俄国小说，他眼前闪过无数惊悚又动人的书页，在其中陀思妥耶夫斯基细致地描绘着类似的境遇。他清楚这个故事中的角色会遭受怎样的摧残，里面会有碎掉的香槟酒瓶，有吉普赛人给的乐子[1]，有伏特加，有昏厥，有全身僵硬，还有每个人都要发表的长篇大论。这一切都很可怕，却又让人神往，让人心碎。

"我们往后都会痛苦万分的，"阿纳斯塔西娅·亚历山德罗芙娜说，"但我想不出除此之外我们还有什么别的选择。我没法让他离开我，独自生活下去。他会像没了舵的船，没了化油器的汽车。我太了解弗拉基米尔了。

1　应指嫖妓。

他一定会自杀的。”

“他会怎么自杀？”阿申登问，一个现实主义者总渴望细节越精准越好。

“他会一枪崩了自己的脑袋。”

阿申登想起了《罗斯马庄》[1]。他有一度狂热推崇易卜生的戏剧，甚至想过学习挪威语，去读大师的原作，体会他思想的真正精髓。他有一次还见过易卜生本人在喝一杯慕尼黑啤酒。

“但如果他因我们而死，良心上终究过不去，你觉得我们还会有哪怕一个小时的安心吗？”他问道。“我感觉他会永远成为我们之间的障碍。”

“我知道我们会痛苦的，我们会承受难以想象的痛苦，”阿纳斯塔西娅·亚历山德罗芙娜说，“但我们还能怎么办呢？生活就是这样。我们也要替弗拉基米尔着想啊，我们不能不顾他的幸福，自杀才是他更想做的事。”

1　*Rosmersholm*，易卜生 1886 年创作的经典剧目。剧中主要人物罗斯马是一位高尚的牧师，后与妻子的好友韦斯特互生情愫，牧师的妻子在磨坊水池中自杀；剧的末尾是牧师与韦斯特一同自尽于那个相同的水池。

她把脸转开，但阿申登还是看到大颗的泪珠从她脸颊滚落。阿申登很受触动，可他心地柔软，想到可怜的弗拉基米尔脑袋中枪躺在那里，又很是不忍。

这些俄国人，他们活得真是有意思！

阿纳斯塔西娅·亚历山德罗芙娜终于控制住了自己的情绪，转过来看着阿申登时一脸的郑重。那双水润的圆眼睛还是有些凸出。

"我们必须确保自己做的事是对的，"她说，"要是我让弗拉基米尔自杀了，之后又发现自己的想法是错的，我一辈子都没法原谅自己。我觉得我们得先确认我们是真的彼此相爱。"

"你还有疑惑吗？"阿申登紧张地大声问道，声音低沉，"我很确认了。"

"我们去巴黎待一周吧，看我们相处得如何。到时就知道了。"

阿申登还是有些保守，这个提议让他措手不及，但这种讶异一下就过去了。阿纳斯塔西娅是这样美好。不过阿纳斯塔西娅也很敏锐，看出阿申登犹豫了一下，似乎有些为难。

"你应该没有什么那些布尔乔亚的腐朽观念吧？"她说。

"当然没有，"他立马否认，像是对方多虑了：他宁可阿纳斯塔西娅觉得自己是个无赖，也不想让她觉得自己布尔乔亚，"我觉得这方案棒极了。"

"女人为什么要看运气赌上一生呢？没有跟一个男人共同生活过，你永远也不会知道他是怎样的一个人。你总得给她一个反悔的机会，否则就太不公平了。"

"的确如此。"阿申登说。

阿纳斯塔西娅·亚历山德罗芙娜不是做事磨蹭的人，准备停当之后，那个周六他们就会动身去巴黎。

"我不告诉弗拉基米尔我是跟你去的，"她说，"他听了只会难受。"

"是，何必让他难受呢？"阿申登说。

"等巴黎这一周结束，如果我认定是我们之前想错了，那弗拉基米尔也完全不必知道这段故事。"

"的确如此。"阿申登说。

他们在维多利亚火车站碰头。

"你买的是几等座？"她问阿申登。

"一等。"

"很好。爸爸和弗拉基米尔出门都坐三等座，这是因为他们的原则，可我乘火车总晕车，喜欢靠在别人肩膀上。在一等座的车厢里靠起来会方便一些。"

火车启动，阿纳斯塔西娅·亚历山德罗芙娜说她有些头晕，就摘下帽子，把头靠在阿申登的肩膀上。阿申登搂住她的腰。

"尽量不要动，好吗？"她说。

上了船之后，她去了"女士船舱"，在加来下船用餐的时候胃口已经不错了。不过他们坐上火车之后，她又摘下帽子把头放在了阿申登的肩膀上。他想读点什么，就拿了本书出来。

"你介不介意别看书了？"她说，"我得让你搂着，每次你翻页的时候我都觉得不太舒服。"

终于他们到了巴黎，要去住左岸一家阿纳斯塔西娅·亚历山德罗芙娜熟悉的小旅馆。她说那里的氛围好，说对岸那些气派的大酒店实在让她受不了。她觉得那些酒店粗俗，布尔乔亚到无可救药。

"你想去哪里我都高兴，"阿申登说，"只要那地方有卫生间。"

她微笑着捏了一下阿申登的脸颊。

"你这英国人的脾气真是太可爱了。卫生间少一个星期都不行吗？亲爱的，亲爱的，这回你可以学到好多东西啊。"

他们喝了不知多少杯俄国茶，聊马克西姆·高尔基、卡尔·马克思、人类的命运、爱情和同志间的兄弟情义，一直聊到深夜，所以阿申登早上醒来还挺想在床上吃个早餐，等到了午饭时间再起来；但阿纳斯塔西娅·亚历山德罗芙娜喜欢早起。人活着有那么多事情要做，过了八点半，在床里多赖一分钟都是罪孽。他们一起坐到阴暗的餐厅里，那几扇窗看上去这个月应该没有打开过。果然很有气氛。阿申登问阿纳斯塔西娅·亚历山德罗芙娜早饭想吃什么。

"炒蛋。"她说。

她吃得很香。阿申登已经注意到了，阿纳斯塔西娅·亚历山德罗芙娜的胃口很好。大概这是俄国人的特质吧；你很难想象安娜·卡列尼娜只用一个巴斯圆面包和一杯咖啡就把中饭给打发了，不是吗？

吃完早饭，他们去了卢浮宫，下午去了卢森堡公园；为了去法兰西喜剧院[1]看戏，还提前吃了晚饭；之后还去了一个俄罗斯歌舞场去跳舞。第二天早上八点半，他们又到了餐桌边，阿申登问阿纳斯塔西娅·亚历山德罗芙娜想吃什么，她回答：

"炒蛋。"

"炒蛋不是昨天吃过了吗？"阿申登表示反对。

"那就今天再吃一次吧？"她微笑道。

"好吧。"

第二天的样式还是一样，只不过把卢浮宫换成了卡纳瓦莱博物馆[2]，把卢森堡公园换成了吉美亚洲艺术馆[3]。但让阿申登真正有些懊丧的，还是第三天一早他问阿纳斯塔西娅要吃什么，她还是点了炒蛋。

"可我们昨天和前天吃的都是炒蛋啊。"他说。

1　Comédie Française，法国最古老的国家剧院，1680 年创建。

2　Carnavalet，又称巴黎历史博物馆，1880 年开始向公众开放，用大量藏品展现城市历史。

3　Musée Guimet，拥有亚洲地区之外最大的亚洲艺术收藏之一，创办于1879 年，最初位于里昂，后转为国营并于 1889 年迁往巴黎。

"正因为这样，所以今天应该继续吃啊，你不觉得吗？"

"我不觉得。"

"今天一早是不是你幽默感有些不足啊？"她问，"我每天都吃炒蛋。其他的做法我都不爱吃。"

"那行吧，既然这样，当然我们就吃炒蛋好了。"

可到了第四天，他实在无法再面对一盘炒蛋了。

"你还是跟平常一样要炒蛋吧？"他问。

"当然。"她满怀爱意朝阿申登微笑，露出两排方方正正的大牙。

"没问题，我替你点；我自己想吃煎蛋。"

笑容从她唇间消失了。

"哦？"她顿了一顿，"你不觉得那样太不替人着想了吗？你觉得毫无必要地让厨师多做一道菜对他公平吗？你们这些英国人都一个德性，都把用人当机器。你是不是从来没想过，他们也跟你一样，有心，有感情？像你这样的布尔乔亚阶层自私到令人发指，无产阶级压抑不了满腔的愤懑又有什么好奇怪的呢？"

"你真的认为，我在巴黎吃煎蛋而不是炒蛋，英国就会发生一场革命？"

她因为愤慨把头一甩。

"你完全没明白，这是原则。你觉得这是玩笑，我当然也知道你在说俏皮话，我的幽默感不输任何人，契诃夫在俄国国内大家都认为他是个幽默作家；但你不明白这关系到什么吗？是你整个态度有问题。是你太麻木。要是你经历过 1905 年在彼得堡发生的事[1]，肯定就不会说刚刚那些话了。我想到冬宫的广场上跪在雪里的群众，想到冲向他们的哥萨克士兵，那里还有妇女和孩子。啊！不，不，不。"

她眼里都是泪水，因为痛苦而表情扭曲。她握起阿申登的手。

"我知道你有一颗善良的心。刚刚你只是随口说的，我们以后再也不要提它了。你有想象力，你很敏感。我都知道。你会和我一样吃炒鸡蛋的，对不对？"

"当然。"阿申登说。

1　指该年一月，加邦牧师带领民众向朝廷请愿，沙皇下令出动哥萨克武力镇压，上百人死亡，称"流血星期日"。

之后他每顿早餐都吃炒鸡蛋。服务生说："先生真喜欢炒鸡蛋啊。"一周结束，他们回到伦敦。从巴黎到加来，从多佛到伦敦，他一路抱着阿纳斯塔西娅·亚历山德罗芙娜，她的头也一路靠在他肩上。他心里盘算着从纽约到旧金山要五天的车程。抵达维多利亚火车站，他们在站台上等出租车，她用那双微微凸出的、闪亮的圆眼睛看着他。

"我们这一周真是开心，对不对？"她问。

"开心极了。"

"我已经下定决心了。做这一场试验果然没有错，你想什么时候娶我，我都可以立马嫁给你。"

但阿申登看到了自己余生每天早上吃炒鸡蛋的画面。他把阿纳斯塔西娅送上出租车，自己叫了一辆，去冠达邮轮公司[1]买了最近一班去美国的船票。驶入纽约港的时候，晴空朗朗，还没有哪个渴望自由和新生活的移民在见到女神像的时候，比阿申登更发自内心地感激不尽。

---

1 Cunard，英国邮轮航运公司，成立于1840年，史上最著名的邮轮公司，几乎一度是"横穿大西洋"航线的代名词。

又好几年过去了，阿申登后来就没见过阿纳斯塔西娅·亚历山德罗芙娜。他知道三月份革命爆发的时候，她和弗拉基米尔·塞米诺维奇回到了俄国。说不准他们会愿意为他做些什么，毕竟弗拉基米尔·塞米诺维奇能活下来，在某种意义上是他高抬贵手。阿申登拿定了主意要给阿纳斯塔西娅写封信，问他是否可以去拜访。

阿申登下楼去用午餐时，觉得心里还挺踏实。哈灵顿先生已经等在那里，两人坐下，吃起摆在他们面前的食物。

"让服务员给我们拿点面包来吧。"哈灵顿先生说。

"面包？"阿申登回答。"没有面包啊。"

"没面包我什么都吃不下。"哈灵顿先生说。

"恐怕你吃不下也得吃了。这里没面包，没黄油，没糖，没鸡蛋，没土豆。只有鱼、肉和绿色蔬菜，别的什么都没有。"

哈灵顿先生惊得张口结舌。

"这不是在打仗嘛。"阿申登说。

"还真是有打仗的样子。"

哈灵顿一时间哑口无言，过了一会儿他说："那我要告诉你，我一定尽快把生意上的事情料理完，然后马上离开这个国家。我没有糖和黄油吃，哈灵顿太太第一个不能答应；她知道我肠胃不大好。公司派我到这里来是以为在各个方面我都能享受到最一流的接待，否则他们肯定不会派我。"

没过多久，埃贡·奥思博士进来了，给了阿申登一个信封。上面写着阿纳斯塔西娅·亚历山德罗芙娜的地址。阿申登把他介绍给了哈灵顿先生。很快他们就看出来哈灵顿先生颇为欣赏奥思博士，阿申登就没有再多费周折，直接提议他给哈灵顿先生当译员最合适不过。

"他说起俄语来，跟当地人没什么两样；但他又是美国公民，不会暗地里摆你一道。我认识他已经很久了，可以跟你保证奥思博士绝对值得信赖。"

哈灵顿先生觉得这想法不错，午餐结束，阿申登就离席让他们俩自己商谈具体事宜了。他给阿纳斯塔西娅·亚历山德罗芙娜写了封短笺，很快就收到回复，对方说她马上要去开个会，但七点钟左右会来他的酒店转一下。等她的时候，阿申登有些忧虑起来。现在他当然知道了自己当初爱的不是她，而是托尔斯泰和陀思妥耶夫斯基，里姆斯基－克萨科夫[1]，斯特拉文斯基[2]和巴克斯特[3]；但他觉得阿纳斯塔西娅·亚历山德罗芙娜或许还没想到这一点。她晚上到的时候已经过了八点，但没到八点半，阿申登提议他们和哈灵顿先生一起吃晚饭。他以为有第三人在场，就不会尴尬了，但这份担心是多余，坐下喝汤不出五分钟，阿申登已经意识到阿纳斯塔西娅·亚历山德罗芙娜对他的感觉，其实跟阿申登对她一样冷淡。在那一片刻，阿申登颇感震惊。一个男人再怎么不拿自己当回事，也很难想象一个女人对他的爱会消失；虽然他也不可能以为过去五年阿纳斯塔西娅·亚历山德罗芙娜都在对他无望的思念中煎熬，但他确实期待会有一次脸红、睫毛的几下扑闪，或嘴唇的一阵颤动，透露阿纳斯塔西

1 Rimsky-Korsakov（1844—1908），俄国作曲家，强力集团（十九世纪六十年代由五位俄罗斯作曲家聚成的小团体）主要成员，作品富于俄罗斯民族特色。

2 Stravinsky（1882—1971），作曲家，出生于俄国，后移民法国、美国，曾师从里姆斯基－克萨科夫。

3 Bakst（1866—1924），俄国画家和舞美设计家，和佳吉列夫共同创办《艺术世界》杂志，后来又为俄罗斯芭蕾舞团设计舞台布景和服装，扬名国际。

娅·亚历山德罗芙娜在心里还给他留了一个柔软的角落。完全没有。她跟阿申登说话的态度完全就像两个几天没见的朋友，虽然碰到了着实高兴，但这种亲切完全是社交场上的亲切。他问弗拉基米尔·塞米诺维奇最近如何。

"他让我很失望，"她说，"我从来都没误会他是个聪明人，但我原以为他很正直。他就快要有个孩子了。"

哈灵顿先生正要送一块鱼肉到嘴巴里，叉子突然就定在半空中，满脸诧异地看着阿纳斯塔西娅·亚历山德罗芙娜。这里倒必须替哈灵顿先生辩解一句，他这辈子还从来没有读过一本俄罗斯小说。但阿申登也有些不解，疑惑地看着阿纳斯塔西娅。

"我不是孩子的母亲，"她说着笑了一声，"这种事情我完全没有兴趣。怀孕的是我一个朋友，她写政治经济学的文章挺有名的。我倒不认为她那些观点有多正确，但我也绝不否认她的意见值得讨论。她挺聪明的，应该说非常聪明。"她转过去对哈灵顿先生说道："你对政治经济学感兴趣吗？"

哈灵顿先生一辈子难得有这样张口结舌的时候。阿纳斯塔西娅·亚历山德罗芙娜就政治经济学发表了一些自己的看法，接着他们聊起了俄国此时的局势。听上去她似乎和各个政治派别的领导人都过从甚密，阿申登决定要试探一下，看她是否愿意合作。之前他对阿纳斯塔西娅·亚历山德罗芙娜神魂颠倒，但并不妨碍他看清这个女子的聪明至极。晚餐结束，他告诉哈灵顿先生自己想要和阿纳斯塔西娅·亚历山德罗芙娜聊一些正事，两人就到了休息室一个僻静的角落里。他先把自己想好要说的话都告诉了阿纳斯塔西娅，发现她不但乐意，还很急切想要帮忙。她对阴谋暗斗很是着迷，对权力也是满心的向往。当阿申登暗示自己有大量资金可以支配的时候，阿纳斯塔西娅立刻明白通过阿申登她可以成为一个影响俄国局势的人。她的虚荣心被挑起来了。阿纳斯塔西娅全心地热爱自己的国家，但和很多爱国者一样，她总觉得自己的位高权重会对祖国大有助益。两人告别时已经达成了合作的协议。

第二天坐下吃早饭的时候，哈灵顿先生对阿申登说："那个女子真了不得。"

"你可别爱上她啊。"阿申登微笑道。

只可惜在这个话题上，哈灵顿先生是开不得玩笑的。

"我娶了哈灵顿太太之后，就再也没有正眼瞧过别的女人，"他说，"她的那个丈夫一定不是好人。"

"这时候来盘炒蛋就好了。"阿申登这想法实在莫名其妙，因为他们的早餐只有一杯不加奶的茶，连糖也没有，只给了一点果酱。

有了阿纳斯塔西娅·亚历山德罗芙娜的帮忙，还有奥思博士在幕后为他活动，阿申登可以开展工作了。俄国的情况越来越糟。临时政府的领袖克伦斯基权欲熏心，只要有部长展现才干，危及他的地位，就会被开走。他发表演说。不停地演说。有一段时间德国军队可能要直扑彼得格勒。克伦斯基发表演说。粮食短缺越来越严重，寒冬迫近，燃料也没有了。克伦斯基发表演说。布尔什维克分子在幕后十分活跃，列宁就躲在彼得格勒，据说克伦斯基知道他的藏身之处，就是没有胆量逮捕他。克伦斯基发表演说。

在这样的混乱之中，哈灵顿先生还是无忧无虑地自顾自到处晃悠，阿申登看着觉得好玩。这是何等重大的历史时刻，而哈灵顿先生绝不多管闲事。他自己的事倒也不轻松。接受他贿赂的各种秘书和下属都保证可以让他见到大人物。他在候见室里一等就是几个小时，然后二话不说被打发走。后来他终于见到了大人物，却发现这些人除了空话什么也给不了他。他们给哈灵顿先生的承诺两三天之后他就会发现一文不值。阿申登先生建议他算了，回美国吧；但哈灵顿先生完全听不进去；公司派他来是带着任务的，他一定得完成，对天发誓不成功则成仁。这时阿纳斯塔西娅·亚历山德罗芙娜关照起他来了。两人之间培养出一段奇特的友情。哈灵顿先生认为她是个被世界深深亏待了的了不起的女子；毫无保留地跟她讲自己的妻子和两个儿子，仔细地介绍美国宪法；她这一头呢，毫无保留地跟他讲弗拉基米尔·塞米诺维奇，跟他讲托尔斯泰、屠格涅夫、陀思妥耶夫斯基。他们一起度过了很多愉快的时光。他说阿纳斯塔西娅·亚历山德罗芙娜这个名字太绕舌头，自己念不出来；于是他就喊她大利拉[1]。现在既然有了她的倾力相助，两人会一起去找那些可能对哈灵顿先生有用的人。但周围的事态愈

1　Delilah，《圣经》中有同名人物，妖妇形象；参孙的非利士情人，将参孙出卖给了非利士人。

发白热化了。暴乱时有发生，街上越来越危险。涅夫斯基大街隔三差五就有装甲车飞驰而过，里面都是不满的预备军人；他们为了显示自己很不高兴，会随意朝过路人开枪。有一次哈灵顿先生跟阿纳斯塔西娅·亚历山德罗芙娜一起乘电车，车窗上突然像雨点般都是弹坑，他们为了保命只能躺到地板上。哈灵顿先生非常气愤：

"有个肥胖的老女人就趴在我身上，我好不容易挣脱出来，脑袋边上就被大利拉敲了一下，她说，别动，你这笨蛋。大利拉，我跟你说，你们俄国人这套我很不喜欢。"

"尽管如此，你还是一动不动啊。"她咯咯笑道。

"你们这个国家，就该少一点艺术，多一点文明。"

"你真是布尔乔亚啊，哈灵顿先生，你不属于知识分子阶层。"

"我还从来没听过谁说这样的话，大利拉。要是我都不算知识分子阶层，我想不出来谁还能算。"哈灵顿先生气势不凡地回道。

又有一天，阿申登正在房间里干活，敲门声响起，然后是阿纳斯塔西娅·亚历山德罗芙娜怒气冲冲走了进来，后面跟着似乎有些畏缩的哈灵顿先生。阿申登看得出来今天阿纳斯塔西娅很激动。

"怎么了？"他问。

"这个人要是不回美国的话，马上会没命的。你真的要劝劝他。今天要不是我，他很可能就不能平平安安站在这儿了。"

"别瞎说了，大利拉，"哈灵顿先生语气有些粗暴，"我完全有能力照顾好自己，而且也根本就没有危险。"

"到底怎么回事？"阿申登问。

"我带哈灵顿先生去亚历山大·涅夫斯基修道院看陀思妥耶夫斯基的墓，"阿纳斯塔西娅·亚历山德罗芙娜说，"回来的路上，看到一个士兵对一个老太太不是很友善。"

"不是很友善！"哈灵顿先生吼起来。"那个老太太就走在人行道上，勾着个篮子，里面装着口粮。两个士兵从后头追上她，抢了篮子就走。她开始又哭又喊；我是不知道她具体说了什么，但我猜得出来！这时另外那个士兵就用枪托砸了她的脑袋。我说得没错吧，大利拉？"

"没错，"她回道，忍不住微笑，"我根本来不及阻止，哈灵顿先生就跳出出租车，跑到那个拿着篮子的士兵跟前，一把夺了过来，开始像骂两个扒手一样训斥起那两个士兵。一开始他们也吓慒了，不知道怎么办，后来自然火起来。我马上追过去，跟他们解释，这是个外国人，而且喝醉了。"

"喝醉？"哈灵顿先生喊道。

"对，喝醉。当然有很多人就围了过来。感觉马上就有可怕的事情要发生。"

哈灵顿先生那双淡蓝色的大眼睛有了笑意。

"我听上去你当时是在好好地教训他们啊，大利拉，简直跟话剧一样精彩。"

"别犯傻了，哈灵顿先生，"阿纳斯塔西娅突然怒气上来了，踩着地板喝道，"你知不知道那些士兵随随便便就可以把你跟我一起杀了，旁边那些围观的人一个也不会插手的？"

"杀我？我是美国公民，大利拉。他们不敢动我一根头发的。"

"他们也得找得到你的头发呀，"阿纳斯塔西娅·亚历山德罗芙娜说，她生起气来是完全顾不上风度的，"要是你觉得就因为你是美国人，俄国士兵杀你的时候会迟疑哪怕那么一下，很快就有你吓一跳的时候。"

"话说回来，那个老太太后来怎么样？"阿申登问。

"过了一会儿那两个士兵走了，我们就走到老太太跟前。"

"篮子还在？"

"对，哈灵顿先生死死抱着那个篮子。老太太就躺在那里，脑袋上鲜血直流。我们把她抱到出租车上，她还有足够力气告诉我们她住在哪里，我们就送她回到家。她那伤口太吓人了，我们费了好大的劲才把血止住。"

阿纳斯塔西娅·亚历山德罗芙娜神色古怪地看了哈灵顿先生一眼，阿申登万万没想到哈灵顿先生脸上一片绯红。

"你们这又是怎么了？"

"你也可以想见，我们没有什么包扎的材料，哈灵顿先生的手帕已经湿透了。我身上只有一样东西可以立马用的，所以我就……"

她话说到一半就被哈灵顿先生打断了。

"你不用告诉阿申登先生你脱了什么下来。我是结了婚的男人，知道女士会穿，但我认为完全没有必要在公共场合提起它们。"

阿纳斯塔西娅·亚历山德罗芙娜又咯咯笑起来。

"那你必须得亲我一下，否则我就要说了。"

哈灵顿犹豫了片刻，显然是在分析利弊；他也看出来阿纳斯塔西娅·亚历山德罗芙娜并不是在玩笑。

"那行吧，你可以亲我一下，大利拉，可这能带给你什么快乐我真的看不出来。"

她的双臂搂住哈灵顿先生的脖子，亲了他的两侧脸颊，然后连句过渡的话也没有，突然泪流满面。

"你真是个勇敢的人，哈灵顿先生。你很荒唐，又那么精彩。"她抽泣着说。

哈灵顿先生没有阿申登期待的那么惊讶。他看着阿纳斯塔西娅，微微带着些不解的笑意，轻轻拍了拍她。

"好啦，好啦，大利拉，控制一下情绪。今天的事吓着你了，是不是？你现在很激动，但要是再这么哭下去，明天我肩膀就要风湿疼了。"

这一幕太滑稽了，又是那么感人，阿申登虽然在笑，却隐隐觉得有些哽咽。

阿纳斯塔西娅·亚历山德罗芙娜走了之后，哈灵顿先生坐在那里，想事情想得出了神。

"他们很怪的，这些俄国人。你知道大利拉干了什么吗？"他突然说。"我们的出租车还在大街上，两边都有人经过，她就突然站起来把自己的衬裤脱了下来。她把裤子一扯两半，一半让我拿着，一半用来包扎。我一辈子都没那么尴尬过。"

"跟我说说你怎么会想到喊她大利拉的？"阿申登微笑道。

哈灵顿先生脸微微一红。

"她很吸引人，阿申登先生，她在家庭中遭受了巨大的委屈，我自然是非常同情的。这些俄国人都很容易动感情，我不想她把我的同情误会成别的东西。我跟她说了，我跟哈灵顿夫人的感情很深。"

"你不会误以为大利拉是波提乏[1]的妻子了吧？"阿申登问。

"我不太懂你刚刚这句话，阿申登先生，"哈灵顿先生说道，"哈灵顿夫人一直跟我说，我是一个对女性很有

1　Potiphar，《圣经·创世记》中埃及法老之护卫长。她的妻子勾引波提乏器重的一位奴隶，遭到拒绝后大怒。

吸引力的人，我就想，如果我把我们这位好朋友喊作大利拉的话，她就应该很明白我的意思了。"

"我觉得俄国真的不适合你，哈灵顿先生，"阿申登先生微笑道，"如果我是你，肯定立马就走。"

"我现在没法走。我终于让他们答应了我的条件，下周就要签字了。签完了字，我马上打包走人。"

"我怀疑到时候你们的签名还不如签字用的墨水值钱。"阿申登说。

阿申登自己则终于制定了一套行动计划；整整花了他一天的时间，把计划译成密码电码，发送给了把他派到彼得格勒的人。计划被批准，而且承诺资金并不设限。阿申登知道，他需要临时政府继续掌权三个月，否则他就一筹莫展了；但冬天转眼就到，食物一天缺似一天，军队越发失控，百姓对和平的呼声越来越高。每到晚上，阿申登就去"欧罗巴大酒店"跟 Z 教授喝一杯热巧克力，跟他商量那些虔诚的捷克人该如何使用。阿纳斯塔西娅·亚历山德罗芙娜在一个僻静的地方有间公寓，阿申登就用它来跟各色人等会面。计划一个个定下来。措施一项项实施。阿申登不停地争论、说服、承诺。这边一个举棋不定的人刚刚摆平，那边又有觉得万事徒劳的人要劝导。阿申登必须要看清哪些人有决心，哪些人只相信自己，哪些人是真诚的，哪些人容易动摇。他很厌烦俄国人的啰嗦，那也只能忍耐；有些人除了手头的正事，可以把天下所有其他事都聊一遍，他也不能动气；那些胡扯和狂言，他也只能认真听着并表示理解。他得当心别人的背叛。傻瓜的虚荣心他得哄着，要做大事的人往往贪婪，他得避开。时间不多了。关于布尔什维克行动的小道消息越来越多，也越来越可信。克伦斯基像受了惊吓的母鸡，一个劲地到处跑。

这时候打击降临。1917 年 11 月 7 日，布尔什维克起义，克伦斯基的众多部长被逮捕，冬宫被群众洗劫，权力落到列宁和托洛茨基手中。

阿纳斯塔西娅·亚历山德罗芙娜一早就到了阿申登的酒店房间。阿申登正在把电报译成电码。他一晚上都没睡，一开始在斯莫尔尼宫[1]，后来又去了冬宫。他快要

---

1 Smolny，位于彼得堡东北部，包括十八、十九世纪建起的建筑群，原为俄罗斯贵族女子学院；列宁在此宣布夺取政权，之后成为苏维埃政府的临时办公地。

累垮了。阿纳斯塔西娅一脸煞白，有神的棕色眼睛里满是悲怆。

"听说了吗？"她问阿申登。

他点头。

"这样的话，一切都结束了。他们说克伦斯基已经逃走了。毫无反抗。"阿纳斯塔西娅怒不可遏。"那个小丑！"她吼道。

这时听到有人敲门，阿纳斯塔西娅·亚历山德罗芙娜转过去的目光里突然有些惧怕。

"你知道布尔什维克有份名单，上面是他们要处决的人。我的名字就在上面，说不定你的也在。"

"如果是他们的话，要进来只需转门把手就行了，"阿申登带着微笑说，但肚子里还是那么微乎其微地有些异样之感，"进来。"

门开了，哈灵顿先生走了进来。他还是跟平日里一样衣冠楚楚，黑色的短外套，条纹裤子，鞋子擦得锃亮，秃秃的脑袋上戴着一个圆顶礼帽。看到阿纳斯塔西娅·亚历山德罗芙娜的时候他摘了一下帽子。

"啊，想不到这么早能见到你。我是出去之前来这儿打个招呼，想把这个消息告诉你。昨天晚上我也找你来着，但没找到。你没回来吃晚饭。"

"没，我去开会了。"阿申登说。

"你们两个都得祝贺我，昨天我拿到签名了，任务大功告成。"

哈灵顿先生神采奕奕地看着他们，一副自得透顶的模样，昂首挺胸好比一只驱逐了所有对手的矮脚斗鸡。阿纳斯塔西娅·亚历山德罗芙娜突然歇斯底里地尖声大笑，哈灵顿先生看着她，很是困惑。

"怎么啦，大利拉？"他问。

阿纳斯塔西娅笑到泪水不住地往下流，然后开始正经哭起来。阿申登解释道：

"布尔什维克推翻了政府。克伦斯基的部长们现在都在监狱里。这些布尔什维克可是要见血的。大利拉说她的名字就在处决名单上。你的那位部长昨天签了文件是因为他知道签了也没用。现在你的合同已经一文不值了。这些布尔什维克会第一时间跟德国人议和的。"

阿纳斯塔西娅·亚历山德罗芙娜恢复理智跟她丧失理智一样快。

"你最好马上离开俄国，哈灵顿先生。现在这里可不是外国人该待的地方，可能再过几天你想走也难了。"

哈灵顿先生看看阿纳斯塔西娅，又看看阿申登。

"天呐，"他说，"天呐！"这句感叹听上去如此匮乏。"你是说那个俄国部长就想要我一下吗？"

阿申登耸了耸肩。

"他心里怎么想的谁又猜得出呢？或许他是个很有幽默感的人，觉得今天既然很有可能会站到墙根被处决，那前一天签一份五千万美元的大合同是很好笑的事。阿纳斯塔西娅·亚历山德罗芙娜说得没错，哈灵顿先生，你最好赶紧坐那班去瑞典的火车走吧。"

"那你呢？"

"这里也没有什么我能做的了。我现在正在发电报，等指示，只要那边放行我也马上就走。布尔什维克占了先机，那些跟我合作的人现在能活命就不错了。"

"鲍里斯·佩德洛维奇早上被枪毙了。"阿纳斯塔西娅·亚历山德罗芙娜皱着眉头说。

他们两人看着哈灵顿先生，他瞪着地板。那么引以为傲的大成就已经砸得粉碎，哈灵顿先生萎靡得像一只被戳破的气球。过了一会儿，他抬起头来，朝阿纳斯塔西娅微微一笑，阿申登第一次发现他的笑容那么善良，也那么有魅力，其中有种什么特别的东西很让人愿意亲近。

"要是布尔什维克不放过你，大利拉，你不觉得你应该跟我一起走吗？我会照顾你的，如果你来美国的话，我确信哈灵顿夫人一定乐意尽她所能帮助你。"

"要是看到你回费城的时候带着一个俄国难民，我已经可以想象她的表情了，"阿纳斯塔西娅·亚历山德罗芙娜笑道，"我怕你是一辈子都解释不清了。不用，我会留下来。"

"但万一你确实有危险呢？"

"我是俄罗斯人。这是我该待的地方。祖国最需要我的时候，我不能走。"

"这都是空话，大利拉。"哈灵顿先生轻声说。

阿纳斯塔西娅·亚历山德罗芙娜刚刚说话一直情深意切，这时突然一惊，带着些许不解看了哈灵顿先生一眼。

"我知道是空话，参孙，"她答道，"实话说吧，我觉得这里会天崩地裂的，天知道会发生怎样的事，但我想看看，一分钟也不想错过，给什么我都不换。"

哈灵顿先生摇摇头。

"你们女人就是给好奇心害了，大利拉。"他说。

"你去收拾行李吧，哈灵顿先生，"阿申登微笑着说，"然后我们送你去火车站，火车应该已经被围得水泄不通了。"

"好吧，那我就走了。而且我一点也不遗憾。到了这里之后一顿像样的饭都没吃过，还干了一件我原以为一辈子都不用再干的事：我喝了没加糖的咖啡，另外，实在运气好拿到一小片黑面包，没有黄油我也吃了。要是告诉哈灵顿夫人我经历了什么她一定不会相信的。这个国家需要的是秩序。"

他走了之后，阿申登和阿纳斯塔西娅·亚历山德罗芙娜探讨目前的局势。阿申登因为那些精心的谋划全都打了水漂，情绪低落，而阿纳斯塔西娅兴奋地猜想着革命可能带来的各种变化。她装出很忧心的样子，但心里却差不多把这看成是一出激动人心的舞台剧。她希望剧情越丰富越好。这时又响起一阵敲门声，阿申登还没来得及答应，哈灵顿先生一下冲了进来。

"说真的，这家酒店的服务太不像话了，"他激动地喊道，"我摇了一刻钟的铃，完全就没人睬我。"

"服务？"阿纳斯塔西娅·亚历山德罗芙娜嚷道。"这酒店里的用人都走光了啊。"

"可我送去洗的衣服还没拿到呢，他们承诺昨晚给我送回来的。"

"那些衣服恐怕你是没什么指望了。"阿申登说。

"这些衣服不拿到我是不会走的。四件衬衫，两条连衫裤，一套睡衣裤，四个领子。手帕和袜子是我自己在房间里洗的，送出去洗的那些衣服，他们不拿过来我是不会离开这家酒店的。"

"别傻了，"阿申登大声说道，"你现在趁情况还未恶化，必须立即离开。要是没有服务生帮你去取，那你就只能把那些衣服丢下了。"

"抱歉，先生，我绝不会做这样的事。我会自己去取。我在这个国家已经受够了苦，不会再把好端端的四件衬衫留给那么多肮脏的布尔什维克。不，先生，拿到衣服之前，我不会离开俄国。"

阿纳斯塔西娅·亚历山德罗芙娜盯着地板看了一会儿，然后带着一丝微笑抬起了双眼。在阿申登看来，哈灵顿先生无谓的固执似乎对她有所触动。以一种俄国人的方式，她很理解为什么哈灵顿先生没拿到代洗衣物是绝不会离开彼得格勒的。他的决心有种象征意义。

"我这就下楼去看有没有谁知道洗衣房在哪里，要是可以，我就陪你去一趟，你到时把自己的衣服拿回来。"

哈灵顿先生松弛了一些，他答话时脸上又是那种亲切温和的笑容。

"你真是太好了，大利拉。有没有洗好无所谓，我都会拿走的。"

阿纳斯塔西娅·亚历山德罗芙娜出去了。

"那你现在对俄国和俄国人是什么看法？"哈灵顿先生问阿申登。

"我受够了。我受够了托尔斯泰。受够了屠格涅夫和陀思妥耶夫斯基，受够了契诃夫。受够了知识分子阶层。我现在渴望那些时时刻刻都清楚自己想法的人，你可以相信他们说的话，说了一个小时之后还是作数的；我受够了精美的词句，高谈阔论、装腔作势。"

阿申登也多少被当时流行的病症感染，准备好好演说一番，一阵嘈杂像是鼓上蹦跳的豆子，打断了他。城里本来静得诡异，这阵声音来得那么突然和古怪。

"什么声音？"哈灵顿先生问。

"步枪的射击声。应该是在河对岸。"

哈灵顿先生神情微微一变，他笑了笑，但脸色苍白；他不喜欢眼下的局面，阿申登很能理解。

"我真的应该离开俄国了。再多待一段时间对我自己来说倒也没什么，但我还有一个妻子和孩子们要考虑。我已经很久没有收到哈灵顿夫人的信，开始有些担心了。"他停了一下。"我希望你能认识哈灵顿夫人，她太棒了，是最好的妻子。我这次来这儿，是我们结婚之后第一次分开超过三天。"

阿纳斯塔西娅·亚历山德罗芙娜回来了，说拿到了洗衣房的地址。

"走过去大概是四十分钟，如果你现在要去，我可以陪你。"她说。

"我这就去。"

"你最好多加小心，"阿申登说，"今天的街上不会太平。"

阿纳斯塔西娅·亚历山德罗芙娜看着哈灵顿先生。

"我不能没有我的那些衣服，大利拉，"他说，"要是把它们落下，我就再也没有安宁了，哈灵顿夫人会一辈子唠叨这件事的。"

"那就走吧。"

他们出发了，阿申登得继续把手上这条毁灭性的消息译成十分复杂的密码。要报告的事情本来就不少，他还得请对方指示自己之后的行动，真是枯燥、烦闷极了。翻译电报很机械，但你又不能分神。错了一个字，可能整句话都不知所云了。

突然门被砰地打开，阿纳斯塔西娅·亚历山德罗芙娜冲了进来。她的帽子不见了，蓬头乱发，喘着大气。她的眼睛几乎要蹦出眼眶，显然是情绪特别激动。

"哈灵顿先生在哪？"她喊道。"他没来你这儿吗？"

"没有。"

"他会不会在自己房间？"

"不知道。怎么了，出了什么事？如果你想去看一下，我们就一起去。你没把他带回来吗？"

他们沿走廊到了哈灵顿先生的房间门口，敲了敲门，但里面没有回应。试了试把手，门是锁着的。

"他不在。"

他们回到阿申登的房间，阿纳斯塔西娅·亚历山德罗芙娜在一张椅子里瘫坐下来。

"给我一杯水行吗？我气都接不上了。刚刚一直在跑。"

她喝了阿申登给她倒的水，突然抽泣了一声。

"希望他没事。要是他受伤了我永远也不会原谅自己。我刚刚在祈祷他是比我先回到了这里。衣服他拿到了。我们找到了那家店，里面只有一个老太太，说这些衣服还不能拿，但我们很强硬。哈灵顿先生非常气愤，因为这些脏衣服他们动都没有动过，还是他送走时候的样子。昨天晚上他们担保了会洗好送回来的，但现在全都还在哈灵顿先生亲手打的那个包裹里。我说俄国人就是这样，哈灵顿先生说连有色人种都不如。回来的时候我没有带他走大路，因为我觉得那样更安全一些。经过一条大路的路口时，我们远远看到那条大路另一头有一小群人聚在那里。其中一人在对他们发表演说。

"'我们去听听他在说什么。'我说。

"我看得出来他们在那边争执，看上去很刺激，我想知道他们在吵什么。"

"'我们走吧，大利拉，'他说，'别管闲事了。'

"'你回酒店收拾行李吧，那边挺好玩的，我得去看看。'我说。

"我朝街的那头跑，他跟了上来。那里聚集了两三百人，都是工人阶级，一个学生在跟他们说些什么，他们在朝他吼。我对吵架最感兴趣，就挤进了人群。突然我们听到了枪响，还没明白怎么回事，就看到两辆装甲车在那条街上飞快地驶过。里面载着一些士兵，他们一路都在开枪。我也不知道为什么，可能就为了好玩，或者是因为他们喝醉了。我们像兔子一样四散奔逃；为了活命，一个劲地跑。这时候我就和哈灵顿先生分开了。我不明白他怎么还没回来。你觉得他会出事吗？"

阿申登半晌没有说话。

"我们还是出去找找他吧，"他说，"我搞不懂他究竟为什么非得要那些衣服。"

"我懂，我太明白了。"

"这倒真是个安慰，"阿申登烦躁地说，"我们走吧。"

他戴上帽子，穿上外套，到了楼下。酒店空得诡异。

他们走到街道上，也几乎什么人都看不到。电车停了，这座宏伟的城市，洋溢着一种可怕的静谧。店都关着；一辆车不要命似的飞驰而过，让人心惊。在路上他们遇到的人都看上去很害怕和消沉。不得不穿过一条主街的时候，他们加快了脚步。这条街上人还不少，就随处站着，不知何去何从。一小队一小队的预备军人穿着破旧的灰色制服，沿着路中间往前走着；他们也并不说话，像寻找牧羊人的羊群。到了那条阿纳斯塔西娅·亚历山德罗芙娜逃命的街道，他们是从另一头走上这条街的。那阵乱枪留下了不少碎窗户。街上空荡荡的。你可以看到人群本来聚在哪里，因为地上有他们匆忙逃离时丢下的物件：几本书、一顶男人的帽子、一位女士的拎包，还有一个篮子。阿纳斯塔西娅·亚历山德罗芙娜扯了扯阿申登的胳膊，让他看坐在人行道上的一个女子，她把头埋在两腿之间，已经死了。再往前走几步，有两个男人倒在一起，他们也死了。很多受伤的人大概还是奋力逃走了，要么就是朋友背着走的。这时候他们看到了哈灵顿先生。他的圆顶礼帽滚落在阴沟里，面朝下躺在一滩血泊之中，瘦骨嶙峋的秃头显得格外苍白，干净的黑色外套此时已污秽不堪。但他手里还是紧紧攥着那包衣服，里面有四件衬衫，两条连衣裤，一套睡衣裤，四个领子。哈灵顿先生始终没有放弃自己的送洗衣物。

疗养院

Sanatorium[1]

刚到疗养院那前六周，阿申登没有下过床。他也没有见别的人，只有早晚各来看他一次的医生，照料他的护士，还有给他送饭的女仆。他得了肺结核，又因为那个时候不方便去瑞士，伦敦给他诊治的专科医生就把他送到了苏格兰北部的这家疗养院里。他耐心等待的那一天终于还是来了，医生告诉阿申登，他可以起床了；下午，护士给他穿好衣服，扶他到了门廊的躺椅上。他背后放了好几个靠垫，身上裹着好几层毯子，可以安心地

1　首次发表于 1938 年，收录于 1947 年出版的短篇小说集《环境的产物》（*Creatures of Circumstance*）。

欣赏晴空里洒下的日光。当时是仲冬。疗养院建在一座小山顶上，视野极好，望出去都是白茫茫的雪原。沿着门廊有好多人都在躺椅上休息，有些跟邻座聊天，有些在看书。不时会听到有人止不住地咳嗽，还注意到他们咳完了都会焦心地往自己手帕里瞧一眼。护士离开之前，她转过去跟阿申登旁边一张躺椅里的病人说话，带着一种工作中熟练的热情。

"我想介绍阿申登先生给您认识。"她说。接着又对阿申登说道："这位是麦克劳德先生，他和坎贝尔先生算是在疗养院里待得最久的两位了。"

阿申登的另一侧躺着的是一个好看的姑娘，红头发，一双明亮的蓝眼睛；她没有化妆，但嘴唇很红，脸颊上的气色也很好，于是就更显出她皮肤惊人的白皙。虽然你立刻意识到这种纤弱和精致是因为她生了病，但依然觉得很美。她穿着皮草大衣，又裹着毯子，所以一点看不出身材，但她的脸太消瘦了，瘦到那个本不算很大的鼻子也多少有些显眼。她朝阿申登做了个友善的表情，但没有说话，而阿申登突然身处这么多陌生人之间也有些害羞，等着别人先开口。

"这是他们第一回让你起来吧？"麦克劳德问。

"是的。"

"你房间在哪？"

阿申登告诉了他。

"挺小的。这里每个房间我都知道。我已经待了十七年了。现在住的是最好的一间房，而且理所当然也就该归我。坎贝尔一直在想办法把我撵出去，自己占那个房间，我不会让步的；我有这个权利，我来这里比他早了六个月。"

麦克劳德虽然是躺着，但你能感觉他应该个子非常高，瘦得皮包骨，脸颊和太阳穴都陷了下去，所以头颅的形状看得一清二楚；在这么一张脸上，再加上那个没有几两肉的大鼻子，更显出眼睛大得异乎寻常。

"十七年可是很长的一段时间啊。"阿申登想不出别的话可以接。

"时间过得很快。我喜欢这里。一开始，大概是第二、第三年，我夏天的时候去了别的地方，后来就不走了。这是我的家。我有一个兄弟，两个姐妹，他们都结婚了，并不想见我。你在这里待了几年之后，再看那种寻常的生活，就觉得有点参与不进去了，你懂吗？那些朋友都各自过着自己的日子，跟你再也没有什么共同语言。他们都那么着急忙慌的。无事生非，就是说的那种生活。那么喧闹，那么沉闷。还是这里好。我是不准备再折腾了，只等着他们把我放进棺材里腿朝前[1]抬走。"

那位给阿申登诊断的专科医生之前说过，如果他能照看好自己，过不了太久就会好起来的；他好奇地看着麦克劳德。

"平时都有些什么事情好做呢？"他问。

"事情？小伙子，肺结核可是个让你从早忙到晚的病啊。先是量体温，测体重。穿衣服我是喜欢慢慢来的。然后吃早饭，看报纸，散步。回来休息一下。吃午饭，打桥牌。再休息一会儿，接着就是晚饭了。吃过晚饭我还会打一会儿桥牌，然后就睡觉了。他们这儿的图书馆还不错，所有新书都看得到，不过我的确没有那么多时间可以用来看书。我主要跟人聊天。你也知道，这里什

1　英国丧葬传统中，抬棺时死者的双足面对前方，似与要让逝者面对教堂中的圣坛有关。（后来"腿朝前"也渐渐成为"等死了才如何如何"的缩略表达。）

么样的人都有，来来去去的。有的以为自己痊愈出去了，很多还会回来，还有的走了是因为没救回来。我在这儿已经送走很多人了，在我自己归西之前，估计还能送走好些呢。"

坐在阿申登另一侧的女孩突然说话了。

"我可以提醒你，没有几个人能像麦克劳德先生那样，用灵车把自己逗得这么开心了。"她说。

麦克劳德也呵呵笑起来。

"那也不能这么说，不过人性就是这样，我只能告诉自己：事已至此，庆幸那车载着兜风的是他而不是我。"

他想到阿申登还不认识这个姑娘，就说道：

"说起来，你们两个应该还没认识吧——阿申登先生——毕晓普小姐。她是英国人，不过人还是挺好的。"

"那你在这里待多久了？"阿申登问。

"才两年。这是我在这里的最后一个冬天了。伦诺克斯医生说再过几个月我就没事了，没有什么道理还不回家。"

"要我说，那叫一个笨，"麦克劳德说，"我告诉你们，人就该哪里过得好就待在哪里。"

这时候一个拄着拐杖的男人慢慢沿门廊走过来。

"看，是坦普尔顿少校来了。"毕晓普小姐说道，那双蓝眼睛因为笑意而格外明亮；那男人走到跟前时，她说："看到你又能下床我好高兴。"

"啊，本来就没事，就一点点风寒而已，我现在已经很好了。"

这句话还没说完，他就已经在咳嗽了。上半身的分量全在那根拐杖上。那阵咳嗽虽凶，他咳完了却笑得很高兴。

"这混账咳嗽就是治不好，"他说，"烟抽太多了。伦诺克斯医生说我应该戒烟，但说这没用——我戒不了啊。"

这是个高个子，脸上皮肤黝黑，面色灰黄，但略有种舞台上美男子的英俊，黑漆漆的一双眼睛长得很精致，黑色的一字须也修剪得很好。他身上是一件皮草大衣，俄国羔羊毛的领子。整个人的形象很考究，但或许又略嫌招摇了。毕晓普小姐给他介绍了阿申登，他说了几句客套话，语气都很随和，然后就邀请那个姑娘跟他一起散个步。医生指定了疗养院后面树林里的一个地方，要求他走到那再走回来。麦克劳德目送着两人缓缓走远了。

"我一直在猜这两人之间是不是有什么，"他说，"他们的确都说坦普尔顿没生病之前，是个摘花的老手。"

"刚刚他的那个样子，倒是不太看得出来。"阿申登说。

"这种事从来说不准，我在这儿待的这么些年，见过太多稀奇古怪的事情。要是愿意，我有说不完的故事可以讲给你听。"

"你显然是想讲的，不如就开始吧？"

麦克劳德笑了起来。

"那好，我就给你说一件事。三四年前，这里来过一个很撩人的姑娘，她丈夫每隔一个周末都会来看她，从伦敦飞过来，爱她爱得神魂颠倒；但伦诺克斯医生很确定她和这里的某个家伙有染，只是找不出那人是谁。于是，有天晚上等我们都睡了，他在那姑娘门前刷了薄薄一层油漆，第二天再检查所有人的拖鞋。这计策挺妙的吧？那个拖鞋底上有油漆的家伙就被遣走了。伦诺克斯医生这么严厉也是不得已，你知道，他不想让这疗养院传出什么坏名声。"

"坦普尔顿来这儿多久了？"

"三四个月吧。大多数时间都躺在床上。他这身体是快要完了。艾薇·毕晓普要是迷上了他那真是蠢到家了，她自己多半是能好起来的。来这儿的人我见过太多了，什么都看得出来。随便谁我只要看一眼就能确定他好得了、好不了，要是好不了的话，我还能猜出他可以挺多久，八九不离十。坦普尔顿我给他两年。"

麦克劳德朝阿申登看了一眼，像在揣测什么，而阿申登也知道他心里在琢磨什么事，虽然努力当成玩笑看，还是多少有些担忧。麦克劳德的眼神亮了一下，显然也知道阿申登刚刚脑中闪过的想法。

"你会没事的，要不是我早看出这一点来，也不会提这件事。我可不想因为把他病人吓破胆，被伦诺克斯医生给踹走。"

这时阿申登的护士过来带他回病床，虽然只在外面坐了一个小时，心累体乏，很高兴又能回到被窝。伦诺克斯医生晚上来巡房，看了看体温表。

"情况还不错。"他说。

伦诺克斯医生身材短小，很有活力，待人又和气。他医术不差，而赚钱本事一流，还热衷于钓鱼。钓鱼的季节一开始，他就经常把照顾病人的职责交给自己的几个助手；病人不是没有怨言，但能吃到医生带回来的嫩鲑鱼丰富伙食，倒也足以安抚他们了。他喜欢聊天，此刻站在阿申登床尾，正用浓厚的苏格兰口音问他下午有没有跟其他病人聊天。阿申登说，护士把他介绍给了麦克劳德，伦诺克斯先生大笑起来。

"他是住在这最久的病人，对这家疗养院和这里的病人比我还了解。他怎么打听到的那些消息我是想象不出来，但这片屋顶下没有他不知道的隐私。对于丑闻的嗅觉，这里也没有哪个老姑娘比他还敏锐的。他跟你聊起坎贝尔了吗？"

"提到过。"

"他很讨厌坎贝尔，坎贝尔也讨厌他。那俩家伙，你要细想的话，真是挺滑稽的，他们在这十七年了，两人加起来大概也就凑出一个好肺来，但却彼此恨得牙痒。我没办法，只能规定他们不准再到我这来投诉对方。坎贝尔会拉小提琴，他的房间就在麦克劳德楼下，那琴声要把麦克劳德逼疯了。麦克劳德说他同一首曲子听了十五年，坎贝尔说麦克劳德根本听不出不同的曲子有什么区别。麦克劳德要我禁止坎贝尔继续拉小提琴，但我没这权力，只要不是在静声的时段，他随便怎么拉小提琴都可以。我提出麦克劳德可以换房间，但是他不肯，说坎贝尔拉琴完全就是想把他撵出那间房，因为那是整个疗养院最好的一个房间，他就是死也不会让坎贝尔得逞。你说这稀奇不稀奇，两个中年男人肯花这样的精力让对方的生活痛苦不堪？他们还纠缠着对方不肯放。同桌吃饭，还一起打桥牌；没有一天不吵的。有时候我会威胁他们，如果再耍脾气就把两个人都赶出去，于是就能安生几天。他们都不想走。这两人在疗养院住太久了，外面已经没有人还在意他们死活，他们也没法应付外面的世界。几年前坎贝尔本想出去过几个月的假期，一个星期之后就回来了，他说他受不了那种喧嚣，街道里见到那么多的人把他吓坏了。"

阿申登身体渐渐好起来，和病友来往多了，发现自己是被扔进了一个很奇异的世界。一天早上，伦诺克斯医生说，之后他就可以去餐厅用午餐了。餐厅很大，屋顶不高，但窗前的空间非常怡人；那些窗始终都是打开的，天气好的时候，阳光就从窗口灌进餐厅里。这里人不少，阿申登花了些时间才认清楚。各种岁数的都有，年轻人、中年人还有老头老太太。有像麦克劳德和坎贝尔这样的，在疗养院住了很多年，预备死在这里的。还有些人在这里不过几个月。其中一个叫阿特金小姐的中年女子，从来没结过婚，每年冬天来这里住很久，到了夏天则去陪伴自己的亲戚朋友。她身体其实已经无恙，不用再来养病，但她喜欢这里的生活。因为是多年的客人，让她地位不同寻常，做了荣誉图书馆长，还跟女护士长情同姐妹。她随时都愿意跟你议论是非短长，但你很快就警醒，你跟她说的所有话都马上被传了出去。伦诺克斯医生自然希望他的病人能和睦相处，心情愉悦，遵从他的规定，不胡闹；阿特金小姐目光如炬，什么都逃不过她，这些情报会通过女护士长传到伦诺克斯医生的耳朵里。因为阿特金小姐来了很多年，所以跟麦克劳德和坎贝尔坐在一桌上，同桌的还有一个老将军，安排在那里只是因为他的军衔。这餐桌和别的餐桌绝无一点两样，也没有摆在一个更好的位置，但因为坐的是资格最老的几位住户，所以也成了最让人眼热的桌子。阿特金小姐每年夏天有四五个月根本就不在这里，却能坐在那一桌，让几位一年到头住在疗养院的老太太憎恶不已。有一个"印度文官"，曾经辖治过一整个省份，在疗养院也时日很久了，仅次于麦克劳德和坎贝尔，每天就怒气冲冲地等着他们之中能死掉一个，自己就坐上"主桌"了。

阿申登也结识了坎贝尔。坎贝尔先生是个秃顶的瘦子，骨架又很大，你会觉得他瘦到四肢简直要掉下来。他佝偻着身子坐在扶手椅中，你有种诡异的感觉，就如同他只是木偶戏里用的木偶。他态度生硬，过于敏感，动不动就生气。和阿申登见面第一件事就问：

"你喜欢音乐吗？"

"喜欢。"

"这里的人对音乐根本不感兴趣。我会拉小提琴。要是你喜欢，哪天到我房间里来，我可以拉小提琴给你听。"

"别去，"麦克劳德听到了，"那是受刑。"

"你怎么能这么失礼呢？"阿特金小姐喊道。"坎贝尔先生拉小提琴很好听。"

"这个地方太糟糕了，随便哪两个调子在他们耳朵里都是一样的。"

麦克劳德轻蔑地笑了一声，走开了。阿特金小姐努力化解纠纷。

"麦克劳德说的话你可别在意。"

"哦，我不在意，这一茬我肯定找回来。"

那天整个下午，他都在反复演奏着同一首曲子，麦克劳德在楼上跺着地板，但坎贝尔先生一直没有停止。麦克劳德让女仆传了一个口信，说他头疼，问坎贝尔先生是否介意不要拉琴了；坎贝尔的回复是：拉小提琴完全是他的权利，要是麦克劳德不喜欢，他也得忍着。之后两人相遇时，又互相说了些激动的话。

阿申登坐的那一桌上还有漂亮的毕晓普小姐、坦普尔顿，和一个伦敦来的会计，叫亨利·切斯特，是个肩膀很宽、精瘦结实的小个子。光看样子，你是绝对想不到他也会得肺结核；这病对他的确是个突如其来的打击。切斯特是个极为普通的人，大概三十多岁，结了婚，生了两个孩子。他住在一个地段不错的郊区，每天早晨去城里上班，读早报；每天傍晚从城里回家，读晚报。除了自己的工作和家庭之外，他没有别的什么关心的事情。他喜欢自己的工作，挣的钱可以确保生活安逸，还能每年存下不少。他周六下午和周日都会去打高尔夫，每年八月都会在东海岸同一个地点度过三周假期。他的孩子会慢慢长大，会结婚，到时他就把业务传给儿子，退休跟妻子去乡下找一间小房子，闲散度日直到寿终正寝。他对生活的索求也不过如此，千千万万他的同胞就这样心满意足地过了一生。他就是一个标准的普通公民。然后便发生了这么一回事。先是打高尔夫得了风寒，侵入肺部，后来咳嗽怎么也不见好。切斯特先生本来健康而且强壮，一向不怎么看得起医生，可最后还是听了妻子劝说，去了一回医院。结果不但意外，简直是晴天霹雳，医生说他两个肺都感染了结核病，活命的唯一希望就是立刻住到疗养院去。那个专科医生曾说或许两年之后能回来工作，但两年之期到了，伦诺克斯医生建议他工作想都不用去想，至少再住一年。切斯特先生看到了自己唾液里的病菌，还有 X 光拍的片子上肺部明显的病变。他顿时灰心丧气，觉得命运的这个玩笑太过残忍，毫无公道。要是他曾经的人生一味放纵，饮酒过度，贪恋女色，缺眠少觉，那倒也好理解，那是他活该。可他从来没干过这些事，这真的是欺人太甚。而且他没有自娱自乐的手段，又不喜欢看书，除了关心自己的身体根本无事可做。慢慢这就成了一种困扰。他忧心地关注着自己身上的症状。疗养院已经拿走了他的体温计，否则他一天要测十几回。他认定那些医生对他的病情都不够上心，为了引起院方注意，他发明各种办法，想让体温计能显出一个吓人的数字；小伎俩被一一戳破之后，他又要吵吵嚷嚷地发脾气。其实他本质上是个开朗、和善的人，有时候被分了心，也能轻松地聊天、欢笑，可突然之间他又会想起自己是个病人，这时你能一下在他眼中看到对死亡的恐惧。

每个月底，他的妻子都会过来，在附近的寄宿宿舍里住一两天。亲戚来探访总让病人兴奋和焦躁，所以伦诺克斯医生向来不大赞同。可亨利·切斯特期盼妻子来访的那种急切每每让人看着很感动，但难解的是，一旦妻子真来了，他又没有大家想象的那么开心。切斯特太太是一个很好相处的活泼女子，长得不算美，但利落大方，跟他丈夫一样平凡。只要看她的样子，就知道这是一个好妻子、好母亲，持家有道，不声不响地完成自己该做的事，与人无争。之前和丈夫那么多年寡淡的家庭生活，唯一的消遣是看电影，最兴奋的日子是伦敦大商场打折，但她一点也没觉得不开心，也从来不觉得这样的生活很单调。她过得心满意足。阿申登喜欢这个人，很愿意听她闲扯起自己的孩子、他们在郊区的房子和邻居，还有那些鸡毛蒜皮的家务事。有一回，他在街上遇到了切斯特太太；她先生因为治疗的事情留在疗养院里，所以她是独自一个人。阿申登提议可以陪她走一段。两人聊了一会儿无关紧要的事，切斯特太太突然问阿申登觉得她丈夫现在身体状况如何。

"我觉得像是恢复得挺好的。"

"我真是担心极了。"

"你一定不要忘了这是个漫长的过程，快不起来，一定要有耐心。"

他们又往前走了一小段，阿申登突然发现切斯特太太在哭。

"你真的不必为切斯特先生的身体这么难过。"阿申登温柔地说道。

"你不知道我每次到这来都要忍受些什么。我知道我不该说的，但我忍不住。我能相信你的，对不对？"

"当然了。"

"我爱他，我全心地爱着他，为了他我可以做任何事。我们以前从来没有吵过架，从来没有一次意见不合。现在他却开始恨我了，这真是让我心都碎了。"

"啊，这我可不信，你不在的时候他整天都会聊起你，说的都是不能更温柔的话，他也是全心爱着你的。"

"对，那是我不在的时候。等我来了，他看到我身强体壮的，一下就会承受不住。你要知道，他深恶痛绝的一件事就是他病着，我却很健康。他怕死，而又恨我还会继续活下去。我时时刻刻都得小心，不管我是聊起孩子还是聊起将来的什么事，不管我说什么他都要生气，然后说些伤人的话来刺痛我。要是我告诉他，房子哪里一定得动一动改一改，或者有个仆人要换掉，他会气得情绪崩溃，怨我已经不把他当回事了。我们过去是毫无嫌隙的，现在却有一堵用敌意砌成的墙横在我们之间。我知道我得体谅他，这都是因为他的病，其实他的心肠是那么好，待人那么友善，平时你再也找不出比他更好相处的人了；可我现在就是害怕到这里来，每次回去都是一种释然。要是我也得了肺结核，他自然会很痛心，但我知道在心底他也会感到一种解脱。他不是不能原谅我，不是不能原谅命运，但他必须首先在心里确信我也很快要死了才行。有时候他故意聊那些他死了之后我可以去干的事情，以此折磨我，而我情绪失控，吼着求他不要这样的时候，他又会说他很快就要死了，而我还能活好多好多年，还能享受人生，难道仅剩这一点点乐趣也容不得他吗？啊，这真是太可怕了，就想到这么些年对彼此的爱，竟然是以这样可怜又悲凉的方式消亡的。"

切斯特夫人坐在路边的一块石头上，忍不住大哭起来。阿申登同情地看着她，但想不出什么安慰的话。她方才所说的并没有那么出乎意料。

"给我支烟，"她终于说道，"我一定不能让自己的眼睛又红又肿的，否则亨利就知道我哭过，一定以为我听到了什么关于他的坏消息。死就这么可怕吗？人难道都这么怕死吗？"

"我不知道。"阿申登说。

"我母亲过世的时候，她像是一点也不在意。她知道自己时日无多了，还会拿它开些小玩笑。不过她当时岁数确实也很大了。"

切斯特太太又振作起来，两人继续往前走，一度都没有说话。

"因为我刚刚说了这些事，是不是亨利在你心目中糟糕了不少？"她终于说道。

"当然不会。"

"他一直是个好丈夫，好父亲。我这辈子没认识过像他这样好的人。生病之前，我觉得他头脑中大概从来没有过一个刻薄、恶毒的念头。"

和切斯特夫人聊完，阿申登想到了一些事情。大家经常说他把人性看得太低劣，那其实是因为阿申登并不以寻常的标准去评价自己的同类。一些让其他人痛心疾首的作为，他或许会对之一笑，一耸肩，或落一滴眼泪，但总之并不觉得有什么不可思议之处。当然了，那样一个性格温和、平平无奇的家伙，的确想不到能藏着这么恶毒又可耻的心思，但人类能堕落到什么地步，或高尚到何等境界，那是谁也不好说的。问题是出在他内心世界的贫乏上。亨利·切斯特自打一出生起，就被教导要过一种平凡的生活，承受的也是生命中那些庸常的起起伏伏，所以一旦某个难以预见的不幸从天而降，他根本就没有应对的手段。他就像一块砖，大工厂把它造出来就是为了跟无数块同样的砖头垒在一起的；正巧出了瑕疵，这块砖不符合要求了——可就算是砖头一块，要是它有思想也会哭喊：我做错了什么，你们凭什么不许我完成自己平凡的使命，要把我从其他这些支撑我的砖块中抽出来，扔到垃圾堆去？亨利·切斯特面对这样的灾祸，他讲不出一套让自己坦然面对旦夕祸福的道理，这也不是他的错。不是所有人都能在艺术或哲学中求得慰藉的。这些谦卑的人本来寄希望于上帝，但上帝已经不可信了，死后的永生本可带给他们尘世间不可得的幸福，也随之烟消云散，可在这些空缺中他们找不到替代品，这正是我们时代的悲剧。

有些人说痛苦使人高尚。他们说得不对。一般而言，痛苦会让人纠缠在琐碎事上，易怒，自私；不过在这个疗养院里倒谈不上有多少痛苦。肺结核到了某个阶段，人一定会有轻微的发热，往往不会抑郁，反而有些亢奋，所以这些病人大都精神抖擞地向往着将来；但不管有多亢奋、积极，死亡的念头依然在潜意识里挥之不去，这是一出活泼的轻歌剧里那首带着嘲讽的主题曲。本是悠扬的咏叹调、欢快的舞步，一下就莫名绕到了悲伤的旋律中去了，在人的心头阴森地打着拍子；日常那些琐碎的算计、无聊的攀比和鸡毛蒜皮的顾虑，一下子都无足轻重了，自怜和恐惧让人的魂灵突然立定，死亡的可怕就如同热带雨林在风暴前的寂静一样，笼罩在人的头顶。阿申登在疗养院住了一段时间之后，来了个二十岁的青年。他之前在海军服役，是一艘潜艇上的海军少尉，他的病以前的小说里都叫作"奔马痨[1]"。他身材高挑，容貌俊朗，棕色的鬈发，蓝眼睛，笑起来尤为招人喜欢。他去天台晒太阳阿申登见过两三回，有时就跟他一起消磨时间。这个年轻人性情开朗，爱聊音乐剧、电影明星，读报纸只看足球比赛结果和拳击新闻。后来他下不了床，阿申登就没有再见到他了。疗养院喊来了他的亲戚，没出两个月，那个年轻人死了。一直到最后也没有听到他说过什么抱怨的话，而对于自己的身体为何如此，他就跟一头野兽一样懵懂。年轻人死后一两天，疗养院里一片惨雾愁云，就跟监狱里有犯人被处决了一样，然后就

1　Galloping consumption，旧的称法，指一种扩散极为快速的肺结核。

像是大家都只得服从自保的本能，一致决议通过要把这青年置之脑后：生活又一如往常地进行下去，每日三餐、迷你球道上的高尔夫比赛、规定好的锻炼与休憩、争执与妒忌、恶意中伤和无理取闹，也都恢复起来了。坎贝尔还是在小提琴上演奏起了让麦克劳德恼怒的那首名曲和《安妮·萝莉》[1]。麦克劳德继续吹嘘他的桥牌技艺，对别人的健康和道德水准说三道四。阿特金小姐继续戳人脊梁骨。亨利·切斯特继续埋怨医生忽视他，继续痛斥命运给他这样规规矩矩生活的人开这么恶劣的玩笑。阿申登则一直在看书，也饶有兴致地观察着病友的诸多离奇表现。

他和坦普尔顿少校熟络起来。坦普尔顿大概四十岁刚出头，本来是近卫步兵第一团的，战争结束之后就退伍了。因为足够有钱，他把时间全花在了享乐上。赛马的季节赛马，射击的季节射击，打猎的季节打猎[2]。玩过

1　*Annie Laurie*，苏格兰民歌，十八世纪早期作词，十九世纪早期谱曲，歌词描述少年与一位名叫安妮·萝莉的少女热恋。

2　在英国，射击（shooting）一般指打鸟，打猎（hunting）一般指带着猎犬捕猎狐狸、牡鹿等。

那些之后他就去了蒙特卡洛，阿申登听他描述着在巴卡拉牌桌上进出的巨额数目。他喜欢女人，要是你信了他的故事，看起来女人也很喜欢他。他热爱美食美酒，伦敦所有好吃的餐厅，领班他全认识，叫得出名字。他是五六个俱乐部的会员。多年来，他过着一种未来或许再也不可能出现的自私生活，于人于己都毫无益处，但他过得心安理得，乐在其中。阿申登曾经问过他，要是能从头再来他会怎么做，他说他会照原样重新再过一遍。跟坦普尔顿聊天非常愉快，他兴致高昂，语带嘲讽但又让人听着很舒服：他当然聊的都是流于表面的事情，他一辈子过的就是那样的生活，但随便谈起什么都轻巧而镇定，让人觉得放松。疗养院里不少邂逅的未婚老太太和脾气暴躁的老头，他对老太太总能接上几句体贴得体的话，对那些老头也总陪着开开玩笑；这是因为他除了很懂规矩礼仪之外，天生的对人友善。他认识那些钱多到不知该怎么花的人，对那个浮华世界的了解，就跟他对梅费尔的街巷那般轻车熟路。他这样的人，随便什么时候都愿意跟你打个赌，愿意帮一把朋友，或者掏十英镑给一个流浪汉。要说他没有给这世界做什么贡献，大概是对的，可他也从来没有造成多大的危害。这确实是个毫无建树的人，但和许多品行高贵、可钦可佩的人比起来，与坦普尔顿相处可要愉快得多了。他的病很严重，是治不好了，这一点他也知道，但和生活中其他所有事一样，他还是轻描淡写地一笑置之。过去这段无比逍遥的生活，他半点也不后悔，算他倒霉，得了肺结核，但谁管得了这么多，谁又能长生不老？要是真计较起来，他本可能死在战场上，或者在定点越野赛马的时候摔断了这根倒霉脖子。活到现在，他的信条始终如一：赌输了就付钱，不要再去想它。他这辈子活得够本了，随时可以谢幕。天下没有不散的宴席，这派对再热闹，你是跟送奶人一起到的家[1]，还是众人兴致正酣时告辞，过了那一晚也没有多大区别。

在疗养院的所有病人中，要评判品德高下，他或许是最无足道的，但也只有他真能坦然接受不可避免之结果。他朝死亡打了个响指，你可以说他这种轻佻有失体面，也可以说这种无忧无虑很是英勇。

1　英语表达，指通宵玩乐之后，第二天清晨送奶工送奶的时候才回家。

只是来疗养院的时候，坦普尔顿绝对不会想到他会在这里爱上谁，而且比以往爱得都要深。他过去的情史不可谓不丰富，但那些都是浅浅的感情；从前他跟歌舞团的女演员交往，对方的示爱纵然是为了换取钱财大家也是心照不宣，或者是在某个大户人家参加派对，一些过夜的宾客中有放浪的女子，他们的情投意合也转眼便过去了，坦普尔顿从来不觉得这样的关系有何欠缺。他一直小心躲避着那种会危及他自由的感情。他生活的唯一追求就是尽可能地找乐子，若说到男女之事，不断地更换对象他只觉得有百利而无一害。他喜欢女人，即使对方有了一些岁数，跟她们聊天的时候，他的眼里也从来都含着柔情，声音中带着蜜意。为了博取女人欢心他是什么都愿意做的。他的爱慕女人也自然感受得到，还常因此受宠若惊，并且误以为可以信任坦普尔顿会用情专一。他曾经说过一句话，阿申登听了觉得很有见地：

　　"你知道吗，一个男人只要足够努力，可以赢得任何一个女子的芳心，这没有什么大不了的，可一旦那女子喜欢上了你，只有打心眼里爱慕女性的人才能甩掉她又让她保存颜面。"

他开始向艾薇·毕晓普求爱的时候，只不过是习惯使然：她是疗养院里最年轻，也是最好看的姑娘。事实上，她没有阿申登见她第一面时以为的那么年轻，她今年二十九，只是过去八年始终辗转于一个又一个疗养院，从瑞士到英格兰到苏格兰，隔绝的养病生活保存了她年轻的外貌，所以看她的样子说她像二十岁也不为过。她对这世界的认知都来自于这样的机构，所以在她身上融合着极致的天真和极致的老成。她见识过好多段恋情是如何从有到无的。各种国籍的不少男人都向她示过爱，她沉着又轻巧地应对着他们的好意，可一旦谁要越过那条线，毕晓普小姐有足够不容置辩的手段让他们却步。一个像花朵一般的人物，谁也料不到她性格却是如此有力，每到摊牌的时候，她很懂得如何把自己的意思用清楚、冷静、明确的语言表述出来。她并不介意跟乔治·坦普尔顿调情，这其中的游戏规则她清楚得很，可不管如何善待坦普尔顿先生，在那种轻松的斗嘴中她也早已表明：这个男人是怎么回事她心里有数，绝不可能在这段关系中比对方更投入。跟阿申登一样，坦普尔顿每晚六点上床，晚饭是在自己房间吃的，所以他只能白天见到艾薇。他们会一起散一小会儿步，但除此之外几乎没有独处的时间。午餐桌上，艾薇、坦普尔顿、亨利·切斯特和阿申登之间的谈话都很空泛，但谁都看得出来坦普尔顿那么卖力地谈笑风生不是为了取悦同桌的两个男人。阿申登感觉到他和艾薇调情已经不只是为消磨时间了，他对她的感情越来越深，也越来越真诚；但阿申登判断不出艾薇是否感受到这一点，或者她是否多少有些动心。只要坦普尔顿没忍住说出什么大胆的话，亲密程度逾越了上下文的许可，她马上就用一句反话戳破他，让大家都笑起来。但坦普尔顿的笑声是很幽怨的，他已经不满足于毕晓普只把他当成一个花花公子了。随着阿申登对艾薇·毕晓普了解加深，他也越发喜欢这个姑娘。那病态的美中有些招人心疼的东西，透明的动人肌肤，瘦削的脸蛋，大大的眼睛，眼珠蓝得那么梦幻；而她的处境也让人怜惜，因为她和疗养院里很多人一样，似乎只是孤零零地在这世界上。她母亲社交生活太忙了，姐妹都已出嫁，对于这个已经分离八年的女孩，她们的关心不过是例行公事。通信是有的，偶尔她们也会来探访，但亲情已经很淡漠了。这种局面毕晓普小姐也无怨无尤地接受了。她对所有人都友善，随时愿意抱着同情倾听他们的不快与苦痛。她时常特意关心亨利·切斯特先生，想方设法地逗他高兴。

"啊，切斯特先生，"一天午饭时她说道，"又到月末了，明天太太就来了，你很期待吧？"

"不会了，她这个月不来。"亨利·切斯特喃喃道，低头看着盘子。

"哦，我很抱歉，为什么呢？孩子们都还好吧？"

"伦诺克斯医生觉得她还是不要来比较好。"

桌上一片沉默。艾薇担心地看着他。

"这太糟糕了，老兄，"坦普尔顿还是那么诚挚，"你怎么不让伦诺克斯见鬼去？"

"要把病养好还是得听他的吧。"切斯特说。

艾薇又看了他一眼，聊起了别的事。

事后想起，阿申登意识到艾薇当时一下就猜到了真相。第二天他正好跟切斯特一起散步。

"你妻子不能来真是遗憾，"他说，"你一定特别想她。"

"特别想。"

切斯特朝身边的阿申登瞥了一眼，阿申登觉得他有话想说，却又不知道怎么开口。他恨恨地耸了耸肩。

"她不来是我的错，是我请伦诺克斯写信让她不要来的。我支持不下去了：整个月我都盼着她来，可她一到这里，我又那么讨厌她。你知道，我恨死这个恶心的病了，而她却那么健康，那么精力充沛。每次看到她眼睛里流露出痛苦我都气得发狂。说到底，她真有那么在意吗？生了病又怎样，谁管你啊？他们都是假装关心，但心里庆幸还好病的是你，不是他们。我真是猪狗不如，是不是？"

阿申登想起切斯特太太坐在路边石头上哭泣的样子。

"不让她来，你不担心切斯特太太会非常伤心吗？"

"那她只能想办法熬过去了。我自己那么痛苦还应付不过来，管不了她了。"

阿申登不知道该说什么，两人沉默着往前走。突然切斯特不忿地大声说道：

"你当然可以无私地先为他人着想，这说起来容易，那是因为活下去的是你。要死的人是我，妈的我不想死。凭什么要我死？这不公平。"

时间在一天天过去，疗养院这样的地方，大家心头也没有别的要紧事，自然很快都知道乔治·坦普尔顿爱上了艾薇·毕晓普，但毕晓普心里怎么想的却不好判断。显然她不讨厌坦普尔顿找她聊天散步，但她从不主动，而且看上去她刻意地避免和坦普尔顿单独相处。有一两个中年妇人想要逼她袒露心意，不再这么置身事外，但她何其聪明，自然是应付自如。如果是暗示，她就假装没听到，如果问得直白，她就难以置信地大笑。这些人果然被姑娘惹恼了。

"她不会笨到看不出坦普尔顿被她迷住了吧？"

"这样玩弄人家的感情肯定是不对的。"

"我觉得她喜欢坦普尔顿一点也不比坦普尔顿喜欢她的少。"

"伦诺克斯医生应该知会她母亲。"

没人比麦克劳德更生气。

"太荒唐了，归根结底，这事不会有结果的。他这人已经给肺结核毁了，那姑娘也好不了多少。"

坎贝尔则冷嘲热讽，说的话都有些粗俗。

"他们能找点乐子我是全心支持的，真到什么地步自然只有他们自己知道，但我打赌这俩人之间一定有说不清的事情，我觉得没什么不好的。"

"你这无赖。"麦克劳德说。

"得了吧，你装什么，坦普尔顿这种家伙一定得占点便宜，否则你以为他是喜欢跟这样一个姑娘随便打两局桥牌吗？我敢说那姑娘对这种事也略知一二。"

阿申登跟这两人相处最多，相较于别的病友，也对他们最为了解。坦普尔顿终于向他坦白心声，似乎还承认自己有些可笑。

"活到我这份上，爱上一个正派的姑娘真是太烦人了。我是怎么也想不到自己会这样。而且陷得太深，都快喘不过气了，根本也没法再骗自己。要是身体好的话，我会求她明天就嫁给我。以前我都想象不到一个姑娘能好成这样，一直以为女孩——我是说正派的女孩——都无聊透顶。可她不无聊，聪明到了极点。也漂亮。我的天呐，她那皮肤！还有那头发——可我不是因为这些神魂颠倒的，你知道把我迷倒是因为她哪一点吗？说起来真是他妈荒唐，何况是对我这种酒色之徒。是她的美德。哈哈，真是笑死我了。我从来没在女人身上找过这种东西，但事实就摆在眼前，躲都躲不掉：她是个好姑娘，好得让我觉得自己像条虫子。没想到吧？"

"一点也不奇怪，"阿申登说，"你也不是第一个被纯真迷倒的无赖了。人到中年就会变得多愁善感起来。"

"你这混蛋。"坦普尔顿笑道。

"她怎么回答你的？"

"开什么玩笑，你总不会以为我把这些话都跟她说了吧？我跟她说的话，没有一句不能让大家听到的。我可能活不过半年，再说了，像这样一个姑娘，她能看中我什么呢？"

阿申登现在已经很确定毕晓普对坦普尔顿的爱，一点也不比他对她的少。阿申登注意到了坦普尔顿进餐厅的时候，她的脸上泛起的红晕，还有当坦普尔顿没看她的时候，她时不时投向坦普尔顿的温柔目光。她听坦普尔顿聊起他的旧事，微笑时有种特别的甜蜜。阿申登有种感觉，她享受着坦普尔顿的爱意，就像病人在天台上面对着白雪，沐浴在温煦的阳光中。或许她就想把这段关系留在这样的状态里，既然是她不愿让坦普尔顿知道的事，自然也不用阿申登去多嘴。

疗养院的单调被一件事情打破了。麦克劳德和坎贝尔虽然没有一天不吵，但却时常一起打桥牌，因为坦普尔顿没来之前，他们俩是疗养院里打得最好的。在牌桌上他们不停斗嘴，打完了之后复盘没完没了，交战多年，对彼此的打法了如指掌，能胜出对方一次就心花怒放。坦普尔顿一向拒绝跟他们一起打牌，虽然他牌技很好，却更喜欢跟艾薇·毕晓普一起打；而有一点麦克劳德和坎贝尔意见一致，就是毕晓普玷污了桥牌。她这种牌手因为自己的一次失误输掉整盘之后，往往就会笑一笑说：可那次出错牌也不过就输掉一墩啊。一天下午，艾薇头疼留在房间里，坦普尔顿应允跟坎贝尔、麦克劳德一起打桥牌。阿申登是那第四个人。虽然三月都快到头了，一连下了好几天大雪，他们的牌桌摆在门廊上，三面都是寒风，所以每个人都穿着毛皮大衣，戴帽子，手上还戴着联指的手套。他们的赌注太小，坦普尔顿这样的赌徒很难认真对待，所以叫牌一直过于大胆，但他又比其他三人的水准高出不少，所以一般又都能完成定约，或至少非常接近。大家还叫了很多"加倍"、"再加倍"，那天好牌又多，所以"小满贯"出现的次数也异乎寻常的频繁[1]。那一天的牌局打得真是风生水起，而麦克劳德和坎贝尔两人的舌头也没闲着，一直在彼此鞭挞。五点半到了，因为六点的钟声会把所有人赶去休息，所以这是最后一盘。麦克劳德和坎贝尔这盘是对手，痛下决心不能让对方取胜，所以斗得格外激烈，都有定约被对方破坏。六点还差十分，正好打成平分，最后一局发好了牌。麦克劳德的搭档是坦普尔顿，坎贝尔的搭档是阿申登。叫牌一开始，麦克劳德叫了梅花2，阿申登没叫，坦普尔顿显露他的牌很好，最后麦克劳德叫出了"大满贯"；坎贝尔"加倍"，麦克劳德"再加倍"。另外几桌已经打完的人听到这叫牌都围了过来，最后一局在一小群观众间进行，死一般的沉寂。麦克劳德的脸激动得白了，眉毛上挂着汗珠，双手发抖。坎贝尔则是一脸的严峻。麦克劳德用了两次飞牌[2]，两次都成功了。他最后还使出了"挤

1　出牌前，庄家通过叫牌承诺要赢多少墩，即所谓"定约"，叫得越高难度越大，如果能完成，赢的也就越多。因为一共是十三墩，如果承诺要拿下全部十三墩就是"大满贯"，十二墩是"小满贯"。（"加倍"即另一方认为庄家一队无法完成定约，提出奖罚翻倍，而庄家可以"再加倍"。）

2　桥牌中的冒险打法，指为了求胜保留大牌，先出较小的牌。

牌"[1]，拿到了第十三墩。观众爆发出了一阵掌声。获胜的麦克劳德一下从椅子上跳起来，顾盼自雄，还朝坎贝尔挥了挥握紧的拳头。

"你还是去拉你那把破小提琴散散心吧，"他吼着，"'大满贯''加倍''再加倍'，我打了一辈子牌都想来一回，终于成功了。没想到，没想到。"

他突然大口喘气，朝前踉跄几步，扑倒在桌上，一大口鲜血咕咕从嘴里流出来。他们喊了医生，还来了好几个护工。麦克劳德死了。

两天之后麦克劳德下葬，时间放在大清早，怕病人看到葬礼心中不安。一个从格拉斯哥来的亲戚穿着黑衣服参加了葬礼。没有人喜欢麦克劳德，也没有人挂念他，一周之后，从表面上看似乎大家已经把他给忘了。那个"印度文官"在主桌顶上了他的位置，坎贝尔搬进了他觊觎很久的房间。

"往后就清静了，"伦诺克斯医生对阿申登说，"你想想看，这两人的争执和投诉我忍了多少年了……说真的，

1　桥牌的一种打法，利用出牌顺序逼迫对方舍弃一张可以赢墩的牌。

管理疗养院真的要脾气很好才行。还有，这么些年给我惹了多少麻烦，最后要走了居然非得那样走，把那些人都吓坏了。"

"当时也确实意外。"阿申登说。

"本来没人会惦记他，可有些女士却因为他的死很难过，可怜的毕晓普小姐把眼睛都快哭瞎了。"

"我怀疑只有她是为逝者哭，而不是为自己。"

不过很快大家就发现有一个人还没忘记麦克劳德：不管在哪里看到坎贝尔，他都像一条迷了路的狗。他不肯打桥牌，不肯说话，显然还没有走出麦克劳德的死。有好多天他都没有出自己的房间，只让人把饭菜送去，之后他去找伦诺克斯医生，说他还是更喜欢自己住的地方，想换回去。伦诺克斯医生很罕见地没有控制住自己的情绪，说坎贝尔为了这间房纠缠了他这么多年，现在，坎贝尔要么好好在那个房间住下去，要么搬出疗养院。坎贝尔回去坐在那儿一个人生闷气。

"你怎么不拉小提琴了呢？"女护士长后来问他。"我已经有半个月没听你演奏了。"

"我确实搁下了。"

"为什么？"

"没意思了，过去享受拉小提琴是因为我知道麦克劳德听了受不了。现在也没人管我拉没拉了，我以后再也不会碰它了吧。"

阿申登离开疗养院之前，也的确没有再听到小提琴声。真是料想不到，麦克劳德一死，生活对坎贝尔来说就没了滋味。再也没人跟他吵架，他也没人再可招惹，一下丢了那股气，很显然过不了多久坎贝尔也会追着自己的敌人到地下去的。

但麦克劳德的死在坦普尔顿身上又产生了另外一种效应，引发了一些始料未及的结果。他跟阿申登聊起时还是一如寻常的冷静、超脱。

"了不起，在大功告成的那一刻这么了结。我不明白大家都在不安些什么。他在这儿住了很多年吧？"

"我记得是十八年。"

"我不确定这是否值得，总觉得应该及时行乐，再承担后果就行了。"

"那大概是要看你把能活着看得多重了。"

"可这叫'活着'吗？"

阿申登不知道该如何回答。他几个月之内是多半能复原的，但你只需要看一眼坦普尔顿，就知道他是好不了了，他的脸是一张行将就木的脸。

"你知道我干了什么？"坦普尔顿问道。"我向艾薇求婚了。"

阿申登大吃一惊。

"她怎么说？"

"难为她了，她说这是她一辈子听过最荒唐的想法，我一定是疯了。"

"你也得承认她说得没错。"

"是没错。不过她还是答应了。"

"这太胡来了。"

"恐怕是有点胡来，可不管怎样，我们会去找伦诺克斯，问他的意见。"

严冬终于要过去了，虽然山上还有积雪，但山谷里雪都化了，低一些的山坡上白桦树的枝头都是嫩芽，随时要绽开成娇弱的绿叶。空气中已经有醉人的春意。那些每年只在冬天来疗养院的老客人已经准备好往南方去了。坦普尔顿和艾薇一起去见伦诺克斯医生，说了他们的想法。医生给他们扫了 X 光，还做了些其他检查，跟他们定了个出结果的日子，说到时候根据他们的身体情况再讨论这件事。那一天到了，赴约之前阿申登见到了他们，两人都很紧张，但还是尽力开着玩笑。伦诺克斯医生给他们看了检查的结果，用很直白的语言解释了他们的病情。

"听上去都不错呀，"坦普尔顿说，"我们就想知道我们能不能结婚。"

"那会是非常鲁莽的决定。"

"我们知道，但这有什么关系呢？"

"要是你们有了孩子就罪过了。"

"我们不准备要孩子。"艾薇说。

"那好吧，我三言两语把情况跟你们说一下，然后你们自己做决定。"

坦普尔顿朝艾薇微微一笑，握住了她的手。医生继续说道：

"我认为毕晓普小姐今后的身体状况都不允许她过一种正常的生活，但如果她还是能像过去八年这样……"

"住在各种疗养院里？"

"是的，她可以舒舒服服地一直生活下去，虽然无法担保会长寿，但寻常大家盼望能活到的岁数应该没有问题。她的病是静态的；但如果结婚，还要像普通人那样过日子，感染源或许又会活跃起来，到时会产生什么后果没人可以预测。至于你，坦普尔顿，我可以说得再简单一些，你自己也看过 X 片了，肺部布满了结核，要是你结婚一定活不过半年。"

"要是不结婚我还有多久？"

医生欲言又止。

"没关系，你可以说实话。"

"两三年。"

"谢谢你，这正是我们想了解的。"

他们出去的时候跟来时一样，手牵着手；艾薇轻声地哭着。没人知道他们彼此间说了些什么；但那天中午在餐厅，两人神采奕奕。他们告诉阿申登和切斯特，只要拿到证书，他们马上就结婚。这时艾薇转头对切斯特说道：

"我真希望你的妻子能来参加婚礼，你觉得她会愿意来吗？"

"你们不会是要在这里结婚吧？"

"就在这里，我们双方的亲戚都不会同意的，所以我们准备等事情结束再通知他们。我们会请伦诺克斯医生把我嫁出去。"

她温和地看着切斯特，等他说话，因为切斯特始终没有答复。另外两个男人也看着他。切斯特说话时声音在颤抖。

"你要她来真的太客气了，我会写信告诉她的。"

消息在病人间传开之后，虽然每个人都祝贺了他们，私下讨论却都在说这很不明智；但疗养院里任何事都迟早会人尽皆知的，等他们一个个听说伦诺克斯医生告诉过坦普尔顿，一旦结婚他活不过半年，他们被震动得说不出话来。想到有两个人如此深爱对方，甚至愿意牺牲自己的性命，即使那些最麻木的病人也不由得感动。友善和好意在疗养院中弥漫开来，不相往来的人也重新开始说话了，还有一些人短暂忘却了自己的忧愁。那对新人的幸福好像每个人都能参与。不只是春天给那些被疾病拖累的心注入希望，坦普尔顿和艾薇的忘我爱恋似乎灿烂到能照亮所有接近他们的人。艾薇满心的欢喜虽不张扬，但却看得出来，那种激动之情让她变得更年轻、更可爱了。而坦普尔顿则得意到走路带风，那种说笑的样子就好像世上根本没有一件让他烦心的事，你会以为他正期待着很多年无忧无虑的幸福生活。不过有一天他还是跟阿申登私下说了几句真心话：

"这地方挺好的，艾薇跟我保证过，等我完蛋了之后，她就回这里来。这里有她认识的人，不会太孤单。"

"医生弄错经常有的，"阿申登说，"要是你平常注意一些，我看不出为什么你就不能再坚持很长的时间。"

"我只要求三个月。要是能给我三个月，一切都值了。"

婚礼两天前切斯特太太来了。她和丈夫好几个月没有见面，两人还有些羞涩，不难猜到独处的时候他们会尴尬和局促。但切斯特尽力摆脱着笼罩他好久的阴郁情绪，至少在吃饭的时候又热闹、快活起来，想必生病前他就是这样一个人。婚礼前一天的晚餐，大家都聚到一起，坦普尔顿和阿申登也不再卧床，他们喝着香槟说说笑笑，一起开心到十点。第二天婚礼在教堂进行。阿申登当了伴郎。疗养院里所有能站起来的病人都参加了。午餐之后就有辆车把两位新人送走，病人、医生、护士全出来送行。有人绑了一双旧鞋在车尾，坦普尔顿跟妻子走出疗养院大门时，人群向他们抛洒米粒。车开动时有欢呼声，目送他们开向爱和死亡。人群慢慢散去，切斯特和妻子默默并肩走着。走了一小会儿，他羞怯地握住了妻子的手。她的心都像是停了一下。她用余光看到丈夫的眼里全是泪水。

"原谅我，亲爱的，"他说，"我一直对你态度很坏。"

"我知道你心里不是这样的。"她声音都在发颤。

"不，我的确是那样想的，因为自己痛苦，也要你痛苦。但我已经不这样想了。坦普尔顿和艾薇·毕晓普的这些事情——我也不知道怎么说——让我对所有事的看法都不一样了。我不再怕死了。我不再觉得死亡是那么重要的事情，至少不比爱更重要。我要你好好活着，开心地活着。我不会再迁怒你任何事，不再怀有恨意。现在我很高兴死的人是我，不是你。我希望世上所有的好事都能发生在你身上。我爱你。"

图书在版编目(CIP)数据

英国特工阿申登 / (英) 毛姆著；陈以侃译.
—桂林：广西师范大学出版社, 2019.1 (2023.1 重印)
（毛姆短篇小说全集；3）

ISBN 978-7-5598-1347-3

Ⅰ.①英… Ⅱ.①毛… ②陈… Ⅲ.①短篇小说 – 小说集 – 英国 – 现代
Ⅳ.①I561.45

中国版本图书馆CIP数据核字(2018)第254570号

广西师范大学出版社出版发行

广西桂林市五里店路9号　邮政编码：541004
网址：www.bbtpress.com

出 版 人：黄轩庄
责任编辑：雷　韵
装帧设计：陆智昌
内文制作：陈基胜
全国新华书店经销
发行热线：010-64284815
山东韵杰文化科技有限公司

开本：787mm×1092mm　1/32
印张：13.625　字数：209千字
2019年1月第1版　2023年1月第5次印刷
定价：58.00元（精装）

如发现印装质量问题，影响阅读，请与出版社发行部门联系调换。